君子爱财

古代名人经济生活

李开周 著

四川文艺出版社

图书在版编目（CIP）数据

君子爱财：古代名人经济生活 / 李开周著. — 成都：四川文艺出版社，2019.7
ISBN 978-7-5411-5400-3

Ⅰ.①君… Ⅱ.①李… Ⅲ.①随笔—作品集—中国—当代 Ⅳ.①I267.1

中国版本图书馆CIP数据核字（2019）第075413号

JUNZI AICAI : GUDAI MINGREN JINGJISHENGHUO
君子爱财：古代名人经济生活
李开周　著

责任编辑	张亮亮
封面设计	叶　茂
内文设计	史小燕
责任校对	蓝　海
责任印制	喻　辉

出版发行	四川文艺出版社（成都市槐树街2号）
网　　址	www.scwys.com
电　　话	028-86259287（发行部）　028-86259303（编辑部）
传　　真	028-86259306

邮购地址	成都市槐树街2号四川文艺出版社邮购部　610031
排　　版	四川最近文化传播有限公司
印　　刷	四川机投印务有限公司
成品尺寸	146mm×210mm　　开　本　32开
印　　张	11.75　　　　　　　字　数　260千
版　　次	2019年7月第一版　　印　次　2019年7月第一次印刷
书　　号	ISBN 978-7-5411-5400-3
定　　价	49.80元

版权所有·侵权必究。如有质量问题，请与出版社联系更换。028-86259301

目录
CONTENTS

孔夫子不差钱

孔子姓氏 / 004

殷实的祖上 / 006

孔子身高 / 008

父亲留下的遗产 / 011

单亲家庭 / 013

办私学的进账 / 016

在官学的收入 / 020

教师的工资 / 022

私人考察，政府资助 / 024

没有赞助，就没有传播 / 027

孔子不是无房户 / 030

孔子不是小气鬼 / 033

孟子多金

孟子做官，年薪惊人 / 039
孟子教书，年薪也惊人 / 043
老是有人送钱 / 046
黄金的价值 / 052
孟子荣登富豪榜 / 055
学校大门不常开 / 057
没有经济独立，就没有人格独立 / 060

墨子的维和经费

墨子该拿诺贝尔和平奖 / 066
维和需要差旅费 / 073
谁说墨子穿草鞋 / 075
差一点儿就成了有钱人 / 078
墨子不算穷 / 082
高就业与无厘头 / 085
师门情义 / 088

曹操勒紧腰带

爷爷的身份 / 094
买官花费 / 096
曹操的履历 / 099

丞相的年薪 / 102
　　采邑的租税 / 104
　　年终奖 / 107
　　曹操遗产多少 / 109
　　钱都花到哪儿了 / 110
　　勒紧腰带的曹操 / 112

陶渊明的瘦遁

　　是官二代，不是富二代 / 121
　　难进易退 / 123
　　隐居的资本 / 126
　　五斗米是多少 / 128
　　不光五斗米，还有三顷田 / 132
　　提前辞职的风险 / 135
　　肥遁和瘦遁 / 138

李白漫游收支考

　　传说中的富爸爸 / 145
　　炼丹属于高消费 / 147
　　爱人的身份 / 151
　　翰林的薪水 / 153
　　玄宗的赏赐 / 155
　　稿费收入 / 158
　　多方馈赠 / 160

扬州一年的开销 / 162

旅游中的免费午餐 / 164

白居易，居不易

官员子弟 / 174

为什么家贫 / 175

白居易做蚁族 / 178

只求有房住，不求有住房 / 182

买房在远郊 / 185

机关大院生活 / 187

租房十八年 / 190

庐山草堂什么样 / 193

一生五套房 / 198

中晚唐房价考 / 200

清官包公的高收入

父亲是高官 / 206

家属和家境 / 210

十年宅男 / 212

传说中的断案如神 / 215

有弹性的清官 / 218

年薪过千万 / 223

李清照玩收藏

    清一色都是高干 / 232
    李清照的亲戚 / 235
    半生豪门 / 237
    豪门玩什么 / 240
    几件藏品 / 242
    钱从哪儿来 / 245

岳飞产业考

    家属的住处 / 251
    四百九十八间房 / 253
    杭州的别墅 / 256
    月薪四十八万 / 258
    巨额赏赐 / 261
    将军都有不动产 / 264

唐伯虎的风流账

    生平和八字 / 270
    轻摇滚和莲花落 / 273
    卖画和写书 / 278
    建桃花庵的经费 / 282
    所谓气节 / 286

徐文长的收入和住房

父亲早丧,母亲被卖 / 292
刚有儿子,媳妇病逝 / 294
好不容易有个对象,自杀了 / 296
好不容易有个老板,坐牢了 / 299
胡宗宪开给徐文长的稿费 / 303
遥想当年酬字堂 / 308
谁对我好,谁就是好人 / 312

严嵩有多少不动产

严嵩贪了多少钱 / 317
一家三代的年薪 / 319
古往今来房子最多的贪官 / 321
房产的市值,估价的猫腻 / 323

海瑞的开销

为官十八年,买了一套房 / 331
买不起房的四条原因 / 332
清官的遗产和贪官的积蓄 / 335
工资不够花,稿费来养家 / 337

曹雪芹的生活来源

曹家的阔绰 / 345

工资是形式 / 348

靠盐吃盐 / 350

人民的血压普遍高起来了 / 353

为什么抄家 / 355

抄家后的日子 / 357

曹雪芹的工资 / 359

每年一笔助学金 / 361

艺术家或者高级技师 / 363

手艺也养家 / 365

孔夫子不差钱

君子爱财
JunZi Ai Cai

　　两千多年来，从孔子的亲传弟子到再传弟子，从汉唐明清的大儒到今天的学者，很多很多人，站在不同立场、通过不同角度研究孔子，把孔子的学说、宗谱、年表、履历，考证得很详细，描述得很立体。借助这些研究，我们差不多能看懂《论语》上每一段"子曰"的含义，甚至还能了解"子曰"背后的东西。

　　对孔子，我们已经了解得足够多了——除了他的经济生活。

　　譬如有人问，孔子是怎么过日子的？在他那个时代是穷是富？他买房了没有？他家房子有多大面积？办私学时有多少收入？周游列国的经费由谁来出？他是怎么花钱的？有没有入不敷出的时候？在这些问题面前，大伙一片茫然。

　　也就是说，咱们也许了解孔子的思想，却并不了解他的生活。

　　这说不过去。

‖ 至圣孔子，出自光绪刻本《孔孟图歌》。

孔子姓氏

传统说法,孔子姓孔,叫孔丘,字仲尼。这么表述,有点儿不负责任。

严格讲,孔子不姓孔,孔是他的氏,不是他的姓。在他那个时代,姓跟氏是分开的。姓不大变,爷爷姓什么,孙子跟着姓什么;氏经常变,爷爷一辈儿以张为氏,爸爸这辈以李为氏,到了孙子,可能就改成以赵为氏了。一个人以什么为氏,几乎可以自由选择:既能以做官的地方为氏,也能以父辈的名字为氏;既能以官职为氏,也能以排行为氏。比如说,张小明的爸爸在郑州做官,那么张小明就能以郑为氏,叫作郑小明。再比如说,张小明排行老二,二就是仲,如果以排行为氏,他又可以叫作仲小明。不管以什么为氏,姓是始终不改的,归根结底,张小明还是姓张。

孔子的先祖是商朝皇族,跟商王一个姓,商王姓子,孔子当然也姓子[①],所以我们要是用姓来尊称他的话,就不叫他"孔子"了,得叫他"子子"。可是,这样叫很怪。

[①] 《孔子家语·本姓解》:"孔子之先,宋之后也,……帝乙之元子,纣之庶兄,以圻内诸侯,人为王卿士。"

商朝灭亡后,孔子的先祖被安排到今天的河南商丘地区生活,生活了若干代,一位牛人横空出世,名叫孔父嘉。孔父嘉是孔子的六世祖,他当然也姓子,孔父是他的字,嘉是他的名,把字放在名的前面然后合起来称呼一个人,是春秋时的风俗。像刘备刘玄德,如果穿越时空来到春秋时期,别人会叫他"玄德备";同样道理,张飞张翼德到了春秋时期,人们会叫他"翼德飞"。

在孔父嘉之前,孔子的先祖以什么为氏不得而知;在孔父嘉之后,孔子的先祖开始以孔父嘉的名字为氏,把"子"这个姓搁起来不用,从此人人皆"孔"了。孔子为什么叫孔子,这就是原因所在。

现在的马来人,没有固定的姓,流行以父名为姓,爸爸叫小明,儿子就姓小明,春秋时期有似于此,好多人都没有固定的氏,好多人流行以父名为氏,爸爸叫孔父嘉,儿子就以孔为氏。但孔子先祖跟马来人不同的地方在于,他们自打以孔为氏之后,就再也没有见异思迁过。

啰里啰唆说了这么多,看起来好像跟孔子的经济生活没有关系。其实不然,孔子姓什么,直接决定他能得到多少遗产。

殷实的祖上

春秋时期,官位大致分五等:天子、诸侯、卿、大夫、士。士以上的官位,是可以继承的,譬如一个人做了部长,等他退休以后,正妻生的大儿子只要不残不傻,就可以接班做部长;大儿子退休以后,其正妻生的大儿子只要不残不傻,一样可以接班做部长。这叫"世官世禄"。孔子的六世祖孔父嘉在宋国做大司马,他的官位类属大夫,级别在士以上,自然也可以继承,假如不出差错的话,一代传一代,说不定这个大司马的乌纱帽就传到孔子头上了。遗憾的是,宋国闹政变,孔父嘉被政敌杀掉,他的儿孙甭说接班,连保命都困难。

为了保命,孔父嘉的后代逃到鲁国,在山东曲阜定居下来,生活了五六代之后,孔子出生。从这个角度看,孔子其实也是移民的后代。

据说,孔父嘉生了木金父,木金父生了睪夷,睪夷生了防叔,防叔生了伯夏,伯夏生了叔梁纥,叔梁纥生了孔子①。木金父、睪夷、防叔这些人,在历史上留下了名字,没留下事迹,他

---

① 《孔子家语·本姓解》:"孔父生子木金父,金父生睪夷,睪夷生防叔,避华氏之祸而奔鲁。防叔生伯夏,伯夏生叔梁纥。"

们是否曾经做官,是否像孔父嘉一样飞黄腾达,目前不得而知,我们只知道,叔梁纥这个人相当了不起。

叔梁纥,孔子的爸爸,姓子,以孔为氏,叔梁是字,纥是名。他没做过大官,一辈子最高的官职是鲁国郰邑的大夫。这个"大夫"听起来很大,跟卿大夫的大夫却天差地远,只是郰邑的长官。郰邑位于现在山东曲阜,郰邑大夫最多相当于一个县长,如果从管辖的人口数量来看,连一个乡长都不顶。

君子爱财
JunZi Ai Cai

孔子身高

叔梁纥官爵不高，本事很大。《孔子家语·本姓解》说："其人身长十尺，武力绝伦。"意思是说叔梁纥长得威猛，武功很高。武功有多高呢？孔子出生十年前，晋国联合宋、鲁等国攻打逼阳，叔梁纥作为鲁国战将参加攻城，打着打着，城门大开，诸侯军队冲了进去，城门口忽然落下千斤闸，眼看大伙就要困在逼阳城内，叔梁纥大喝一声，托住闸底，双臂一叫力，硬把千斤闸顶了上去[1]。幸或不幸，叔梁纥这份儿神功，没有遗传给孔子。

不过叔梁纥把身高遗传给了孔子。《孔子家语》说叔梁纥身长十尺，是按东周尺说的，东周一尺，长二十三公分，十尺就是二点三米[2]。两米三的叔梁纥，只比姚明高，不比姚明矮。孔子多高呢？《史记·孔子世家》上说："长九尺六寸，人皆谓长人而异之。"九尺六寸，二点二米，比父亲稍矮，不过也是惊人的大

---

[1]《左传·襄公十年》："晋荀偃、士匄请伐偪阳……偪阳人启门，诸侯之士门焉，县门发，䧹人纥抉之以出门者。……孟献子曰：《诗》所谓有力如虎者也。"

[2] 参见丘光明《中国历代度量衡考》，科学出版社1992年第1版，第6页。据此书所列考古实物，从东周到东汉，尺度一直没有太大变化，每尺标准长度均在二十三厘米上下。故此，即使《孔子家语》所指尺度是秦汉尺，也不影响计算结果。

‖年轻时的孔子,出自孔庙木刻本《孔子圣迹图》。

个子。2010年,电影《孔子》公映,演孔子的是周润发,周润发的形象很好,但如果想贴近历史,似乎找姚明演更合适。

有朋友怀疑古人都比今人高,并引秦陵兵马俑为旁证。其实孔子爷儿俩的身高和兵马俑的身高都属于个案,不代表当时的平均海拔。古代选拔士兵,跟现在选拔篮球运动员一样,身高属于关键因素,像宋朝禁军,平均身高绝对超过地方军,地方军的平均身高又绝对超过普通人,所以我们在文献和考古实物中见到一些大个子,不表明古时所有人都是大个子。

父亲留下的遗产

叔梁纥把身高遗传给了孔子,却没有把官位遗传给孔子。咱们前面说过,春秋时期有"世官世禄"的规矩,爸爸做什么官,儿子也可以做什么官,为什么叔梁纥做郰邑大夫,却没让孔子也做郰邑大夫呢?

两条原因。

一、孔子不是嫡长子。叔梁纥娶的正妻,一连生了九个女儿,叔梁纥害怕了,担心没人接续香火,赶紧娶妾,妾倒是生了一儿子,取名叫孟皮,孟皮这孩子先天残疾,叔梁纥更加着忙,赶紧又娶妾颜氏,也就是孔子的妈,这才生了孔子。论出身,孔子是小老婆生的,不是嫡子。论排行,孟皮是老大,孔子也不是长子。一非嫡子,二非长子,继承父亲官位的资格就成了问题。

二、叔梁纥官位不高,属于士这个级别,而自打齐桓公葵丘会盟之后,春秋诸国就统一按"士无世官"的游戏规则走了①。所谓"士无世官",就是士这个级别的官位不能继承。照这条规矩,孔子即使是嫡长子,也不能接爸爸的班。

---

① 《孟子·告子下》:"五霸桓公为盛,葵丘之会,诸侯束牲载书而不歃血。……四命曰:士无世官,官事无摄,取士必得。"

君子爱财
JunZi Ai Cai

官位没传给孔子，叔梁纥的家产有没有给孔子呢？可能给了，也可能没给。照常理推想，即使叔梁纥临死前把家产均分给孔子以及孔子同父异母的残疾哥哥孟皮，哥儿俩分到的也不会太多。因为叔梁纥是小官，是士，是给卿大夫等上层贵族打工的人，他的俸禄，应该跟一个富裕农民的收入差不多，正常年景也只能养活九口人①。而他家里人口众多，光女儿就有九个，另外还有一个大老婆，两个小老婆，再加两个儿子，连上叔梁纥，总共十五口人，如果老婆孩子不帮忙干活儿贴补家用的话，叔梁纥一个人的收入未必能养家糊口。所以可以想见，这个大力士不大可能给孔子及孟皮留下多少遗产。

---

① 《礼记·王制》："上农夫食九人，其次食八人，其次食七人，其次食六人，下农夫食五人。……诸侯之下士，视上农夫，禄足以代耕也。"

单亲家庭

叔梁纥去世早,孔子三岁就没了爸爸①,跟着母亲颜氏生活,属于单亲家庭长大的孩子。

江湖故老相传,有两种孩子最能一鸣惊人:一种是小老婆生的孩子,像秦始皇、袁世凯都是;一种是单亲家庭长大的孩子,像孟子、欧阳修、让内·笛卡儿、托马斯·莫尔,都是。这两种孩子,地位低卑,没人撑腰,历尽人情冷暖,尝遍世态炎凉,压抑最深,动力最大,改天换地的革命欲望最强。孔子既是小老婆生的,又在单亲家庭长大,一身兼具两种孩子的特质,所以更容易自力更生,更容易成才成名。当然,我并没有傻到坚信庶出和单亲就是创造伟人的必要条件,毕竟孔子只是一个不具备代表意义的小样本而已。

孔子跟着母亲长大,幼年时家境可能不是很好,所以他很早就出去给人打工,既当过会计,又当过管家,可能还亲自饲养过

---

① 《孔子家语·本姓解》:"孔子三岁而叔梁纥卒。"

牛羊①。孔子如此自力更生,可作为有力旁证,证明叔梁纥没留下大片家业给他。

除了打工养家,孔子还抓住一切机会努力学习。学习什么呢?学儒。

在孔子之前,"儒"本来是一种职业,类似现在的婚庆司仪,但比司仪多专多能。周朝人,尤其周朝贵族,特讲究,办什么事儿,都要讲一个"礼",礼不是礼物,是规矩。譬如张三跟李四初次见面,搁现在,打个招呼,自我介绍,扯扯闲篇,不投机,各自走人;聊得来,喝酒吃饭,聊完交换联系方式,留下电子邮箱地址,很轻松,很自如。周朝人不这样,麻烦得很,张三见李四,无意撞见也就罢了,倘若正式去见,必须拿着礼物。拿什么礼物,得看级别:卿相见,牵一只羊;大夫见面,拎一只大雁;士相见,拎一只野鸡;平头百姓相见,拎一只野鸭②。礼物怎么送,也有规矩。譬如张三到李四家去,走到家门口,得把礼物横着捧到手里,大声说:"李四先生,我是张三,今儿个特来拜见您!"李四听见了,不开门,在屋里客气:"啊,原来是张三先生啊,您可是大人物,屈尊驾临,不胜惶恐,您还是先回吧,改天我去拜见您。"张三也在门外客气:"先生所言,愧不敢当,还请先生赐见。"然后李四接着客气,请张三回去;张三也接着客气,请李四接见。最后李四终于出来,见了张三手里捧的

---

① 《孟子·万章下》:"孔子尝为委吏矣,曰会计当而已矣;尝为乘田矣,曰牛羊茁壮长而已矣。"《史记·孔子世家》:"尝为季氏史,料量平,尝为司职吏,畜息蕃。"《论语·子罕》:"太宰问于子贡曰:夫子圣者欤?何其多能也?子贡曰:固天纵之将圣,又多能也。子闻之,曰:太宰知我乎?吾少也贱,故多能鄙事。"
② 《周礼·大宗伯》:"卿执羔,大夫执雁,士执雉,庶人执鹜。"

野鸡野鸭什么的，赶紧说："您这礼物太贵重了，不敢接受，您还是拿回去。"张三跟着谦虚，说："拿的礼物太少，太简陋，您别嫌少，还是收下。"客气再三，李四终于收下礼物，请张三进屋，聊完天，送张三出来，送到屋门口，俩人作揖；送到大门口，俩人再作揖。第二天，李四再把张三拿的礼物原封不动地送回去。这还只是见面，碰上婚丧嫁娶、红白喜事、诸侯即位、天子登基，那规矩就更多，更繁杂，如果不是专业人士，还真搞不清哪个先哪个后。而儒，就是这方面的专业人士。

　　孔子对儒这门职业，打小就感兴趣，跟小朋友做游戏，别人玩捉迷藏，玩石头剪子布，他玩过家家，让其他小朋友扮宾客，他扮司仪，捏黄泥当礼器，丧事用多少盘子多少碗，喜事用多少盘子多少碗，他记得清楚，指挥得利落[①]。

　　孔子讲，他十五岁开始有志于学[②]。怎样理解这句话，有很多种说法。一种说法是，他家境不好，十五岁才开始上学。还有一种说法是，孔子十五岁才尝到学习的乐趣。也有人认为，孔子所说的"学"，是指周朝官学里的大学，他十五岁已经上了大学。以上说法哪个正确，不知道，这里存疑。但不管这"学"是什么，孔子学的东西都是儒。换句话说，都是怎么给人当司仪。

　　儒有两种，一为君子儒，一为小人儒。小人儒，还是司仪；君子儒，气魄很大，不光当司仪，还要当王者师，不光把司仪当成生存技能，还要把它扩而大之，作为修身齐家治国平天下的武器。孔子多闻阙疑，不耻下问，他要做的，是君子儒。

---

① 《史记·孔子世家》："孔子为儿嬉戏，常陈俎豆，设礼容。"
② 《论语·为政》："吾十有五而志于学。"

办私学的进账

孔子学儒,渠道多样,既从课堂上学,也从书本里学,还到处请教懂"礼"的高人。他曾经不远千里,从山东曲阜跑到河南洛阳,专门向老子问道。一边学,还一边实践,亲朋邻里的红白喜事,鲁国大夫的朝贺庆典,他都参与,跟学到的东西相互验证,哪里符合古法,哪里跟古法不一样,搞得一清二楚。

渐渐的,孔子有了名气,至少在鲁国国都曲阜,上至国君,下至庶民,都知道他是个有学问的人,懂得很多"礼"。于是,就有人找他请教。请教的人多了,孔子开始办学,收学生,教他们怎么做儒,也教他们怎么做人,教他们研究学术,也教其中一些人搞政治的学问。

公元前四五世纪的私立学校,挺像现在的综合性大学,既培养学者,又培养政客,同时还培养专门的技术人才(孔子传授的"儒"是一门礼仪技术)。孔子的私学如是,孟子的私学也如是,包括比孔子稍晚、比孟子稍早、远在雅典的柏拉图所建立的学院也如此。

孔子办学的具体时间,迄今没有定论。司马迁说,孔子十七岁就开始办学,收的第一批学生很有背景,有鲁国大夫孟釐子的嫡长子、后来接班做了鲁国大夫的孟懿子,还有孟懿子的弟弟南宫敬叔[①]。而钱穆先生认为,孔子到三十岁才办学。中国人民大学国学院梁涛教授著作《孔子行年考》,说孔子是在二十三岁那年开班授徒。本书采用梁涛的说法。

据梁涛《孔子行年考》,孔子二十三岁办学,办到三十五岁,去齐国找工作,不太理想,一年后,又回到鲁国,再次办班教学,然后一直到五十一岁,才出来做官。由此可见,孔子办私学的时间是很长的,近三十年。

私学不同于官学。周朝官学,专教贵族子弟,培养礼节和为官之道,不但不收学费,还管饭。而私学是民营的,财政不补贴,政府不资助,除非办学者非常有钱,否则不可能不收学费。孔子的私学,学费怎么收,收多少,是个问题。目前唯一的一手资料,只有《论语·述而》里面孔子无意中透露的这一句:"自行束脩以上,吾未尝无诲焉。"就这么简单的一句话,又有不同解释。解释之所以不同,关键在于"束脩"。

传统说法,"束"就是一束,有十条;"脩"就是干肉。您知道,周朝处理鲜肉,不让它腐烂变质,有三种方式:一是"脯",给肉抹上盐再阴干;二是"脩",除了抹盐,还抹上姜末、葱末、肉桂末等佐料,完了再阴干;再就是"腊",在"脩"的基础上进一步熏。如果"束脩"的"脩"是指干肉,那么很好理解,"自行束脩以上,吾未尝无诲矣",意思就是凡交了十条干肉作学费的人,我没有不教的。两汉以降,古人还真就

[①] 《史记·孔子世家》:"孔子年十七,……釐子卒,懿子与鲁人南宫敬叔往学礼焉。"

君子爱财
JunZi Ai Cai

这么理解,因为这个缘故,"束脩"在后来直接指学费。

但是新的说法来了:"束脩"就是"束修","束"是装束,"修"是修饰。春秋时,男人十五岁开始束发,所以"束脩"是指十五岁的男子。孔子的意思是说,但凡十五岁以上的男生,我没有不教的。这种说法听起来牵强荒诞,但也言之有理,譬如台湾的傅佩荣老师,就持这种说法。

以上说法哪个正确,不知道,这里也存疑。假如传统说法符合事实,则孔子办班近三十年,进账应该不少。十条干肉,至少三斤,据说孔子办私学最兴旺的时候,门下弟子三千多人[1],一个学期下来,到手九千斤干肉。假如孔子把干肉全部卖给食品厂,能卖几十万元。

但是这样分析,漏洞多多。

第一,孔子办班多年,不会每年都收干肉。他处在春秋晚期,商品经济相当发达,各行各业索取报酬,要么取布匹,要么取粮食,要么取铜币,要么取金饼,收干肉做报酬的,除孔子外,没有他例,显得很稀奇。所以我估计,即使孔子让学生交十条干肉做学费,那也是老夫子某个学期馋肉太狠,突发奇想拿出的方案,到下个学期,很可能就不会再收干肉了。

第二,"弟子三千",不是孔子自己说的,这个数字,可能有夸大。您想,当时没有话筒,没有扩音器,假如孔子给三千名学生上大课,一半以上的学生是听不到夫子说什么的。神通广大

---

[1] 《孔子家语·本姓解》,齐国太史,一个叫子与的人,夸孔子"凡所教诲,束脩以上,三千余人"。《战国策·燕策》:"孔子以诗书礼乐教弟子,盖三千焉。"

如释迦牟尼,在舍卫国祇树给孤独园说法,弟子最多也不过"大比丘众千二百五十人"而已①。极有可能是,孔子私学办了很多届,这届弟子学几年毕业,再收下一届弟子,把所有届加一块儿,才满三千人。也有另一种可能:孔子私学办到后来,名气越来越大,他讲课时,人们从旁边经过,偶尔听了一耳朵,回去也自称孔子门徒。但这种一厢情愿的"私淑弟子"是不交学费的。

孔子办私学,具体收入不可考,不管怎么说,学费是一定要收的,收到的学费一定够他自己及其家人糊口,不然没法生存。傅佩荣教授认为,孔子办私学,完全是做奉献,其经济来源不是学费,而是助丧,也就是在人家办丧事的时候做司仪。这种观点,失之过迂,关键是缺乏文献做支持。窃以为,孔子少年学儒,做司仪是拿手技能,要说偶尔助丧,极有可能,但靠这个吃饭,有违孔子的宗旨。孔子对学生子夏说过:"汝为君子儒,毋为小人儒。"靠助丧为生,是小人儒。

顺便说一句,助丧这种工作,在我老家豫东平原仍然存在,一贯由熟悉丧仪的老年人担任,负责监督并指导整场丧事的每一道程序,从哭灵到谢孝全程跟踪。事后主人家谢以香烟一条、白酒两瓶、猪肉一块(此即孔夫子常说的"祭肉")。但是,绝对不会给钱。

---

① 参见《长阿含经》卷一、《金色王经》卷一、《大楼炭经》卷一、《大般涅槃经》卷一、《金刚经·法会因由分》《须摩提女经》《梵网六十二见经》等经文的开头。

在官学的收入

孔子办私学,收入不可考,在官学教书时,却有明确的薪水记录。

公元前497年,孔子五十五岁,私学已经停办,在鲁国也做过了几年官,有些不得志,前往卫国寻求机会。卫国国君卫灵公很赏识他,请他做官学的教授,教贵族子弟诗书礼仪和为政之道,孔子很高兴。

卫灵公问:"您在鲁国做官时,鲁君给多少年薪?"孔子说:"俸粟六万。"于是卫灵公也按年薪六万给他发工资[①]。

这里说的年薪六万,当然不是人民币,也不是铜钱,是粟,即谷子,或者叫小米。六万小米,究竟是六万斤,还是六万升、六万斗、六万石呢?唐朝人张守节给《史记》做注,说是六万斗。这斗,是周朝的斗,一斗相当于唐朝的三分之一斗,六万斗放到唐朝,只有两千石,而唐朝高级官员年薪折成粮食,也就在两千石左右。

[①] 《史记·孔子世家》:"居鲁得禄几何?对曰:俸粟六万。卫人亦致粟六万。"

唐朝一石，有六十升①，能装小米四十五公斤。卫灵公每年发给孔子两千石小米，重达九十吨。

---

① 参见丘光明《中国历代度量衡考》，科学出版社1992年第1版，第259页。

君子爱财
JunZi Ai Cai

教师的工资

孔子那个时代,中原地区主要的粮食作物不是大米,也不是小麦,而是谷子。官方发薪水,以及计算人们的口粮,一般都用谷子也就是小米做标准。对于口粮,《周礼·地官·廪人》统计如下:"凡万民之食,食者人四鬴,上也;人三鬴,中也;人二鬴,下也。"意思就是说,一个成年人每月消耗掉四鬴小米,这叫大饭量;每月消耗掉三鬴小米,是中等饭量;每月只吃两鬴小米,属于很小的饭量。鬴,通"釜"。周朝一釜,是六十四升。周朝一升,是一百八十七点六毫升[①]。所以一釜相当于现在十二升,能装小米九公斤。周朝中等饭量的成年人每人每月平均吃掉三釜小米,共二十七公斤,平均每人每天需要零点九公斤的口粮。这个饭量,跟我们现代人是差不多的。

孔子在卫国官学教书,年薪九十吨小米,足够二百八十个人吃一年,够一个人吃二百八十年。这时孔子的寡母颜氏已经过世,孔子的孙子孔伋还没有出生,他的家属除了老婆亓官氏、儿

[①] 这个数据没有直接的考古证据,是推算出来的,参见梁方仲先生《中国历代户口、田地、田赋统计》附录《中国历代度量衡变迁表》,中华书局2008年第1版。

子孔鲤以及孔鲤的媳妇之外，就没有其他人了。全家四口人，光算口粮的话，一年不过一千多公斤，孔子一年的工资，够全家吃上几十年。由此可见，卫灵公待孔子不薄，孔子在卫国官学教书拿的薪水不低。

还可以横向比较。比孔子稍晚的魏成子，在魏国为相，魏文侯每年给他一千钟[①]。一钟是十釜，装小米九十公斤，一千钟即九十吨。魏成子这位魏国国相的年薪，刚好跟孔子在卫国官学教书时的年薪打了个平手。这说明，教师在春秋战国是很受重视的：一个高级教师的收入竟然不低于一个高级官员的收入。

---

① 《史记·魏世家》："魏成子为相，食禄千钟。"

私人考察，政府资助

孔子周游列国，是从三十一岁开始。那时候，他正在山东曲阜办私学，给学生讲课遇到难题了，在鲁国找不到答案，决定动身去一趟当时所有诸侯国的共同首都：洛阳。

从山东曲阜去河南洛阳，全程不到五百公里。但孔子生不逢时，没有汽车和火车，想到洛阳去，有条件就坐马车，没条件只能步行，来回走一趟，人吃马嚼，路上住宿，到了目的地，找人请教问题还得带上礼物，算算这笔经费，还真够孔子喝一壶的。

好在孔子有个学生，名叫南宫敬叔。前面说过，此人是孔子收的第一批弟子，来头不小，他的爸爸，姓孟名釐子，曾经是鲁国大夫；他的哥哥，姓孟名懿子，正在做鲁国大夫。您会问：怎么他爸爸姓孟，他哥哥姓孟，他自己却姓南宫呢？如前所述，那时候的姓跟氏是分开的，南宫敬叔仍然姓孟，只因为不是嫡长子，不能继承他爸爸的官爵，需要单独给自己定一个氏。据说他是在家里南边那排房里出生的，所以就以"南宫"为氏，从孟敬叔改叫南宫敬叔。

南宫敬叔听说老师要去首都考察，觉得自己有责任帮老师申请一笔经费，他直接去找国君，先把孔子夸成一朵花，然后说：

‖孔子游学东周,问礼于老子。出自《孔子胜迹图》,此图作于明朝万历年间,将孔子的马车画成了牛车。

"俺老师这回去洛阳,是想找寻一个答案,那就是咱们周朝当年为什么会兴旺,现在为什么会衰落。这个答案要是找到了,对咱们鲁国非常有利,所以俺老师要做的,是一项利国利民的大课题,请您给他提供点儿课题资助。"国君觉得有道理,大笔一挥,批给孔子一辆马车、两匹骏马,还配了一名司机,路上的经费国家全包,另外让南宫敬叔也跟着孔子一块儿去。到洛阳后,孔子拜访老子,请教苌弘,考察了一些名胜古迹,然后顺利返回鲁国[①]。

[①] 《史记·孔子世家》:"鲁南宫敬叔言鲁君曰:请与孔子适周。鲁君与之一乘车,两马,一竖子俱,适周问礼,盖见老子云。"《孔子家语·观周》:"南宫敬叔遂言于鲁君曰:臣受先臣之命,云孔子圣人之后也,……今孔子将适周,观先王之遗制,考礼乐之所极,斯大业也,君盍以乘资之?公曰:诺。与孔子车一乘、马二匹,坚其侍御。敬叔与俱至周,问礼于老聃,访乐于苌弘,历郊社之所,考明堂之则,察庙朝之度。"

没有赞助，就没有传播

去洛阳请教老子以后，孔子开始频繁地到鲁国周边的几个诸侯国去。

三十五岁那年，去了齐国。

三十八岁那年，去了东周。

五十五岁那年，去了卫国。

五十九岁那年，又去了卫国。

六十岁那年，去了宋国，然后又去了郑国和陈国。

六十一岁那年，离开陈国，来到蔡国。

六十三岁那年，再次来到卫国[①]。

齐国在今天山东，东周、郑国、卫国、陈国、蔡国，都在今天河南，宋国的主要疆域也是在今天河南。传说孔子还去过楚国，这楚国，主要疆域在今天的湖北。史称孔子周游列国，他所周游的，不过现在两三个省而已，足迹所至，不出中原。

但有三条需要注意：

一、孔子到了诸国，一般都要居住一段时间。像在齐国，一

[①] 参见中国人民大学国学院梁涛教授的《孔子行年表》。

君子爱财
JunZi Ai Cai

住就是两年。后来去卫国,因为受到卫灵公优待,住的年头更多,在其他诸侯国碰壁之后,他想到的第一个避难所不是鲁国老家,而是卫国。

二、不管到哪个诸侯国,孔子都不是一个人去。第一次到东周问礼,他带了一名司机、一个南宫敬叔;后来去卫国、去郑国、去宋国,七十二弟子当中除了在外做官的,大多跟着。他们还带着整车的书,前呼后拥,人欢马叫,光看架势,颇像组团旅游。

三、如前所说,当时的交通非常落后。

有这三条因素存在,孔子周游列国,经费就成了一个大问题。他们师徒不是列子,不可能御风而行,饿了也不能喝西北风,衣食住行以及抵达异国后的人际交往,都需要钱。

这经费来源,有一个很关键的渠道就是赞助。譬如孔子去洛阳考察,鲁国国君派车派人一路随行,就是一例。

还有一例:鲁国大夫季孙氏,曾经一次性送给孔子师徒小米一千钟。咱们前面计算过,一千钟小米有九十吨,师徒七十多人都来吃,也能吃个三四年的。

孔子晚年回想旧事,很感激帮他申请经费的南宫敬叔和送他大量粮食的季孙大夫。孔子说:要没有他们的赞助,我的"道"恐怕是没办法向外传播的[1]。

孔子的学生当中,子贡给人的印象一贯是特有钱,很多人都

---

[1] 《孔子家语·致思》:"孔子曰:季孙之赐我粟千钟也,而交益亲;自南宫敬叔之乘我车也,而道加行。故道虽贵,必有时而后重,有势而后行,微夫二子之贶财,则丘之道,殆将废矣。"

认为，孔子周游列国，子贡从经济上做了不少贡献。这个看法，有待于纠正。因为子贡比孔子小得多，当孔子周游齐国、卫国等诸侯国的时候，他刚出生，还没有拜入孔子门下。

事实上，孔子五十多岁时候，在鲁国已经为官几年，先后做过中都宰、司空、大司寇，年薪最高时九十吨小米，手里应该也有一些积蓄，后来去卫、宋、陈、蔡等国，即便没有赞助，也未必不能自力更生一段时间。

君子爱财
JunZi Ai Cai

孔子不是无房户

北魏时期,地理学家郦道元撰写《水经注》,提到了孔子的不动产。他说:"孔庙,即夫子之故宅也,宅大一顷。所居之堂,后世以为庙,……庙屋三间,夫子在西间东向,颜母在中间南向,夫人隔东一间东向。"①

这段话的意思是说,在山东曲阜城中,保留着孔子的住宅,占地大约一百亩,盖了三间房,孔子住在西边那间厢房,孔子的爱人住在东边那间厢房,孔子的生母颜氏住在当中那间正房。

这段话是郦道元亲自考察后写的,应该可信。

春秋战国时期,一亩相当于现在零点三三亩,一百亩相当于现在三十三亩,折合两万多平方米。两万多平方米的宅基,只盖三间房子,这让我们现代人看起来很怪异。如果我们了解当时的住宅特征,就不会觉得怪异了。至少在南北朝以前,中原一带的民宅,包括一些小城市的市民住宅,占地都很大。孟子常说"五亩之宅",荀子要求国君分给农民每家"五亩之宅",到了南北朝时候,北周太祖制定土地政策,凡家庭人口在十人以上的,还

---

① 《水经注》卷二十五《泗水》。

分给五亩宅基。这些还都是平民的住宅，如果是贵族，住宅的占地面积更加大得吓人，像汉成帝时期，王侯住宅可以占地一千亩，公主住宅可以占地三千亩。

这么大的宅基面积，并非全盖成房子，其中绝大部分空地，是用来种菜、种树、搞畜牧养殖的。也就是说，南北朝以前的住宅，经常跟耕地连在一块儿，近似今天美国常见的家庭农场。《周礼·载师》有云："宅不毛者，有里布。"意思就是房子周边的空地上不种菜不种树不种庄稼的，要罚钱。可见在那时候，政府曾经强令居民把住宅变成农场。

孔子所居住的曲阜，在春秋时期是大城市，商品经济已经很发达，但即便如此，仍跟现代城市有本质区别。现代城市里见不到大片的耕地，也不可能有大量的农民，即使有，也是离开耕地的农民工。而在春秋时期的曲阜，包括同时代的其他大城市，都是士农工商杂居一城，在最繁华的城区街道上，你也能见到扛着锄头的农民下田耕作，大片的农田点缀在商铺、官廨和民宅之间，颇有田园牧歌的气象。类似的场景在欧洲也出现过。譬如12世纪的乌尔姆和纽伦堡，麦收季节响彻铁连枷的声音；15世纪的慕尼黑和巴塞尔，闹市区内遍布三年轮作的耕地；18世纪的法兰克福和威尼斯，人们在街上围栏养猪。甚至直到我们的盛唐时期，唐代宗还颁布了一道法令，禁止长安城的市民植桑种麻，之所以禁止，当然是因为已经种了。

孔子在曲阜城中拥有三十三亩宅基和三间房子，在当时算不算豪宅呢？看跟谁比，跟平头百姓比，大多数家庭只有"五亩之宅"，折合成市亩不到两亩，那么孔子的房子当然算豪华。可是

君子爱财
JunZi Ai Cai

跟当时鲁国季孙氏、孟孙氏等权贵相比，就显得很寒碜。因为季孙氏等人都有封邑，封邑里有属于他们的百姓，有属于他们的城池，有属于他们的上百万亩的土地。孔子活着时，名声很大，影响很广，但终究不是上层贵族，他一生没有自己的封邑。《史记·孔子世家》载，孔子从蔡国出来，接到楚国国君楚昭王的聘请，昭王要封他"书社之地七百里"。这"七百里"不是方圆七百里，而是七百个小型社区，一"里"是二十五户农民，七百"里"就是一万七千五百户农民。如果真的封给孔子，这一万七千五百户农民的土地、房子，其收益权归孔子所有，每年收获的粮食，每年赚到的房租，都得交到孔子手里。遗憾的是，楚昭王还没有兑现承诺就去世了，这让孔子失去了一个拥有巨额不动产的好机会。

孔子不是小气鬼

办私学，教官学，做官，接受赞助，有自己的不动产，总之，孔夫子不差钱。

在花钱上，孔子也很大方。

孔子对朋友有通财之谊。他的钱就是朋友的钱，他的房子就是朋友的房子。朋友死了，没人安葬，孔子出钱安葬①。朋友到鲁国来，没地方住，孔子说："我来提供房子。"②

孔子的学生出差，剩下老母亲在家，揭不开锅了，孔子从自家仓库扛出几袋小米来，让别的学生给老太太送去③。

有人说，孔子是个小气鬼，他最喜欢的学生颜回死了，没钱置办棺材外面套的那个棺材壳儿（术语叫"椁"），颜回的父亲为了凑钱，请孔子把马车卖了，孔子都不肯。这件事，应该有④，但不表明孔子小气，只能说孔子重"礼"，什么事儿都想

---

① 《论语·乡党》："朋友死，无所归。曰：于我殡。"
② 《礼记·檀弓上》："宾客至，无所馆，夫子曰：生于我乎馆，死于我乎殡。"
③ 《论语·雍也》："子华使于齐，冉子为其母请粟。子曰：与之釜。请益。曰：与之庾。"釜和庾，都是先秦容量，一釜是64升，一庾是160升。
④ 《论语·先进》："颜渊死，颜路请子之车以为之椁。子曰：才不才，亦各言其子也。鲤也死，有棺而无椁；吾不徒行，以为之椁，以吾从大夫之后，不可徒行也。"

按规矩来。颜回是平头百姓,棺材外面没资格套上大棺材;孔子这时候又是个退休不在位的官员,马车是政府配的,卖掉马车,不合规矩。

遥想当年,孔子第二次去卫国,从以前在卫国官学时教过的一个学生家门口过,发现他家正办丧事,进去一问,原来那学生死了。孔子很伤心,在灵前大哭了一阵,出来对子贡说:"快把我马车前面左右两边那两匹马的缰绳解下来,送给这个学生的家长。"子贡说:"学生死了,老师祭奠一下也不是不可以,但您没必要连马也送给人家啊,这个祭品是不是太贵重了?"孔子擦着眼泪说:"今天不知怎么了,一见这学生的灵位,我就哗哗地掉眼泪,想不哭都不行,不用两匹马做祭品,表达不了我这会儿的心情。小子,别犹豫了,快去解缰绳!"①

还有一个例子。孔子年轻时的老朋友,一个叫原壤的人,母亲死了,没钱给棺材刷漆。孔子说:"没关系,我出钱。"②这两件事情,能从侧面证明孔子之所以不为安葬颜回卖马车,不是因为小气。

孔子周游列国,在路上碰见不认识的人,只要谈得投机,就会送钱送东西给人家。有一年他带着子路去山东郯城,路上碰见一个叫程子的人,不知哪句话投缘了,把自己马车跟人家的马车并到一块儿走,聊了一路。临别时,孔子对子路说:"去把咱带

---

① 《礼记·檀弓上》:"孔子之卫,遇旧馆人之丧,入而哭之哀。出,使子贡脱骖而赙之。子贡曰:于门人之丧,未有所脱骖,脱骖于旧馆,无乃已重乎?夫子曰:予乡者入而哭之,遇于一哀而出涕。予恶夫涕之无从也。小子行之。"
② 《礼记·檀弓下》:"孔子之故人曰原壤,其母死,夫子助之沐椁。"

的丝绸拿一捆来,送给这位程先生。"①

我们读《礼记》和《孔子家语》,经常能见到这样的故事:孔子去某国,路上只要听见有人哭,他都会让司机停车,然后跑过去问人家怎么了,要不要帮助。这些故事,是"苛政猛于虎""树欲静而风不止"等成语的出典。

由此看来,孔子很大方,情感也丰富,有强烈的同情心,喜欢见义勇为,经常助人为乐。我估计,假如他活在今天,在市区开车,瞧见马路上弯腰捂胸做胃疼状的人,也会驶到近前,按下车窗,主动问人家要不要去医院。

他是孔子,不怕碰瓷。

---

① 《孔子家语·致思》:"孔子之郯,遭程子于途,倾盖而语,终日,甚相亲。顾谓子路曰:取束帛以赠先生。"

孟子多金

君子爱财
JunZi Ai Cai

据说,孟子是子思的徒弟,子思是孔鲤的儿子,孔鲤的爸爸,就是大名鼎鼎的孔子。

如果上述说法符合历史事实,那么很显然,孟子应该喊孔子一声"太师父",就像金庸武侠《倚天屠龙记》中张无忌喊张三丰那样。

孔子的辈分比孟子高,道统上的地位也在孟子之上——孔子是至圣,孟子只是亚圣。不过要是俩人斗富,我猜孔子斗不过孟子。

孟子做官,年薪惊人

孔子最飞黄腾达的时候,是在鲁国做大司寇,年薪折成粮食,是六万斗小米。春秋时,一斗在两千毫升上下,能装小米一点五公斤,六万斗小米,足有九万公斤。当然,鲁国国君给孔子发工资,未必全部发成小米,也可能发布匹,也可能发钱币,也可能发大米、小麦、大豆、小豆等其他粮食,只不过当时薪水一般都是拿小米当标准,不管发什么,最后都是折成小米登记入账。

而孟子最飞黄腾达的时候,是在齐国做卿,年薪折成粮食,是十万钟小米[①]。老话常讲,书中自有千钟粟,形容读书有大利益,孟子年薪十万钟,比"千钟粟"还要多得多。

"钟"这个单位,春秋战国时期被绝大多数诸侯国通用,在不同阶段、不同国家,它的具体大小不太一样。孟子活着的时候,齐国的"钟"非常大,一钟是一千升,当时齐国一升有二百

[①] 参见《孟子·公孙丑下》。

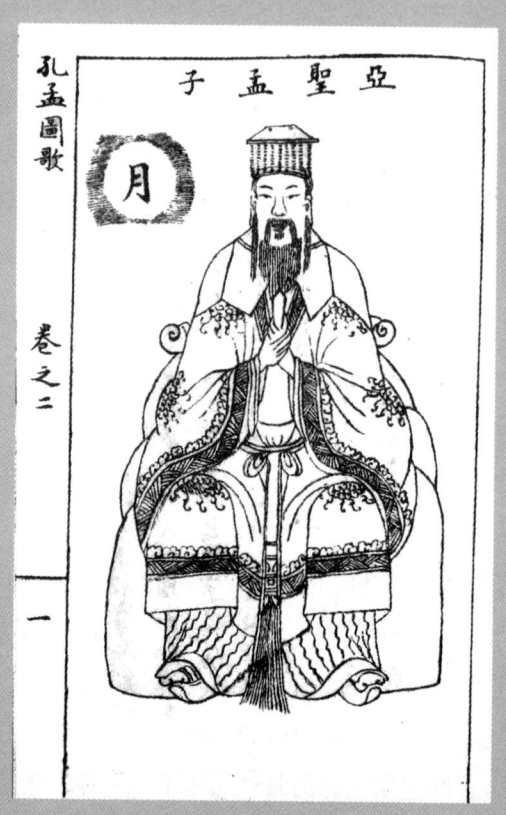

‖ 亚圣孟子,出自光绪刻本《孔孟图歌》。

零六毫升,所以一钟有二十万六千毫升①。按照小米的一般容重,一千毫升小米重有零点七五公斤,那么一钟小米至少有一百五十公斤,十万钟即一千五百万公斤,也就是一万五千吨。

前面说过,孔子在鲁国做大司寇,年薪相当于九十吨小米;而孟子在齐国做卿,年薪相当于一万五千吨小米。由此可见,孟子的年薪是孔子的一百多倍。或者换句话说,一个孟子挣的钱,能顶一百多个孔子。

有的朋友可能会对上述数据表示怀疑:一年一万多吨小米,这也太吓人了吧?是有点儿吓人,不过它是事实。您要不信,去问孟子或者孟子的徒弟,因为年薪十万钟这样的话,是孟子或者孟子学生在《孟子》一书中说的。

也许十万钟只是用来形容孟子在齐国很受重用,并非真实的薪水记录,就像我们说一个人"腰缠万贯",只是用来形容他很有钱,而不是腰里真的缠了一万贯铜钱一样。可问题在于,战国时期一些诸侯国的国君出手确实很大方,一见文官建言,武将立功,动辄"赐田百万亩"②"封邑两千家""给地十二县"③。百万亩的农田、几千家的采邑、十几个县的土地都能拿来封赏,一万多吨小米算什么!何况孟子为官的齐国"粟如丘山"④,根本不差那点儿小米。更何况齐国发给孟子的薪水并不全是小米,而

---

① 参见丘光明《中国历代度量衡考》,科学出版社1992年第1版,第139页。需要说明的是,在孟子之前,齐国容量实行四进位与六进位,一钟是六百四十升而不是一千升。孟子时期,容量发生变革,十进位渐渐普及,一钟已多达一千升,相当于十石。
② 参见《战国策·魏策一》。
③ 参见《史记·春申君列传》。
④ 参见《史记·苏秦列传》。

是很多财物折算出来的"理论上"的小米。

跟孟子同时代的孟尝君,在齐国为卿相,受封于薛邑,食邑一万户①。按齐相管仲的统计,每户年产二十钟②,一万户年产就有二十万钟。

比孟子稍晚的吕不韦,在秦国为卿相,受封蓝田十二县③。十二个县的租税归他一个人所有,每年所得绝不会低于十万钟。

战国中晚期每亩(今亩)耕地年产小米大约一百零八公斤④,一万五千吨小米,只需要十几万亩耕地就足够。而齐国耕地总面积至少几千万亩(今亩)⑤。

所以我觉得,孟子在齐国做卿,号称十万钟年薪,应该是真有十万钟,不是吹牛。

---

① 《史记·孟尝君列传》:"孟尝君时相齐,封万户于薛。"
② 《管子·轻重甲》:"一农之事,终岁耕百亩,百亩之收,不过二十钟。"
③ 《战国策·秦策》:"子楚立,以不韦为相,号曰文信侯,食蓝田十二县。"
④ 参见吴慧《中国历代粮食亩产研究》,农业出版社1985年第1版,第111页。
⑤ 参见王善禄《齐国土地资源开发论述》,载于《管子学刊》1998年第3期。

孟子教书，年薪也惊人

拿着十万钟的年薪，孟子在齐国做卿做了两三年。这两三年当中，他一直想找机会推行自己信奉的那一套政治主张，譬如减税、爱民、恢复古礼。但是，齐国国君似乎只看重孟子的名气，不采纳孟子的建议。孟子很郁闷，向齐王辞职。

齐王拿到孟子的辞职申请，没批准，他认为，孟子的主张有能用的，也有不能用的。

哪些不能用呢？搞仁政那一套。那个时代诸侯纷争，一个国家能否存活以及发展壮大，最关键的是国库是否充足、军力是否强盛，没钱没兵，光搞仁政，不出俩月，这国家就让人灭了，所以仁政虽好，失之过迂。看看后来各国的结局就知道，凡是把"仁政"放在嘴上的诸侯统统完蛋，反倒是严刑重法、穷兵黩武的秦国一统了天下。

当然孟子的主张也有能用的，同时也是让所有当头头的人听了都喜欢的，那就是重视等级：百姓得尊敬领导，臣子得尊敬君主，下级得服从上级①。这种极力维护等级秩序的政治主张，其实

---

① 《孟子·尽心上》："人莫大焉亡亲戚君臣上下。"《孟子·滕文公下》："杨朱、墨子，无父无君，禽兽也。"

‖ 孟子见齐宣王,出自万历刻本《孟子全图》。

也是后来孟子被历代帝王供奉的关键原因。

齐王跟所有头头一样,对仁政没多大兴趣,但是非常喜欢等级秩序,他想了想,发现孟子不做卿正合他的心意,可让孟子卷铺盖回家却有点儿可惜,不如给他个教学的职位,让他帮着自己给下级洗脑。

考虑成熟以后,齐王向某个大臣透露了自己的想法:"我想在咱们齐国中央地带给孟子盖一所大房子,让他在里面办学教书,教化齐国的贵族和官员,使大伙懂得守规矩。至于待遇呢,就给他年薪一万钟吧。"齐王又说,"你去给孟子带个话,问他同意不同意。"那个大臣向孟子转告了齐王的话,孟子说:"我来齐国是为了推行仁政,不是为了发财,要是为发财,年薪十万钟岂不比年薪一万钟要多吗?"[①]听这意思,大概是拒绝了齐王让他做教师的提议。

在齐国做卿之前,孟子本来就是教师,教过一大批学生,但是学费怎么收,一年挣多少,现有文献不见记录,唯独在齐国这一次,能见到清晰可靠的薪水记录:年薪一万钟。可惜却又不知道孟子最后有没有在齐王为他建造的官学里教书。

假设孟子接受了教书的安排,那么他的薪水还是远远超过孔子。我们知道,孔子在卫国官学教书,年薪仅有六万斗小米,即九十吨;而齐王给孟子制定的标准是一万钟,即一千五百吨。孟子挣的钱,还是能顶十几个孔子挣的。

---

① 《孟子·公孙丑下》:"齐王谓时子曰:我欲中国而授孟子室,养弟子以万钟,使诸大夫国人,皆有所矜式,子盍为我言之。时子因陈子而以告孟子。孟子曰:然,夫时子恶知其不可也,如使予欲富,辞十万而受万,是为欲富乎?"

老是有人送钱

孟子活了七八十岁,一生真正做官的时间还不到十分之一。看现有文献,他一辈子最多只做过两次官,一次是在齐国做卿,另一次是在魏国做卿[①]。在齐国做卿,年薪有记录,是十万钟;在魏国做卿,年薪没记录,推想起来,应该也不会太少。

据说有个叫蚳蛙的人,在齐国某县做县长,做了几年,认为离国君太远,很多有抱负的主张都没办法向国君建议,于是辞掉县长,做了京官。孟子听说后,对蚳蛙说:"您现在离国君很近了,有机会向他提建议,可您怎么不提啊?"蚳蛙说:"我马上就提。"然后向国君提了建议,国君没有听从,蚳蛙就连京官也不做了,挂印而去。齐国人评价说:"瞧,蚳蛙这个人多有气节,自己的建议不被采纳,就辞官不做,真是高风亮节啊!不知道孟子能不能做到这一点呢?"孟子的学生公都子把齐国人的言论转告给孟子,孟子笑了,很狡猾地说:"蚳蛙做得确实很对,为官的人就应该那样,做一天和尚撞一天钟,吃一天俸禄尽一天责任,如果建议总是不被国君采纳,说明对国君已经尽不到责任

---

① 《风俗通义·穷通》:"梁惠王复聘请之,以为上卿。"

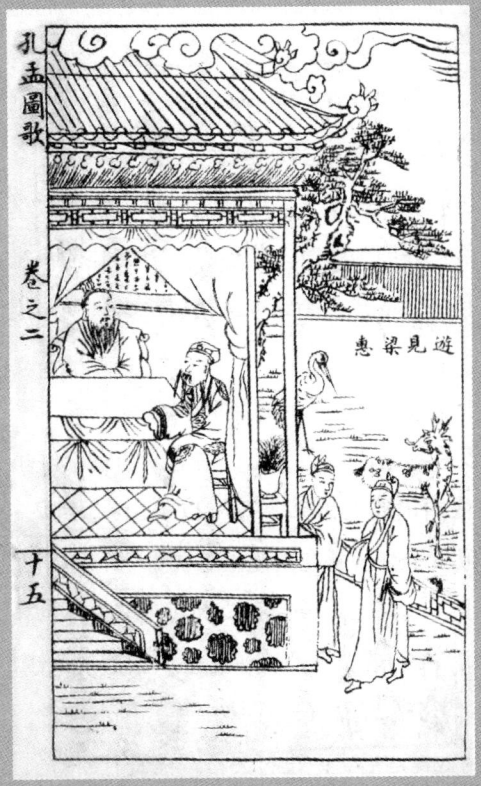

‖孟子见梁惠王,出自光绪刻本《孔孟图歌》。

了,那就不应该再拿国君的俸禄。至于我呢,我现在不是官,没吃国君的俸禄,所以我想提建议就提建议,想不提就不提,想离开就离开,想留下就留下。"①照我推想,这件事情很可能发生在孟子辞职以后。换句话说,孟子这时候已经不再是齐国的卿相了,他无官一身轻,说话腰不疼,很是逍遥自在。

问题是,在孟子没有做官的漫长岁月里,以及他辞职以后的晚年生活中,他指着什么吃饭呢?

他做官之前,办过私学,可以从学生那里收取学费;辞职以后,他有积蓄:齐国为卿时一年能挣一万多吨的小米,即便没有退休金,也有棺材本儿,小到养家糊口,大到列国周游,都不在话下。

其实孟子还有一条很关键的经济来源:馈赠。

孟子还没有扬名诸侯那会儿,在老家山东已经小有名气,当时山东小国任国国君的弟弟季任,以及山东大国齐国的卿相储子,都很钦佩孟子。孟子在出生地邹国办学,季任派人专程到邹国去,给孟子送钱花;孟子带着学生到齐国去办事,在齐国平陆住了一段时间,储子派人专程到平陆去,给孟子送钱花②。

季任和储子分别给孟子送了多少钱,暂不可考,但孟子在接受两位赠送的钱财之后,一没打欠条,二没有回赠③,所以这两笔

---

① 《孟子·公孙丑下》:"孟子谓蚳鼃曰:子之辞灵丘而请士师,似也,为其可以言也。今既数月矣,未可以言与? 蚳鼃谏于王而不用,致为臣而去。齐人曰:所以为蚳鼃则善矣;所以自为,则吾不知也。公都子以告。曰:吾闻之也:有官守者,不得其职则去;有言责者,不得其言则去。我无官守,我无言责也,则吾进退,岂不绰绰然有余裕哉?"
② 《孟子·告子下》:"孟子居邹,季任为任处守,以币交,受之而不报。处于平陆,储子为相,以币交,受之而不报。"
③ 《孟子·告子下》:"孟子受之而不报。"

款项是有进无回的,是孟子的计划外收入。

再后来,孟子从齐国辞职,齐国国君一出手,就送他"兼金一百"。您知道,"兼金"就是纯度很高的黄金。孟子气概非凡,不要。后来他要回邹国老家,途经宋国和薛国,宋国国君送他黄金"七十镒",薛国国君送他黄金"五十镒",这回孟子不再拒绝,统统笑纳了。孟子接受馈赠时,他的学生陈臻在场,很纳闷儿,请教老师道:"前天您离开齐国时,齐王送您黄金,您不要,这两天在宋国和薛国,两位国君送您黄金,您又都要了。如果在齐国拒绝馈赠是对的,那么在宋国和薛国接受就是不对的;如果在齐国拒绝馈赠是不对的,那么在宋国和薛国接受就是对的。请问您哪个是对的呢?"孟子说:"都对。在宋国接受馈赠,是因为我要回邹国,路途遥远,需要路费。在薛国接受馈赠,是因为我听说前面有盗贼出没,我得弄点儿钱买套兵器防身。而在齐国时,第一,当时我要馈赠没有用处;第二,齐王没有说明为什么送我金子。接受不需要的馈赠和没有名目的馈赠,等于是卖身,我是君子,只能卖艺,怎能卖身?"[①]

孟子这一大堆说辞,不能自圆其说处太多。

一、他离开齐国时,就已经做好了回邹国的打算,所以在齐国时是需要路费的,而不是到了宋国才需要。

二、即使是到了宋国才发现需要路费,他也无须接受宋国国君

[①] 《孟子·公孙丑下》:"陈臻问曰:前日于齐,王馈兼金一百而不受;于宋,馈七十镒而受;于薛,馈五十镒而受。前日之不受是,则今日之受非也;今日之受是,则前日之不受非也。夫子必居一于此矣。孟子曰:皆是也。当在宋也,予将有远行,行者必以赆;辞曰:馈赆。予何为不受?当在薛也,予有戒心;辞曰:闻戒,故为兵馈之。予何为不受?若于齐,则未有处也。无处而馈之,是货之也。焉有君子而可以货取乎?"

的馈赠,因为咱们分析过,孟子在齐国做卿,年薪畸高,除非离开齐国时做了一回裸捐,否则稍微剩下那么一点儿,回邹国的路费都不成问题。而如果孟子做了裸捐,没有回邹国的路费,那么他接受齐王的馈赠就是有名目的,而不是像他说的那样没有名目。

三、假如孟子刚离开齐国时还有点儿钱,到了宋国,钱忽然花完了,那么自然要接受宋国国君的馈赠。但是,完全没必要接受"七十镒"之多,待会儿我们会分析,"七十镒"究竟是多么大一笔巨款,这笔巨款,甭说能让孟子及其弟子顺利返回邹国,就是环游地球也绰绰有余。

四、既然孟子在宋国接受了"七十镒"的馈赠,那么在薛国买兵器的钱根本不成问题,他老人家一到薛国,为了买兵器又笑纳五十镒,似乎太贪。

五、亚圣也是人,对黄金也有喜好之心,这无足怪。但喜好就喜好,接受就接受,即使再多接几个国君的馈赠,只要保持独立人格,不为虎作伥,不为权力说话,就绝无卖身之嫌,干吗还要一边受人黄金,一边又说些卖艺不卖身的清高话呢?

六、如果孟子真的坚持一个原则:有名目的馈赠就接受,没有名目的就不接受。那么齐国国君送他黄金时,我不信就没有任何名目——直接砸给他,连一句"夫子为国操劳多年,寡人特以薄礼相谢"之类的客气话都没有?而如果有这种客气话,则馈赠就不是没有名目。既然有名目,那孟子的不接受,就违背了他自己的原则。

所以我觉得,孟子在向学生解释时,有点儿强词夺理。当然,如果您是亚圣的粉丝,也可以说我强词夺理,我没意见。

前面说过，孟子因为无法在齐国推行仁政，曾经辞掉年薪十万钟的官位，所以我坚信这个孟夫子有操守，对政治理想的追求远远超过对钱财的追求。但这不代表孟子不爱钱，只能说明孟子对理想之爱胜过对钱财之爱。这样的人已经值得我们尊敬了，用不着再给他装金身，非让他鄙视钱财，哪怕是来路正当的钱财。

窃以为，不管是齐国国君的馈赠，还是宋国、薛国两个国君的馈赠，都是来路正当的钱财，孟子都可以接受，只要不因此为虎作伥、为权力说话、为这个动摇独立人格，都无损"亚圣"的称号。只是孟子大概过于爱面子，齐王送上黄金时，他怕一接受会毁了自己的形象，断然拒收，事后想起来，可能会有悔意：好家伙，那是多大一坨金子啊，说不要就不要了，真可惜，下回再有这种事儿，还是接受为好。因为有钱才能做些事情，有了这些黄金，对传播他的政治主张也有利。于是当宋、薛两国国君拿出黄金时，孟夫子就开始来者不拒。换句话说，他开始的不接受是爱惜羽毛，后来的接受是因为醒过神来了，跟什么有名目没名目，恐怕没有关系。

您完全可以鄙视上述分析，骂我以凡人之心度圣人之腹。但我始终认为，这世上从来没有圣人，只有值得尊敬的人和不值得尊敬的人。孟子有信念，有立场，有悲悯之心，有独立人格，是值得尊敬的人。同时，他也是跟你我一样的正常人。正常人的一生，必有自相矛盾处，我们看《孟子》，就常常能看见自相矛盾，我觉得这才是正常的人生，咱们没必要学朱熹，读书之前，先把研究对象变成偶像，然后时时处处替他圆谎。那种做法，不是做学问，是做礼拜。

黄金的价值

分析完了孟子的心理,我们再来分析黄金的价值。

前面说过,孟子接受了宋国七十镒黄金的馈赠和薛国五十镒黄金的馈赠。七十镒,五十镒,分别是多少呢?

"镒"是重量单位,曾经在战国的齐国、楚国、韩国、赵国、魏国、鲁国和宋国广为使用。从理论上推算,一镒等于10钎(该"钎"不同于现在的"斤"),一钎等于2两,那么一镒就是20两。战国一两,大约有15克左右,所以一镒的实际重量是在300克上下。

再看考古实物。1979年,陕西省武功县游凤乡浮沱村出土了战国时魏国信安君铜鼎,鼎身重2842.5克,上面的铭文是"九镒"。9镒有2842.5克,那么一镒有315克。这个测算结果,跟理论推算的结果差不多。

我们取整数,按一镒等于300克计算,则宋国国君送给孟子的70镒黄金重21000克,薛国国君送给孟子的50镒黄金重15000克。两次馈赠的黄金加起来,共重36000克。

36000克黄金,放到今天,是一笔巨款。具体有多"巨",您不妨上网查查黄金牌价。

有朋友认为，先秦文献里的"金"，一般指铜，或者代指一切金属货币，不一定指黄金。这是个老观念，有待于纠正。

从春秋后期开始，黄金就已经成了各个诸侯国之间的统一结算单位，并且在民间的大额交易当中广泛使用。而铜，除了用来加工布币、刀币、圜钱、铜贝等只在部分国家流通的区域货币之外，主要拿来做器物，并不像秦汉以后那些朝代，以铜钱为基准货币。

先秦文献里只要说"金"，一般指黄金。如果说"兼金""赤金"，则不但指黄金，而且指纯度很高的黄金。

还有朋友认为，先秦黄金成色很差，含金量很低。这个观念同样需要纠正。现在出土的战国金饼为数不少，其含金量都在90%以上，成色较好的"赤金"含金量能达到95%。所以那个时代的炼金技术远远超过后人的想象。

即使宋、薛两国送给孟子的黄金成色只有九成，拿到今天的市场上去卖，每克也绝不低于300元。孟子两次馈赠，共36000克黄金，价值在1000万元以上。

但是，黄金在中国的购买力，有一个由弱到强的过程。春秋战国时代，黄金成色虽然不低，购买力却远远不如今天。或者通俗点儿说，那时候的黄金没有现在的黄金"值钱"。

商鞅说过：黄金一两，能买小米12石[①]。他说的"两"，约15克。"石"，约20升，12石小米，重约180公斤。15克黄金，才买180公斤小米，每克能买12公斤。而在今天，每克黄金至少能买小米几十公斤。

[①] 《商君书·去强》："金一两生于境内，粟十二石死于境外。粟十二石生于境内，金一两死于境外。"

再往前追溯，管仲（也可能是旁人伪托管仲）说：黄金两镒，相当于小米20钟①。换成现在的度量单位就是说，600克黄金能买小米3000公斤，每克黄金则只能买小米5公斤。可见比起战国时代，春秋时黄金的购买力更差。

话说回来，春秋战国时期黄金购买力虽差，毕竟还是一种贵重货币，一个人手里要是有几十镒黄金，还是很经花的。《管子·乘马》记载，黄金一镒，是100辆战车行军一宿的花费。所谓100辆战车，可不止100辆车和100匹马那么简单，那时候一辆战车的标准装备是3个车兵、4匹战马，再加上72名步兵随行，即75个人外加4匹马。100辆战车，共有7500名士兵、400匹战马，是一支相当成规模的部队。周润发主演的电影《孔子》当中有个场景：齐、鲁两国会盟，齐国一方带了500辆战车。虽然只有500辆，那人群也是乌泱乌泱的，一眼看不到边，说明导演懂得战车的真实含义。

7500个兵、100匹马，行军一夜，人吃马嚼，全部加一块儿的开销，只一镒黄金。那么孟子从齐国回邹国时，连老师带学生，最多几十号人，哪怕每人驾驶一辆马车，吃住都按高档标准，一路上也用不了一镒黄金。所以宋国国君送给他的70镒黄金路费，他是无论如何也花不完的。

---

① 《管子·轻重甲》："一农之事，终岁耕百亩，百亩之收，不过二十钟，一农之事，乃中二金之财耳。"这里只说二金，没有明确说明是二镒黄金，之所以理解为二镒黄金，是因为"镒"是春秋战国之时黄金最常见的度量单位。另外据《史记·刺客列传》，严仲子聘请杀手聂政暗杀韩相侠累，送上黄金百镒为酬劳，并对聂政说："故进百金者，将用为大人粗粝之费。"可见"百金"就是"百镒黄金"的简称，推而论之，"二金"也是"二镒黄金"的简称。

孟子荣登富豪榜

《管子·轻重甲》还记载,在齐国,一个强壮的成年农民,一年耕种100亩地,丰收年景也只有两镒黄金的毛收入。《庄子·逍遥游》则记载,宋国有一个家族,世世代代漂洗棉絮,攒了几辈子钱,家产还不到10镒黄金。由此估计,那时候一个平民家庭的资产大概也只有几镒黄金那样子,如果能上10镒,恐怕可称小康。

据说,一个有百镒身家的商人,在小国可称富豪;一个有千镒身家的商人,在大国可称富豪①。孟子老家在邹国,邹国是小国,孟子从齐国辞官返乡时,不算他的薪水,光在宋、薛两国得到的馈赠,其身家就超过百镒,故此在邹国,孟子可以荣登富豪榜。

还有一个例子,可以从侧面证明孟子得到的馈赠属于巨款:荆轲刺秦王,秦王惊慌失措,想不起背后还背着一把长剑,只能施展空手入白刃功夫跟荆轲搏斗,就在他马上要死在荆轲匕首之下的危急关头,他的私人医生夏无且把随身携带的药箱子当作独

---

① 《管子·轻重甲》:"千乘之国,必有千金之贾;百乘之国,必有百金之贾。"

门暗器,嗖地一下砸向荆轲,使秦王有机会拔出佩剑。秦王死里逃生,论功行赏,以夏无且功劳最大,他说:"要不是夏医生及时出手,寡人这条命就没了!"当下赏给夏无且黄金200镒①。您知道,当时诸侯王中,就数秦王最为财大气粗,他赏赐救命恩人,才用了200镒黄金,而孟子一不是宋国国君的救命恩人,二不是薛国国君的救命恩人,仅从两国经过,就得到馈赠120镒,谁要说这两笔赠金不是巨款,甭说我不答应,宋、薛两国国君也会跟他急。

---

① 《史记·刺客列传》:"荆轲乃逐秦王,而卒惶急,无以击轲,而以手共搏之。是时,侍医夏无且以其所奉药囊提荆轲也。秦王方环柱走,卒惶急不知所为,左右乃曰:王负剑。负剑,遂拔,以击荆轲,断其左股。荆轲废,乃引其匕首以擿秦王,不中,中铜柱。秦王复击轲,轲被八创。轲自知事不就,倚柱而笑,箕踞以骂曰:事所以不成者,以欲生劫之,必得约契以报太子也。于是左右既前杀轲,秦王不怡者良久。已而论功赏群臣及当坐者各有差,而赐夏无且黄金二百镒。"

学校大门不常开

以上论述说明，孟子绝对不差钱。因为不差钱，所以脾气就大，性子就硬，能不迁就的事情就绝不迁就。

比如说，收学生，孔子是典型的"有教无类"，"自行束脩以上，吾未尝无诲焉"，只要交上十条干肉的学费，他就没有不教的。当然也有一种理解：凡是十五岁以上的男子，他没有不教的。不管哪种理解正确，都证明孔子收学生是没什么门槛的，要不然，也不会有传说中的三千弟子。而孟子就不一样，他有"五不教"：

自以为身份高贵的，不教。

自以为品德高尚的，不教。

自以为辈分高的，不教。

自以为有恩于孟子的，不教。

自以为跟孟子交情深的，不教①。

以上五种不教，是孟子明说的。还有两种不教，孟子没有明言，但是可以看出来。

---

① 《孟子·尽心上》："挟贵而问，挟贤而问，挟长而问，挟有勋劳而问，挟故而问，皆所不答也。"

君子爱财
JunZi Ai Cai

一个叫乐正子的人,想拜孟子为师,风尘仆仆到了齐国(当时孟子可能正在齐国做官),发现没有住的地方,于是先去找房子,找了好几天,有了落脚之处,才去拜见孟子。孟子很生气,问他:"你来齐国几天了?"乐生子说:"来了好几天了。""你第一天来的时候,怎么不来找我?""我在找住的地方。""是住的地方重要,还是拜见长者重要?"乐生子无话可说了。孟子又说:"你这个人哪,拜师的目的就不纯粹,你不是找我学道来了,你是来学习怎么挣饭吃来了,难道我教的那些学问道德,只是用来挣饭吃的吗?"[1]

这件事情说明,对于那些关心自己胜过尊敬老师的学生,以及那些只是为了找工作而求学的学生,孟子是不教的,至少他不想教。

不过还有个反例:孟子带着学生去滕国,住在招待所里,招待所的服务员在工作之余顺便织鞋来卖,有一天,织好的鞋子忘在窗台上了,第二天不翼而飞,服务员就怀疑孟子的学生玩了顺手牵羊。一个服务员去问孟子:"先生,您的学生是不是从窗台上拿走了一双鞋?"另一个服务员说话更不客气:"您的学生难道是为偷鞋来的吗?"孟子也怀疑是学生偷的,暗骂弟子不给自己长脸,嘴上却说:"我不认为一定就是我学生偷的,不过话说回来,也不排除有这种可能。我收学生,是有名的不设门槛,

---

[1]《孟子·离娄上》:"乐正子从于子敖之齐。乐正子见孟子。孟子曰:子亦来见我乎?曰:先生何为出此言也?曰:子来几日矣?曰:昔者。曰:昔者,则我出此言也,不亦宜乎?曰:舍馆未定。子闻之也,舍馆定,然后求见长者乎?曰:克有罪。孟子谓乐正子曰:子之从于子敖来,徒铺啜也。我不意子学古之道,而以铺啜也!"

只要来报名，我就教；哪天想走，我也不留。这些学生来来去去的，我也不知道到底有多少，林子大了什么鸟都有，保不齐会有一两个手脚不稳的。"①孟子这里说的不设门槛，其实是给自己找台阶，实际上他收徒弟很苛刻，他办的孟氏大学，那扇大门是很严的，并不是谁都能进得来。

---

① 《孟子·尽心下》："孟子之滕，馆于上宫。有业屦于牖上，馆人求之弗得。或问之曰：若是乎从者之廋也？曰：子以是为窃屦来与？曰：殆非也。夫予之设科也，往者不追，来者不拒。苟以是心至，斯受之而已矣。"

君子爱财
JunZi Ai Cai

没有经济独立,就没有人格独立

除了不迁就学生,孟子也不迁就工作。譬如对于做官,孟子有三重境界之说:

第一重境界,只有老板尊重自己,给予很高的待遇,采纳自己的建议,才去干,否则,炒老板鱿鱼。

第二重境界,虽然老板尊重自己,给予很高的待遇,但是不采纳自己的建议,拿人当花瓶供着,那样的话,也干。如果既不采纳建议,给的待遇又低,那就辞职。

第三重境界,老板不尊重自己,给的待遇也低,但是,每月的工资勉强还可以活命,那也干。除非给的工资连活命都不够,才辞职。①

孟子本人,一直处在第一重境界。他在齐国,年薪极高,待遇极好,齐王拿他当老师尊敬,唯独不推行他的政治主张,孟子断然辞职,毫不犹豫。我想,孟子一生名气极大,影响极广,深

---

① 《孟子·告子下》:"陈子曰:古之君子何如则仕?孟子曰:所就三,所去三。迎之致敬以有礼,言将行其言也,则就之;礼貌未衰,言弗行也,则去之。其次,虽未行其言也,迎之致敬以有礼,则就之;礼貌衰,则去之。其下,朝不食,夕不食,饥饿不能出门户。君闻之曰:吾大者不能行其道,又不能从其言也,使饥饿于我土地,吾耻之。周之,亦可受也,免死而已矣。"

得齐、宋、薛、滕等诸侯爱戴,做官的时间却不长,跟他对工作的这种态度有很大关系。

而孟子之所以会有这种态度,原因大概有二:

一、他脾气大,天生的不愿迁就,跟合不来的人很难共事,也不屑于让权位捆住个人自由。

孟子在齐国做卿时,有一回出使滕国,一同出差的还有个齐国大夫王骥,因为不喜欢王骥这个人,孟子一路上不跟他说一句话。

孟子说过一段让咱们现代人听起来也很有快感的豪言壮语,他说:"别跟我提什么厅长局长,我压根儿就瞧不起他们!他们有豪宅,那又如何?我做了官,决不要豪宅。他们天天公款宴请,那又如何?我做了官,决不搞宴请。他们包了很多小蜜,那又如何?我做了官,决不包小蜜。在他们眼里,美食豪宅和小蜜很重要,在我眼里,统统都是浮云。我会怕他们?呸!"①这些话明显是孟子做官之前说的。我猜他说到做到,后来做官的时候,还真就不搞那些腐败。不过要是做官时间长了,倒有点儿难说。

孟子还有一段关于个人幸福的妙论:"爵位分两种,人爵和天爵。部长局长,那是人爵,能让人吃饱,不一定让人快乐;仁义诚信,那是天爵,既能让人吃饱,又能让人快乐。所以让我选的话,我宁要天爵,不要人爵。"②

---

① 《孟子·尽心下》:"说大人则藐之,勿视其巍巍然。堂高数仞,榱题数尺,我得志,弗为也。食前方丈,侍妾数百人,我得志,弗为也。般乐饮酒,驱骋田猎,后车千乘,我得志,弗为也。在彼者,皆我所不为也;在我者,皆古之制也,吾何畏彼哉?"
② 《孟子·告子上》:"有天爵者,有人爵者。仁义忠信,乐善不倦,此天爵也;公卿大夫,此人爵也。古之人修其天爵,而人爵从之。今之人修其天爵,以要人爵。"

二、他不差钱,即使不做官,也不会挨饿。

这个问题,咱们在前面已经探讨过,高额年薪,大笔馈赠,使孟子身家巨万,这使得他有条件做自己想做的事,说自己想说的话。

一个文化人,一个知识分子,最重要的是人格独立,也就是孔子说的"不器",不做"小人儒"。但人格独立永远都有一个前提,那就是经济独立。肚子都填不饱,养家糊口的能力都不具备,即使想拥有独立人格,恐怕也难。

墨子的维和经费

君子爱财
JunZi Ai Cai

春秋战国,百家争鸣,其中最红的,只有两家,一是儒家,再就是墨家。儒家的老大,是孔子;墨家的老大,是墨子①。这些事情,众所周知。

孔子的生平,我们了解得很详细。他爸是谁,他妈是谁,他是哪儿的人,几岁上的学,多大就的业,都做过什么工作,都去过哪些地方,清清楚楚,明明白白。甚至已经有好事者考证出孔子的生日——生于公历9月28号,属于天秤座。据说这个星座的人赚钱快,花钱也快,消费起来没计划,老是攒不住钱(咦,好像孔子还真是这样)。

墨子就不同了,他是哪一年出生的,我们就没办法搞清楚。博学如司马迁,都稀里糊涂地说:"墨子这个人,可能跟孔子同时代,也可能比孔子晚一些。"②清朝史学大家孙诒让是墨子的铁杆粉丝,在墨家著作和墨子生平上花了很大功夫去考证,也只得出这么一模糊结论:"墨子可能跟孔子的孙子孔伋同时代,年龄

---

① 《韩非子·显学》:"世之显学,儒、墨也。儒之所至,孔丘也。墨之所至,墨翟也。"
② 《史记·孟子荀卿列传》:"墨翟,或曰并孔子时,或曰在其后。"

应该比孔伋小一些。"①究竟墨子生在哪一年,没人知道。

关于墨子的籍贯,也存在很大争议。有人说,他是宋国人②;也有人说,他是鲁国人③;还有一种有趣的说法:墨子,连同道家的鼻祖老子,都不是中国人,而是印度人④。从墨子的学说和行为方式上来看,他倒真的不像中国人,至少在春秋战国,还没有哪位名人和哪个学派跟他相似。就整个墨家的行为方式而言,他们很像公元前5世纪意大利南部的毕达哥拉斯学派:从事学术研究的同时又治理着国家,手握大权而又生活简朴;就墨子本人而言,他更像伟大的犹太哲学家斯宾诺莎——既关注政治,又鄙视权力,既在思想上有独到建树,又会一门可以维持基本生活的手艺活儿⑤,而且又都反对专制、提倡民主。所以让我评价的话,孟子即使不是外国人,也是整个先秦时期最"西化"的一个人。

学术界为墨子出生地争论,政府也为这个打架,譬如河南鲁山就跟山东滕州争过,前者说鲁山是墨子故里,后者说滕州是墨子故里,双方都把墨子拉到当地去,竖雕像、建场馆、办论坛、拍电影,戴上墨子这块面具,登台对唱一出出政治戏和经济戏。

生辰搞不清,籍贯有争议,这些问题,只能搁一边。好在对于墨子,还有一些东西是我们可以搞清楚以及没有争议的,比如说,他是个和平主义者。

---

① 孙诒让《墨子后语·墨子传略》:"墨子当与子思同时,而生年尚在其后。"
② 参见冯友兰《中国哲学史》上卷《论墨子学为宋学》。
③ 参见孙诒让《墨子间诂·墨子后语上·墨子传略第一》,中华书局2001年第1版,第680页。
④ 参见卫聚贤《墨子、老子是印度人的考证》。
⑤ 希伯来教规要求每一个犹太人都学会至少一门手工技术,斯宾诺莎学的是打磨镜片,成名后主要靠打磨镜片维持生活。

墨子该拿诺贝尔和平奖

墨子一生，至少劝过三回架。

第一回，劝阻楚国攻宋。

楚国想打宋国，墨子听说了，从齐国出发，赶了十天十夜的路，风尘仆仆来到楚国。到楚国后，墨子先去见楚国的军事参谋、中国历史上最有名气的技术工作者、后来被当作木匠鼻祖的鲁班先生。

鲁班给楚国设计过一些先进武器，这些武器作为楚国水军的装备，用在楚国对越国的战场上，让楚国水军大显神威；这一回，鲁班又搞出了更新鲜、更厉害的发明，据说能让楚国军队攻城之时无坚不摧、势如破竹。本来楚国的军事实力就远远超过宋国，有了鲁班这个专家帮忙，楚国攻打宋国更是必胜无疑。

墨子见到鲁班，劈头就问："有个人对我不利，我想把他干掉，可是又不方便亲自动手，您能帮我做了他吗？"鲁班说："开什么玩笑，我又不是杀手！"墨子说："不让您白干，我给钱，事成之后，我出十根金条。"鲁班一口回绝："不行，别说十根金条，就是给我一百根，我也不会帮你杀人。"墨子问："为什么啊？十根金条不少了，很多人几辈子也挣不了这么多钱，您杀一个人就能挣这么多，多划算的事儿啊！"鲁班不高兴了："我有我的原则：凡是不道德的事情，给多少钱我都不干。"墨子等的就是这句话，立即反问道："现在您帮着楚国屠杀宋国的百姓，是不是合乎道德呢？"鲁班没话说了，他是个讲道理的人，不愿强词夺理，只好对墨子说："帮楚国攻打宋国，确实是不道德的，我错了。可是想打宋国的不是我，是楚王啊，楚王下了这个决定，我能有什么办法呢？"墨子说："好吧，请您带我去见楚王。"

俩人见了楚王，墨子不说攻打宋国的事儿，先给楚王讲故事："比方说有个人，家里有超级跑车，却去偷别人的奥拓；身上穿着名牌西服，却去抢别人的麻袋片儿；吃的是燕窝鲍鱼，却去讨别人的粗糠烂菜。您说这个人有毛病没有？"楚王说："太有毛病了。"墨子问："您管着这么大一个楚国，却去跟人家抢那个又穷又小又没有资源的宋国，是不是也犯了同样的毛病呢？"楚王哑口无言，过了一会儿才说："也许我不该做出攻打宋国的决定，但是先生，您该知道君无戏言，我的部下已经接到攻打宋国的命令了，您总不能让我把这命令收回去吧？"墨子说："您现在收回命令，是有点儿难堪，可是难堪总比战败强多了。我敢打保票，只要您的军队一进宋国，便会有来无回！"楚王笑了："想必先生有什么高明的防御战术，能抵挡我们楚国的攻城大军？"墨子说："您的军事参谋鲁班先生在这儿呢，趁这个机会，您让他跟我比画比画，他演示攻城术，我演示守城术，看看谁的战术更厉害吧。"

楚王让他们演示。鲁班一连用了九种攻城武器，都被墨子用

极高明的守城术打得一败涂地。楚王见状,心说墨子这家伙太厉害了,他回去要是帮着宋国军队守城,我的军队还真是难操胜算,于是杀心陡起,准备要墨子的命。墨子不慌不忙地说:"您现在就是杀了我,也不顶用了,我来楚国之前,早就向我那三百个学生交代过了,不管我能不能活着回去,他们都会站在宋国的城头上,用我教给他们的守城术打击敌人。"楚王只好很沮丧地收回了攻打宋国的命令。

第二回劝架,劝阻齐国攻鲁。

齐国人要打鲁国,鲁国国君很害怕,向墨子请教,怎样才能避免这场恶战。墨子劝他向齐王写信服软,同时派人给周边的几个诸侯送重礼,求他们帮着替鲁国说情。也不知鲁国国君不愿意这样做,还是齐国软硬不吃,反正后来齐国军队还是气势汹汹地来了。眼见大军压境,鲁国就要不保,墨子决定来个釜底抽薪:到齐国去一趟,说服齐王,让他撤回攻鲁大军。

墨子到了齐国,先打探消息,听说齐王很迷信,有了主意。他进宫拜见齐王,不提攻鲁,先打比方:"譬如您手里有一把宝刀,轻轻一挥,就能把别人脑袋砍下来,您说这刀利不利?"齐王说:"这样的刀当然很锋利了。"墨子又说:"如果您拿着这把刀,一刀一个,一刀一个,想砍多少人头,就能砍多少人头,而且不管砍掉多少都不会卷刃,那么这刀利不利?"齐王说:"当然锋利。"墨子追问:"拿刀的人砍了别人脑袋,会有什么后果呢?"齐王想了想,说:"人做事,天知道,做恶事,有恶报,今天砍了别人脑袋,明天自己的脑袋也会被人砍去。"墨子说:"太对了!齐国军队攻无不克战无不胜,好比是一把很锋利的刀,您则是那个拿刀的人。现在您派军队攻打鲁国,残杀百姓,这跟您自己拿着刀砍掉成千上万颗无辜之人的脑袋,有什么两样?"齐王听完这话,出了一身冷汗,说:"多谢先生提醒,要是我的兵杀了很多鲁国百姓,那我可真要遭报应了。来人呐,传令下去,赶紧撤兵!"

您瞧,就凭三寸不烂之舌,墨子又阻止了一场战争。

第三回劝架,劝阻楚国攻郑。

墨子晚年,楚国要打郑国,墨子一得到消息,老将出马,再次到楚国劝架。这一回,楚王坚决不认为自己以大欺小是不道德,也不再相信作为一个强国的国君去觊觎一个弱国跟开宝马的人去偷奥拓、吃鲍鱼的人去抢米糠是一回事儿,他咬定一个逻辑不放:"郑国高层腐败透顶,把国家弄得一团糟,我派兵去把郑国灭掉,纳入自己的版图,以后郑国老百姓就不用再过苦日子了,这叫作吊民伐罪,就跟当年商汤灭夏、武王伐纣一样,属于正义之战。"乍一听,楚王正义在握,郑国确实该打。

针对楚王的逻辑,墨子反驳如下:"就像我以前一直说的,善有善报,恶有恶报,不是不报,时候未到。人的所作所为,鬼神一清二楚,郑国领导不像样,自有鬼神来惩罚他们,而鬼神的事情,是不需要您代劳的。"楚王冷笑道:"假如鬼神不惩罚他们呢?这世上,好人有恶报、恶人有好报的事情多了去了。"墨子说:"即使鬼神不去惩罚,郑国的老百姓也会对他们做出惩罚。老百姓好比是爹娘,领导好比是孩子,孩子做了坏事儿,自有他们的爹娘去管,您作为邻居,只有解劝的责任,没有代替别人爹娘管教孩子的道理。"楚王拧上了,质问墨子:"郑国老百

姓没刀没枪,怎么管教他们的领导?只有我这个邻居才有能力帮他们管教。"墨子笑了:"您帮郑国老百姓管教领导的方法,难道就是派一批军队去宰杀郑国老百姓吗?在战场上送死的,可都是那些您要帮助的老百姓啊。"楚王无语了。墨子又说:"譬如一个人生病,您当然可以出于道义劝他吃药,但如果他拒绝吃药,难道您就可以强行灌他,甚至把他打到遍体鳞伤,打出来的病比本身的病还重吗?"楚王彻底服了,大手一挥,下令撤军,又一场战争被墨子成功阻止。

看墨子劝架,是一种享受——这人脑子太好使了,嘴巴太能说了,每次劝架,都能想出巧妙而且有效的策略,投石问路,旁敲侧击,剑出偏锋,指东打西,以退为进,迂回突击,以三寸不烂之舌,横扫千军如卷席。在战国,墨子实在称得上是一流辩士。

可最关键的,不是墨子的辩才,而是墨子的运气。他毕竟生在战国前期,那时候,君主们的身上还洋溢着一些骑士精神,血液里还残留着一些贵族基因,虽然本质上跟后来的绝大多数君主一样残忍好杀、贪得无厌、好高骛远、愚蠢自私,但至少在嘴上,还是讲规矩的,被人揭了短处,脸上还会发烧,内心深处还会涌上那么一点儿惭愧之情,因为这个缘故,墨子才能跟他们讲道理,才能用辩论而不是实战的方式说服他们。假使墨子劝说的对象不是战国前期几位国君,而是嬴政、刘邦、铁木真等帝王,那么他成功的概率几近于零,最后的下场,不是被扔进锅里煮熟,就是跟商鞅一样被五马分尸。

自打春秋以降,统治者就越来越看重武力,越来越不看重道义,你可以派强兵打服他们,也可以派美女睡服他们,但是很难用墨子这样的谈判专家说服他们。

墨子是仁者,而战国以后所谓"仁者无敌",更大程度上是一种政治口号,是不仁者登上宝座后戴的一副面具。

墨子看重民心,可是在战国以后,"得民心者得天下"是谎言,"得天下者得民心"才是真理,无论秦皇汉武,还是唐宗宋祖,一切所谓的政治家们要得的是军心,其次是士心,这俩心得到了,就可以在肉体上征服民,在精神上征服心,最后得到民心。

墨子的"道",还停留在"以仁服众""以德治国"的理想主义阶段,这种理想主义勉强只适合他那个时代,换一个时代就会处处碰壁。

即使在战国前期,墨子游说诸国、阻止战争的行为,也是风险密布、危机重重的。国君们一旦被驳倒,恼羞成怒,愤而杀人,这种事例并非没有。两国相争,不斩来使,春秋之时还行得通,进入战国已成传说。更何况墨子劝架时一向中立,只是个独立的第三方,连来使都不是[1],如果把楚王、齐王他们说恼了,绝对有丢掉自己脑袋的可能。譬如墨子在单枪匹马闯进楚国,劝阻楚国攻宋之前,已经跟弟子们交代了"无论老师是否生还,弟子都要帮宋国坚守城池"的遗言,说明他对丢掉脑袋的风险早有

---

[1] 据《墨子·鲁问》,墨子说服楚王,宋国得以保全,然后他原路返回,途经宋国,适逢大雨,墨子要进宋国都城某个社区里避雨,因为没带介绍信,守大门的保安非要赶他走。如果墨子是奉宋国之命前去游说楚王,则身上必有介绍信,而且途经宋国时必定会受到热情接待。由此可见,墨子阻楚攻宋,是自己私下里去的,没跟宋国官方打招呼。

预估。

但是,墨子不怕风险。他担心的,不是自己的命运,而是百万生民。只要战事不起,民命得全,自己一个人的生死早就置之度外。而且他要保护的,不光是自己家乡鲁国或者宋国的人民,还包括既非同胞又非属民的郑国百姓。

他主张兼爱,珍视一切生命,无论贵贱,不分国籍;他主张非攻,厌恶一切战争,无论是吊民伐罪,还是扩土开边。他远远超越了狭隘的爱国主义,更超越了狭隘的民族主义,他是个坚定的和平主义者,如果他活在今天,完全有资格获得诺贝尔和平奖。

维和需要差旅费

诸侯打架,墨子劝架,做这些维和工作,是需要经费的。

文献上记载,墨子听说楚国攻打宋国的消息后,从齐国出发,日夜兼程赶路,连行十天十夜,终于抵达楚国都城①。齐国在今天山东,楚国都城在今天湖北荆州,从山东到荆州,即使抄近路,行程也有九百公里,墨子赶路十天十夜,平均每昼夜行程九十公里。这个速度,说快也快,说慢也慢,关键看墨子用了什么交通工具。

假如说,墨子坐了马车,一天一夜只走九十公里,是有点儿慢。如果他是步行,速度就很惊人了。多数意见认为,墨子从齐国去楚国劝架,这十天十夜全是步行②。

1997年,我念高中,学校放寒假,我花五天时间徒步走遍全县二十三个乡镇:每天早上五点钟从家里出来,步行穿越几个乡镇,然后再从另一条路线返回去,再穿越几个乡镇,晚上七点来钟到家。中间吃两次干粮,每次饭后休息半个小时。这样子走下

---

① 《墨子·公输》:"楚将以攻宋,子墨子闻之,起于齐,行十日十夜而至于郢。"
② 如《淮南子·修务》描述墨子救宋:"墨子闻而悼之,自鲁趋而往,十日十夜,足重茧而不休息,裂裳裹足至于郢。"脚上磨出老茧,鞋子都走烂了,可见认为墨子去楚国是步行。按,"自鲁趋而往"当是"自齐趋而往"之误,因为据《墨子·鲁问》,墨子是从齐国出发去楚国的。

来，五天时间总共走了三百公里（这个数据是后来从地图上分段丈量所得），平均一天才六十公里，比墨子的速度慢多了。考虑到墨子是日夜兼程，而我却是白天赶路、晚上休息，每天行程比墨子少三十公里，也算情有可原。

走过长路的朋友都知道，步行赶路最怕的不是路远，而是长时间不休息，一个成年男子，哪怕身体再壮，连走十几个小时不休息，小腿也会肿得跟女人的小蛮腰一般粗细。如果晚上再不睡觉、不泡脚，连走两天两夜，这人就得猝死。即使经过长期强化训练的特种兵，也不可能连像墨子这样连走十天十夜。所以在我看来，对于墨子连行十天十夜这段记载，应该这么理解：

一、他并非步行，而是借助了交通工具。

二、他不是一直步行，而是步行走一段，坐车走一段，坐船又走一段。

三、他虽然步行，但并非白天黑夜不休息。

四、墨子的身子骨极为健壮，又练过轻功或内功，速度和耐力都远超常人。

五、这段记载有所夸张，只是为了突出墨子为了和平不怕辛苦的急公好义与大公无私精神。

以上五种可能，都解释得通。

其实不管墨子采用哪种方式到达楚国，都需要一笔差旅费。雇马车的话，得掏车马费。如果赶自己的马车，自己做车夫，路上也得花钱买吃的，以及给马买草料。即便按鲁迅先生在《故事新编》中写的那样，墨子步行赶路，肩上背着大饼，那大饼也是自家的粮食做的，自家粮食也是钱啊。

谁说墨子穿草鞋

墨子尚俭,厌恶任何不必要的花费。吃饭,能吃饱就行了,不强求精美;穿衣,能挡寒就行了,不强求好看;住的房子,只要坚固、安全就行了,不强求豪华①。为了节省财政开支,以及让更多的人都去参加劳动,生产出更多的生活必需品,墨子还反对听音乐,他不让君主们听,自己也不听,一辈子不唱歌曲②。儒家看重礼仪与规矩,为办丧事,不惜钱财,埋葬一个长辈,常常倾家荡产,墨子不这样,他提倡一切俭办,棺材能薄就薄,寿衣能不要就不要,儿孙守孝的时间能短就短③。墨子死后,其弟子秉持老师的节俭精神,重视生产,不重视消费,吃粗劣的饭食,穿破旧的衣服④。总之,墨子及其门徒过的生活,类似清教徒,极像苦行僧。因为这个缘故,庄子还对墨家精神提出批评,说墨子的主张违背人的天性:高兴了想唱歌,是人的天性;亲人死了感觉悲

---

① 《说苑·反质》:墨子对学生禽滑厘说"食必常饱,然后求美,衣必常暖,然后求丽,居必常安,然后求乐。为可长,行可久,先质而后文,此圣人之务"。
② 孙诒让《墨子间诂·墨子传略》:"墨子非乐,生不歌。"
③ 《韩非子·显学》:"墨者之葬也,冬日冬服,夏日夏服,桐棺三寸,服丧三月,世以为俭而礼之。"
④ 《庄子·天下》:"后世之墨者,多以裘褐为衣,以跂蹻为服,日夜不休,以自苦为极,曰:不能如此,非禹之道也,不足谓墨。"

痛,也是人的天性。墨家"非乐""薄葬",岂不是要把人们表达喜悦与悲伤的正常渠道给堵塞住吗?①

平心而论,庄子的批评失之刻薄,墨子固然提倡减省,但并不反对必要的开销,更不反对便民的科技。譬如对于马车,墨子的态度就是:这是个好东西,给生活带来了极大便利,如果有急事需要赶路,能用马车就一定不要步行,能坐轻便马车就一定不要坐笨重马车②。墨子本人周游列国,也是经常乘坐马车的。江湖故老相传,墨子到过河南淇县,一问地名,叫作"朝歌",很不喜欢,赶紧让车夫调头③,可见他当时并非步行。《墨子》中也记载,墨子到卫国去,马车里装了很多书,可见此时也非步行。

我们有理由推想,当年墨子从齐国去楚国劝架,从鲁国去齐国劝架,以及再次到楚国阻止攻郑的途中,穿着草鞋背着干粮日夜兼程大踏步赶路的可能性很小,因为救兵如救火,大兵压境,危如累卵,时间上不允许墨子步行赶路,只要有马车,他必定坐上,挽辔扬鞭,疾驰而去。墨子给人的那个穿草鞋行夜路跋山涉水风尘仆仆到哪儿都是步行犹如圣雄甘地般的传统印象,似乎有必要作一修正。

不光坐马车,墨子有时候也会穿上漂亮的衣服。《吕氏春秋》记载,齐王注重仪表,讲究排场,墨子当年阻齐攻鲁,为了

---

① 《庄子·天下》:"墨家歌而非歌,哭而非哭,乐而非乐,是果类乎?"
② 《墨子·辞过》:"古之民未为知舟车时,重任不移,远道不至,故圣王作为舟车,以便民之事。其为舟车也,全固轻利,可以任重致远,其为用财少,而为利多,是以民乐而利之。"又,《墨子·鲁问》载:"子墨子曰:籍设而亲在百里之外,则遇难焉,期以一日也,及之则生,不及则死。今有固车良马于此,又有奴马四隅之轮于此,使子择焉,子将何乘?"
③ 参见洪迈《容斋三笔》卷五。

顺利地见到齐王，把粗麻布短衫脱了，换上一身丝织的袍子。由此可见，墨子是个善于变通的人，他虽主张节俭，但节俭并非他的目的，那只是降低贵族开支、改善基层民生的一种手段，倘若为了民生，需要豪奢，他也会毫不犹豫地豪奢起来。像庄子所批评的，"后世之墨者"拼命往俭省的路子上走，"以自苦为极"，认为不如此就不是墨家的合格弟子[①]，未免过于胶柱鼓瑟，误把手段当成了目的，而这个，有违墨子的宗旨。

---

① 参见《庄子·天下》。

君子爱财
JunZi Ai Cai

差一点儿就成了有钱人

前面说过,维和需要花钱,而墨子去维和的时候,又未必总是过分节俭,那么他哪来的钱呢?

其实在墨子身上,有很多挣钱的本事。

无论先秦诸子,还是西汉以后的文化人,很少有人能像墨子那样精通手艺(除了张衡和曹雪芹)。现有史料显示,墨子的动手能力极强,精通木工活儿,会做马车(他周游列国时驾驶的马车,很可能就是他自己亲手打造的),还能搞一些稀奇古怪的小发明。据说,他曾经花上三年工夫,设计并制造了一个木质的大风筝,拧紧发条,然后松手,"嗖"的一声就飞上天去,能飞一整天才落下来①。这样的风筝,甭说小孩子,连我听了都怦然心动,很想买一个玩玩。如果墨子活在今天,拿着这个木风筝去申请专利然后再参加科技展,绝对会有玩具厂商出高价把他的发明买走。但是墨子不去申请专利,他很懊悔地说:"花三年时间,才加工出来这么一个中看不中用、能玩不能吃的东西出来,真是太傻了,我有这工夫,多加工几辆马车多好,起码有点儿实际用

---

① 《韩非子·外储说》:"墨子为木鸢,三年而成,蜚一日而败。弟子曰:先生之巧,至能使木鸢飞。"

处，木风筝再多，也不能让老百姓增产增收。"①

墨子的实战经验非常丰富，擅长出谋划策，尤其长于守城术。《墨子》一书，相当一部分是介绍外敌来犯时怎么守城的，怎么加固城墙，怎么挖掘地道，怎么发射弩箭，怎么暗设机关，都是墨子的绝活儿。他把这些绝活儿传给弟子，使得墨家军在战国时期吃香得很，"入楚楚重，出齐齐轻，为赵赵完，畔魏魏伤"②。哪个国家取得墨家的支持，哪个国家就如虎添翼。这种完全用于实战的本事，比起孔夫子恢复古制的呼吁、韩非子厚赏重罚的倡议，以及苏秦、张仪等人的外交功夫来，其效果都表现得更直接。当时"天下诸侯方欲力争，竞招英雄以自辅翼"，所谓"得士则昌，失士则亡"，墨子倘若去求官的话，相信会有不少诸侯给他高官厚禄。可是很奇怪，墨子偏偏不喜欢高官厚禄。

越国灭吴之后几十年，那个卧薪尝胆的越王勾践的曾孙、时任越国国君的朱勾，听说了墨子的大本事，渴盼墨子到越国助自己一臂之力，派人给墨子捎话说："只要先生愿意，我可以封您土地五百里。"墨子问来人："越王要我去，能采纳我的建议，施行兼爱非攻吗？能对百姓仁慈，也不攻打异国吗？"来人想了想说："恐怕不能。越王看中的，只是您的守城术。"墨子说："那就算了，如果我只推销守城术，不出中原就能做上大官，又何必要到越国去呢？再说我的本事是拿来行义的，不是拿来谋取权势和钱财的，如果我去了越国，坐着高位，拿着高薪，却不能

---

① 《墨子·鲁问》："子之为鹊也，不如匠之为车辖。须臾刘三寸之木，而任五十石之重。故所为功，利于人谓之巧，不利于人谓之拙。"
② 《论衡·效力》。

让越王行义,那就是以本事换富贵,这跟卖身有何分别?"①毫不犹豫地拒绝了越王的聘请。

越王要封给墨子的五百里土地,不是长有五百里,而是面积有五百平方里。这五百平方里是按春秋战国的尺度说的,当时一平方里究竟有多大,现在很难做出确切的换算,但是有一点可以肯定:这五百里土地之封在当时是很惊人的大手笔。

西周刚建国时,周武王把天下土地切成大大小小的小国,分别封给皇室和有大功于国的异姓臣子,其中封国最大的,也不过才五百里。到墨子那个时代,诸侯吞并,以大吃小,西周时初封的大多数诸侯国都消失了,有限的几个强国疆域虽大,也不过"方五千里""方三千里"而已,至于小国,可能连五百里都不到。例如中山国,"方五百里"②,墨子救过的宋国,也是"方五百里"③。越王这一出手,就等于是给了墨子一个中小型的诸侯国。

臣子受了封地,就可以在封地范围内征税、养兵、役使百姓,征税的多少各不相同,按儒家理想,税赋较轻的,就是采用10%的税率,譬如老百姓一年挣百万,墨子可以拿走十万。征到手的税赋,其中大约50%要上缴给国君,剩下的50%,完全归封

---

① 《墨子·鲁问》:"子墨子游公尚过于越。公尚过说越王,越王大说,谓公尚过曰:先生苟能使子墨子于越而教寡人,请裂故吴之地,方五百里,以封子墨子。公尚过许诺。遂为公尚过束车五十乘,以迎子墨子于鲁,曰:吾以夫子之道说越王,越王大悦,谓过曰,苟能使子墨子至于越,而教寡人,请裂故吴之地,方五百里,以封子。子墨子谓公尚过曰:子观越王之志何若?意越王将听吾言,用我道,则翟将往,量腹而食,度身而衣,自比于群臣,奚能以封为哉?抑越不听吾言,不用吾道,而吾往焉,则是我以义粜也。"
② 《史记·范雎蔡泽列传》:"昔者中山之国地,方五百里。"
③ 《战国策》卷三十二《公输般为楚设机》:"荆之地,方五千里,宋方五百里。"

地的主人支配。

越王封给墨子的土地，基本位于今天江苏境内，这里出产既多，上缴的税负也极重，农、工、商的收入全折到土地上，每亩（这里指周亩，比现在的市亩小得多）年产至少相当于45公斤小米，征收10%的税赋，可得4.5公斤，再上缴国君50%，可得2.25公斤。按井田古法，每一方里可划周亩900亩，五百方里共有45万亩，每亩2.25公斤，共100万公斤不止。也就是说，墨子如果接受越王聘请的话，在越国每年得到的合法收入应该能折合小米100万公斤。现在每公斤小米市价6块左右，100万公斤就是600万元。又据《汉书·食货志》，战国时一个成年男子大约可耕种100亩土地，辛苦劳累一年，刨去农业投资和各种税负，丰收年景可得135石，折合6000公斤小米。墨子在封地上获得的收入，是一个勤奋农民的167倍。差一点儿，墨子就成了有钱人。

君子爱财
JunZi Ai Cai

墨子不算穷

也不是所有的聘请,墨子都拒绝。《史记》里说,墨子做过宋国的大夫。不过司马迁只是猜测之辞,没敢往死里说。根据《墨子》里的记载,墨子倒做过卫国的官:

墨子推荐学生去卫国做官,学生到卫国没几天就回来了,墨子问他干吗回来,那个学生说:"真气人,您在卫国做官,他们每年给您一千盆,我去那儿做官,他们每年却只给我五百盆。"[①]

由此可见,墨子在卫国做过官。做的什么官,不知道,只知道年薪是一千盆。

"盆"作为容量单位,在先秦文献中不多见,这里说的一盆究竟有多少,暂时不可考。《荀子·富国》记载战国时的耕地产量,说肥沃土地善于管理的话,每亩年产大概有几盆那样子[②]。几盆,是个约数,姑且按每亩年产三盆估算,那么墨子在卫国做官时的年薪,相当于三百多亩上等农田一年的出产。前面说过,一个成年男子辛勤耕种,可以管理一百亩(实际上耕种的耕地数

[①] 《墨子·贵义》:"子墨子仕人于卫,所仕者至而反。子墨子曰:何故反?对曰:与我言而不当。曰:待汝以千盆,授我五百盆,故去之也。"
[②] "今是土之生五谷也,人善治之,则亩数盆。"

量也是每个成年男子一百亩左右），则墨子在卫国时的年薪，相当于三个男性农民一年的收入。这个收入水准，比楚王开出的价码低得多，也比孔子在卫国官学教书时的薪水低得多。不过，在当时中下等官吏中，也算是不差钱了，因为春秋战国的中下等官吏，定薪标准是"禄足代耕"，即一个官吏的年薪跟一个男性农民的收入大致相等，而墨子的年薪则超过了这个标准。

墨子在卫国做官的时间有多长？不可考。有没有在其他国家做过官？也不可考。据我推测，他跟孟子一样，不做官的时间比做官的时间长。因为他自己很得意地说过："我上无君上之事，下无耕农之难。"①既不从政，又不务农，估计也不可能去经商，如此来去自由，倒像卖字儿为生的自由撰稿人。

查查史料，墨子还真做过自由撰稿人，他写过一本书，叫作《墨经》。《墨经》的部分内容在现存《墨子》一书中找得到，主要写的不是守城术，也不是如何做一个发明家，而是物理学、几何学、经济学、逻辑学。比如说，墨子写道："端，体之无厚而最前者也。"这是描述"点"的特性，意思是说点没有体积，也没有面积，它在三维空间中完全不占地方。"环，一中同长也。"这是给"圆"下定义：圆是从某个点出发，以等长半径画出的图形。"方，柱、隅四杈也。"这是描述"正方形"的特性：四个边的长度相同，四个角的度数相等。

《墨经》还涉及了光学，提到了小孔成像和折射原理。在公元前6世纪，毕达哥拉斯发现了勾股定理，兴奋得要死，为了庆祝

---

① 参见《墨子·贵义》。

这个发现,特意杀了一百头牛大宴宾客。翻翻《墨经》,有关数学、光学、物理学方面的定理俯拾皆是,倒没听墨子大摆筵席庆祝过。

公元前439年,墨子到楚国去,见到楚惠王,就把自己的著作(极可能是《墨经》)送给楚惠王当礼物。楚惠王仔细翻阅,学问大长,忍不住赞叹道:"真是一本好书啊!"随即召墨子进宫,说:"您的书虽然不能帮我吞并小国,君临天下,但却有助于学识的长进,所以我希望您能留下来让我养您。"墨子问:"那我书里的主张,您能接受吗?"楚惠王说:"恐怕不能。"墨子就说:"既然您不用我的主张,我干吗要您养我?无功受禄的事情,我是坚决不干的。"拒绝了楚惠王养他的好意[①]。

这件事,从另一个侧面说明墨子在当时很受某些国君的赏识,他想致富的话,机会很多,只不过他原则性强,把发财的机会都放弃了。这种风骨,这种气度,是后世那些"学成文武艺,卖与帝王家"的"小人之儒"永远也不能企及的。

---

① 余知古《渚宫旧事》卷二:"楚惠王五十年,墨子至郢,献书惠王,王受而读之,曰:良书也,寡人虽不得天下,而乐养贤人。墨子辞,曰:……书未用,请遂行矣。将辞王而归,王使穆贺以老辞。"

高就业与无厘头

墨子对做官发财不感兴趣,不代表别人对做官发财不感兴趣,在他那个时代,绝大多数人对财富和权势还是满怀向往的,尤其底层百姓,"苦耕稼之劳、慕卿相之贵",梦想有一天能摆脱贫贱生活,跻身上流社会。这跻身上流社会的方式,主要是拜名师、学本事,然后通过老师的推荐去做官。

墨子,就是可以教人本事、荐人做官的名师之一。

当时拜墨子为师的,至少有一百八十人[1],不过也可能多达三百人[2]。墨子因材施教,分别传授他们守城术、论辩术、各种巧妙机关的设计方法,同时也教他们"尚俭""非乐"的生活原则,和"尚同""非攻"的政治主张。

这么多弟子当中,至少有一部分人,后来顺利地当了官。

譬如墨子的学生高石子,经墨子推荐,在卫国做了官,卫国国君给予很高的地位,拜高石子为卿相,论级别,相当于部级干部[3]。

---

[1] 《淮南子·泰族训》:"墨子服役者,百八十人。"
[2] 《墨子·公输》:"墨子对楚王说臣之弟子,禽滑厘等三百人。"
[3] 《墨子·耕柱》:"子墨子使管黔敖游高石子于卫,卫君致禄甚厚,设之于卿。"

譬如墨子的学生曹公子，经墨子推荐，在宋国做了官，宋国国君给予很高的薪水，曹公子做官三年，家里很快脱贫[①]。

譬如墨子的学生耕柱子，经墨子推荐，在楚国做了官，拿到俸禄，还分给同学和老师一部分[②]。有人在《吕氏春秋·当染》中赞叹道："墨子真叫桃李满天下，从他门下出来并在各国做官的，简直数不胜数。"用我们现在的话说，墨子办的这所大学，就业率是非常高的。

也有一些学生，虽在墨子门下求学，却没有如愿以偿当上官。这取决于各人的能力，也跟他们的思想境界有关。比如有个学生，刚入师门那会儿，估计就是抱着当官的目的，学了才一年，就闹着让老师推荐工作，惹得墨子很不高兴，偏偏不给他推荐工作[③]。假如这个学生不那么热衷于做官，或者虽然想做官，但不是为了高收入和贪污腐败，而是为了贯彻墨子的政治主张，给诸国带来和平，给百姓带来安定，那么，墨子倒会优先推荐他去做官。

墨子门下似乎存在着这样一个关键定律：好工作属于那些不刻意追求它们的人。你越想荣华富贵，你越得不到荣华富贵，如果你脑子里装着人民大众，不求自己荣华富贵，最后反倒有可能

[①] 《墨子·鲁问》："子墨子出曹公子而于宋，三年而返，睹子墨子曰：始吾游于子之门，短褐之衣，藜藿之羹，朝得之，则夕弗得，祭祀鬼神。今而以夫子之教，家厚于始也。"

[②] 《墨子·耕柱》："子墨子游耕柱子于楚。二三子过之，食之三升，客之不厚。二三子复于子墨子曰：耕柱子处楚无益矣！二三子过之，食之三升，客之不厚。子墨子曰：未可智也。毋几何而遗十金于子墨子，曰：后生不敢死，有十金于此，愿夫子之用也。子墨子曰：果未可知也。"

[③] 《墨子·公孟》："有游于子墨子之门者，身体强良，思虑徇通，欲使随而学，……其年，而责仕于子墨子。子墨子曰：不仕子。"

得到荣华富贵。耶稣曾经对门徒说:"凡要救自己生命的,必丧掉生命;凡为我丧掉生命的,必得到生命。"墨子对学生,就像耶稣对门徒,俩人都是这么无厘头。当然,墨子的无厘头只是表面,骨子里其实是对济众爱民的期许,对蝇营狗苟的鄙视。

君子爱财
JunZi Ai Cai

师门情义

老话常讲,师徒如父子。墨家一派,师徒还真像父子。

首先,即使学生做了官,也还是墨子的学生,墨子的训诫,学生还是得听,如果不听,墨子就会召回他。比如胜绰,墨子的亲传弟子,从墨子门下毕业后,被推荐到齐国去做官,做齐国大夫项子牛的助手。项子牛主张攻鲁,接连三次派兵侵占鲁国的土地,墨子传话给胜绰,让他想办法阻止项子牛,胜绰不光不阻止,还帮着项子牛攻打鲁国。墨子大怒,写信给齐国高层,让他们把胜绰给炒了[1]。打个比方说,墨子好比汽车生产厂商,胜绰好比该厂下线的某批产品,墨子将其投放市场,后来发现存在安全隐患,本着负责任的态度,主动召回。汽车厂商召回不合格的产品,是对自己的品牌负责;墨子召回不听话的徒弟,是对道义负责——胜绰为虎作伥,其错不在于不听话,在于违背墨家的道义。类似场景,武侠小说中也常见:徒弟学成下山,其师父若为名门正派,必定再三重申本门戒律,严禁徒弟日后犯戒。倘若徒

---

[1] 《墨子·鲁问》:"子墨子使胜绰事项子牛。项子牛三侵鲁地,而胜绰三从。子墨子闻之,使高孙子请而退之,曰:我使绰也,将以济骄而正嬖也。今绰也禄厚而谲夫子,夫子三侵鲁而绰三从,是鼓鞭于马靳也。翟闻之,言义而弗行,是犯明也。绰非弗之知也,禄胜义也。"

弟真做了采花贼什么的，师父定会出山，想方设法清理门户，飞剑取其项上人头。墨家一派，至少在墨子活着的时候，就是这样的名门正派。

其次，墨家弟子为官后的俸禄，在墨家是可以共享的，如果不拿出来共享，会受到同门的鄙视。例如墨子的学生耕柱子，经墨子推荐在楚国做官时，没做官的同窗去拜访他，他管饭招待，每人"食之三升"①，也就是每个同学每天只按3升小米的标准招待。战国之时，各国的"升"大小不等，像秦国一升有200毫升，楚国一升有226毫升，齐国一升有206毫升，中山国一升有180升，韩、赵、魏三国一升则在170毫升到220毫升之间。我们按最大的升，3升小米也只有678毫升，一公斤多一点，折合人民币6块钱。每人一天6块钱，招待标准当然不高，同窗们的饭量要是稍微大点儿，连肚子都哄不饱。所以回国之后，那些同学向墨子反映，说耕柱子这家伙太小气。墨子笑了笑说："我看不见得，不信你们再等几天看看。"果然没过几天，耕柱子从楚国寄来10根金条，墨子指着金条对众徒弟说："瞧，怎么样，我没看错耕柱子这个人吧！"

我说"10根金条"，太不严格，严格说，应该是10镒黄金②。战国一镒，约300克，故此耕柱子寄给墨子和同窗的10镒黄金有

---

① 《墨子·耕柱》。
② 战国时黄金在各国均广泛流通，类属国际结算货币。秦以后，铜钱成主要货币，文献中所说"金"如不写作"黄金""赤金"，则指黄铜。而先秦文献中"十金""百金"，多指黄金十镒、黄金百镒。"镒"是春秋战国时期黄金最常见的重量单位，各诸侯国之镒大小不一，一般都在300克以上。汉以后，黄金与其他货币的比价一路大涨，文献中所谓"十金""百金"的实际单位开始减小，逐渐降低为"两"。

3000克。3000克黄金,在今天很贵重,在战国其价值也不菲。

我们不知道耕柱子当时在楚国做什么官,无法推算其薪水有多少,但早在春秋之时,豪富如孔子的得意门生子贡,一生积累也不过只有"千金",就这已经可以跟诸侯分庭抗礼、平起平坐了。由此推测,耕柱子献给老师和同学的"十金",在他为官的收入中应该能占相当大的比重。反过来评价耕柱子招待同学时的低标准,我觉得那也不是因为小气,而是说明耕柱子正严格贯彻墨子的"尚俭"主张。当然您也可以这样说:耕柱子本来小气,听说同学们向老师告了刁状,怕被老师召回,才寄大笔金钱过去。

不管怎么说,在墨家一派,一人发财、众人受益的风气,应该由来已久。若不然,耕柱子低标准招待同窗时,同窗不应如此愤懑;耕柱子寄金子给老师时,墨子也不会接受得如此坦然。

曹操勒紧腰带

君子爱财
JunZi Ai Cai

一个小问题：

东汉末年有个人物，跟曹操年龄差不多大，在讨伐董卓时做过联军盟主，出身官员家庭，人称"四世三公"。请问这个人是谁？

我猜绝大多数朋友都知道答案：是袁绍。

因为，袁绍爷爷的爷爷袁安和爷爷袁汤都做过太尉，他爷爷的叔叔袁敞做过司空，他叔叔袁逢则做过司徒。太尉在名义上主抓全国军事，司空在名义上主抓全国工程，司徒在名义上主抓全国民政。这三个官职，并称"三公"。从袁绍爷爷的爷爷，到袁绍的叔叔，总共四辈儿，每一辈儿都有一人做到三公，所以袁家被称为"四世三公"。

本章要说的曹操，跟袁绍是发小，他跟袁绍一样，也是世家。但是，如果俩人彼此炫耀自己的家世，曹操是指定炫耀不过袁绍的。

譬如袁绍说：我爸爸是左中郎将，管着御林军！

曹操会说：我爸爸是太尉，管着你爸爸！

第一个回合，曹操赢了。

但是袁绍紧接着祭出撒手锏：我们家"四世三公"！

曹操就只能闭嘴，因为他们曹家别说"四世三公"，连"四世二公"也不是，勉强只能算"四世一公"——往上数四代，只有曹操的爸爸曹嵩做过一任太尉，其他几代，连三公的毛都不沾。

君子爱财
JunZi Ai Cai

爷爷的身份

曹操的爷爷曹腾也是"公",不过不是三公,而是"公公"。换言之,曹操的爷爷是个太监。

太监当然不能生育,但是太监却可以有后代。譬如有的太监从业很晚,有了孩子之后才净身入宫;有的太监净身虽早,后来却收养了别人的孩子做后代。曹操的爷爷属于后一种情况,他先做太监,后来又收养曹操的爸爸曹嵩做义子。这在当时,是被政策准许的合法行为[①]。

曹腾这个太监,可不是一般的太监,他进宫早,资格老,先后侍候过四个皇帝,其中有个汉桓帝还是他拥立的。汉桓帝特别敬重他,拿他当恩人看待,封他侯爵,让他做"大长秋"。大长秋不是大长今,是东汉宫廷里的一个职位,负责掌管宫中大小事务,外戚谒见皇帝,大臣递送奏章,都得通过大长秋。论级别,皇帝是老大,三公是老二,大长秋就是老三;论实际职权,大长秋可能还在三公之上。所以曹操的爷爷曹腾,很像后来唐朝的高力士、明朝的魏忠贤、清朝的李莲英。

---

① 《后汉书·顺帝纪》:"初听中官以养子为后,世袭封爵。"

不过曹腾在历史上的名声,似乎比魏忠贤、李莲英等人好得多,《后汉书》专门给他立了传,夸他是个称职的好太监,一辈子没犯过错误①。

---

① 《后汉书·曹腾传》:"腾用事省闼三十余年,奉事四帝,未尝有过。"

买官花费

东汉后期,宦官专政,不管是好太监、坏太监,只要能在皇帝跟前说得上话,都有很大的权力。像曹腾这样既有爵位又做大长秋还被皇帝视为恩公的太监,权力之大是不用说了。

俗话说,朝里有人好做官,曹腾手握大权,曹腾的养子曹嵩从政自然一帆风顺水到渠成。

史书上说,曹嵩做过司隶校尉、大司农、大鸿胪,最后又做了太尉。

司隶校尉职权宽泛,既是地方一把手,又可以监察百官。作为地方一把手,他的辖区包括河南尹、京兆尹、河内郡、弘农郡、东郡、左冯翊、右扶风,实际上就是现在的郑州、洛阳、焦作、新乡、济源、鹤壁、安阳、三门峡、西安、咸阳、宝鸡、铜川、临汾、大同、侯马等地,跨越河南、陕西、山西三省。以上区域的民政、财政、司法、防卫,统统归司隶校尉掌管。同时,这个司隶校尉又可以随时给文武百官挑错,举凡三公贪污,九卿受贿,皇太子偷鸡摸狗,他都有权指出来,写成奏章报给皇帝。

大司农负责对全国各地的财政收支进行审计,大鸿胪则近似外交部礼宾司司长。

历任这么几个牛哄哄的官职之后，曹嵩还不满足，他想百尺竿头更进一步，跻身百官之首的三公行列，弄个太尉当当。这时候，曹腾已经去世，没人再给他撑腰，再加上想竞争太尉一职的对手又太多，曹嵩的仕途碰到了拦路石，没法儿往前走了。曹嵩一狠心，使劲往上面砸钱，终于买通了路子，做成了太尉。据说，他砸了整整一个亿。

　　到后来，曹操、袁绍两军交战，袁绍让谋士写讨伐曹操的檄文，里面专揭老底，说曹操他爹曹嵩为了做大官，拿着贪污来的巨款到处行贿，黄金整车整车地往家里拉，白玉整车整车地向上面送，真是有辱国体①。指的就是曹嵩为做太尉行贿一亿的事情。

　　曹嵩买官，当然不对，但那时候买官的可不是他一个。东汉后期，做官的贪婪，当皇帝的也大多混蛋，像曹嵩的老板汉灵帝，为了弥补财政赤字、支持奢靡生活，明码标价卖官。一个官员，不管多么有能力，也不管多么没能力，只要掏钱，就可以升迁。县令想升太守，至少得掏几百万；太守想升州牧，至少得掏几千万②。曹嵩要做的是太尉，比省长大得多，斥资一个亿去买，合情合理。

　　顺便说一下，曹嵩所花的一个亿，是当时流通最广泛的货币：五铢钱。五铢钱的购买力，在西汉比在东汉要大，在东汉前期比在东汉后期要大。就买粮食而言，花100枚五铢钱，在西汉能买大米一斛或小米一斛半，在东汉前期能买大米大半斛或小米一

---

① 《三国志·魏志·袁绍传》注引《魏氏春秋》袁绍《檄州郡文》："父嵩，乞丐携养，因赃假位，舆金辇璧，输货权门，窃盗鼎司，倾覆重器。"
② 参见《资治通鉴》卷五十八《孝灵皇帝中》。

斛，在东汉后期则只能买大米半斛或小米大半斛①。汉朝一斛有2000毫升，装米16公斤，由此估算，东汉后期一枚五铢钱的购买力大约相当于现在人民币4角，一亿枚五铢钱则相当于人民币4000万元。

---

① 王仲荦《金泥玉屑丛考》："所举两汉米价，大抵不属于至贱，即属于至贵，……若就其通常市价言之，则西汉米价应为百余，谷价应为七八十钱；东汉米价应为二百，谷价应为百钱。"

曹操的履历

爷爷是大长秋,爸爸是太尉,曹操的家庭背景虽然比不上袁绍家的"四世三公",比起一般人来还是牛气多了。

因为有爷爷和爸爸罩着,曹操刚入官场那会儿,非常顺风顺水。他刚成年,就被地方官举荐为"孝廉",意思是这人既孝顺,又不贪,是做好官的理想材料,可以取得官场的入门证。有了"孝廉"这张入门证,曹操不经任何铺垫,直接就做了洛阳北部尉。

当时洛阳分为五个部,北部主要是指现在河南孟津一带。洛阳北部尉,负责掌管孟津一带的治安和征兵。这时候,曹操刚满二十岁。

曹操晚年,写过一篇《让县自明本志令》,说自己做官非常早,上班之后发现跟自己同一品级的官员很多都已经五十多岁了,就那还算是"年轻干部"[①]。我相信曹操的话没有夸张。

据说,在洛阳北部尉任上,曹操收拾过很多有钱有势的恶霸,其中包括大太监蹇硕的叔叔,而他的前任对这些人是丝毫也

---

① 《三国志·魏志·武帝纪》注引《魏武故事》:"去官之后,年纪尚少,顾视同岁中,年有五十,未名为老。"

不敢得罪的。曹操之所以不怕得罪人,一是因为他还年轻,血气方刚,少有顾虑;二是因为他有背景,爷爷和父亲都有权势,即使得罪了一些人,也不至于在官场上栽跟斗。

曹操做洛阳北部尉大约三年,任期已满,升官了,被派到河南清丰当县长(顿丘令)。这时候,曹操刚刚二十三岁①。

当县长没多长时间,曹操的仕途就暂时走到了尽头——他的一个堂妹,嫁给了一个国舅,而这个国舅犯了罪,被杀了,皇帝不泄恨,还要株连国舅的九族,一查,曹操是该国舅的老婆的堂哥,也在株连之列,于是就把曹操株连了,免了他的县长,让他回老家凉快去了。这说明家庭背景虽然很有用,但有时候也会起反作用。

曹操老家在安徽,他回到安徽老家,在城郊盖了一所房子,春夏读书,秋冬打猎,逍遥了一阵子②。这段时间,他不上班,不经商,也不务农,其经济来源,可能得自做北部尉和顿丘令时的薪水,也可能源于父亲曹嵩和爷爷曹腾的多年积蓄。更有可能,他们曹家经营多年,在安徽买有大批耕地,已经租给佃户耕种几十年,曹操即使什么都不做,每年也会有大量田租供他开销。

二十六岁那年,曹操东山再起,被朝廷从老家召唤出来,做了议郎。议郎是闲官,名义上是皇帝顾问团里一名顾问,实际上光拿工资不干活儿,属于养人的职位。

公元184年,黄巾军起义,曹操的机会来了,他被封为高级军

---

① 《三国志·魏志·曹植传》:"太祖征孙权,使植留守邺,戒之曰:吾昔为顿丘令,年二十三。"
② 《三国志·魏志·武帝纪》注引《魏书》:"筑室城外,春夏习读书传,秋冬弋猎,以自娱乐。"

官：骑都尉，跟随中央部队去打黄巾军，很快立了功，升为济南相。济南当时叫济南国，是朝廷封给刘姓子弟的一个小诸侯国，包括现在的济南、济阳、章丘、邹平等十几个县市。由于刘姓子弟只有封国，没有治民权，所以济南相名义上是辅佐治理济南国，实际上是这十几个县市的一把手。

再后来，董卓作乱，曹操拿出家产，招兵买马，参加联军讨伐董卓。董卓死后，曹操又先后攻灭袁术、袁绍等地方军阀，挟天子以令诸侯，官做得越来越大：三十七岁那年，做了市长（东郡太守）；三十八岁那年，做了省长（兖州牧）；四十二岁那年，做了大将军、司隶校尉、录尚书事，成了事实上的丞相；五十四岁时，做了事实上同时也是名义上的丞相；五十六岁时，汉献帝划出四个县做曹操的采邑，让他"食户三万"，以补贴俸禄；此后直到去世，曹操一直在丞相的位置上岿然不动，只是封爵越来越高，封地越来越多，享受的待遇也越来越好。

丞相的年薪

东汉后期,由于连年内战和频繁天灾,财政状况已经大不如前了,为了节省开支,朝廷动不动就减发或者停发官员的工资。像汉桓帝在位的时候,一遇灾年,就停发那些只有名位没有职务的闲官的俸禄①。

但是有一条必须注意,除了董卓逼宫、皇帝迁都的非常时期之外,凡是武将和高级文官,薪水都照常发放,既不停发,也不少发②。由此推想,曹操做丞相的时候,应该是可以拿到全额工资的。

丞相的全额工资是多少呢?分两个部分,一是货币工资,也就是五铢钱,每月1.75万;再就是实物工资,也就是大米或者其他粮食,每月175斛③。

前面提到,东汉后期一枚五铢钱的购买力相当于现在4角人民币,曹操做丞相时每月货币工资1.75万枚五铢钱,相当于人民币7000元。

---

① 《后汉书·桓帝纪》:"诏无事之官权绝俸,丰年如故。"
② 参见《后汉书·百官志五》。
③ 参见《后汉书·百官志五》"百官受俸例"以及注引《晋百官表注》"汉延平中受俸例"。

前面还提到，汉朝一斛米有16公斤，175斛米自然有2800公斤，按每公斤5元计算，共值1.4万元。

货币工资加实物工资，曹操每月能领2.1万元，每年能领25.2万元。

采邑的租税

事实上,曹操的薪水绝对不止二十多万,他除了每月能领的货币工资和实物工资之外,还有一大片采邑可以收租。

前面说过,曹操五十六岁时,汉献帝拿出四个县给他做采邑,都有哪四个县呢?武平、阳夏、柘县和苦县。这四个县,主要涵盖现在河南省的鹿邑、太康、柘城三地,那时候共有人口3万户①。汉献帝的意思是,这四个县的土地和3万户居民,从此归曹操一个人掌管,以后每年的租税不再上缴朝廷,而是上缴给曹操,租税怎么收,收多少,收了怎么花,全归曹操自由支配。

对于以上采邑,曹操没有全部笑纳,他写了一篇著名的《让县自明本志令》让汉献帝看,说"江湖未静,不可让位,至于邑土,可得而辞",意思是为了保住性命和实现政治抱负,乌纱帽我得留着,但采邑要不要无所谓,钱够花不就行了吗?真正的政治家应该把精力放在用人和施政上面,没必要关心采邑是多是

---

① 东汉末年人口稀少,一个县几千户是常事,汉献帝封给曹操的四个县加起来多达三万户,已经是人口相对稠密的地区了。关于东汉末年各地人口数据,可参见梁方仲先生《中国历代户口、田地、田赋统计》甲编表7《后汉各州郡国户口数及每县平均户数和每户平均口数》,上海人民出版社1980年第1版,第22页。

少，收入是高是低。

曹操要辞掉采邑，汉献帝偏不让他辞，还下了一道圣旨："既然曹丞相不愿接受这么多的采邑，那就从三万户邑民当中切出五千来，剩下两万五千户，分成四份，五千户给曹植，五千户给曹据，五千户给曹豹，一万户给曹丞相。"①曹植、曹据、曹豹，都是曹操的儿子，把采邑分给他们，还是等于分给曹操，肥水没流外人田。

到了最后，曹操的儿子们又都把采邑还给了曹操。不但如此，汉献帝也把切出去的五千户添上，原封不动又给曹操了。也就是说，曹操最后得到的采邑，还是汉献帝当初要封给他的3万户。

多达3万户居民的采邑，能给曹操带来多少收入呢？曹操自己说过，以后要轻徭薄赋，减轻农民负担，每亩土地，每年只收4升租米②。东汉末年，地广人稀，每户耕种百亩左右，一亩收4升，百亩能收4斛，3万户每年可收租12万斛。一斛16公斤，12万斛共192万公斤，按每公斤5元估算，约值960万元。

还可以换一个角度，通过其他事例来估算曹操采邑的收入。

西汉名臣张汤的儿子张安世在汉昭帝时任右将军，被封富平侯，采邑共13640户，每年得到的租税收入折成五铢钱共有一千多万③。13640户居民，每年上缴租税一千多万，平均每户上缴租

---

① 《三国志・魏志・武帝纪》注引《魏武故事》："天子报，减户五千，分所让三县万五千封三子，植为平原侯，据为范阳侯，豹为饶阳侯，食邑各五千户。"
② 曹操《收田租令》："其收田租亩四升，户出绢二匹、绵二斤而已，他不得擅兴发。"
③ 参见《汉书・张汤传》。

105

税700钱以上。曹操名下拥有3万户居民,假使每户每年也是上缴七百多钱,则一年可收入2100万钱,按一枚五铢钱折合人民币0.4元计算,共折合人民币840万元。跟前面的估算相差不多。

　　有年薪,有采邑租税,曹操一年的合法收入,折成人民币在千万元左右,有可能超过一千万,也可能略低于一千万。是高是低,主要看年景,因为汉代租税是按实际收成的某个比率来征收的,丰年收成高,租税就多,曹操从采邑里得到的收入就高,其总收入可能就超过一千万;灾年收成低,租税就少,曹操从采邑里得到的收入就低,其总收入可能就低于一千万。

年终奖

在汉朝,像曹操这种高级官员,即使不贪不占,薪水在总收入中所占的比重也可以忽略不计,甚至连采邑的租税收入也并不是他们最大的收入来源。最大的收入来源是什么呢?皇帝的赏赐。

举个例子。西汉时权臣霍光,每月工资才6万钱,而他做大将军时得到的赏赐,居然有6000万钱,此外还有7000斤黄金、3万匹丝绸、170个丫鬟、2000匹马和一所豪宅①。当时黄金1斤,值五铢钱1万,7000斤黄金就是7000万钱。不算豪宅、丫鬟、丝绸、马匹,光黄金和钱币,就有1.3亿,是霍光每月工资的两万多倍,每年工资的近两千倍。换句话说,仅仅赏赐一项,就等于霍光几辈子的薪水,可见皇帝对高官赏赐之重。

汉献帝时财政紧张,赏赐可能没有西汉时那么吓人,但赏赐制度毕竟没有取消。《后汉书·献帝纪》载:"(建安八年)十二月,赐三公已下金帛各有差,自是三年一赐,以为常制。"说明每三年至少有一次大规模的赏赐,赏赐对象包括三公以及

---

① 《汉书·霍光传》:"赏赐前后黄金七千斤、钱六千万、杂缯三万匹、奴婢百七十人、马二千匹、甲第一区。"

三公以下的各级官员，赏赐的东西则包括钱币（金）和丝绸（帛）。究竟赐多少钱币、多少丝绸，史料有限，不得而知。

东汉定例，每年岁末，朝廷会给高官发大笔福利，类似现在的年终奖。年终奖的多少，视品级和职务而定，官越大，年终奖越多。一般来说，大将军和三公等最高级别的官员，年终能领20万五铢钱、200斤牛肉、200斛大米①。当时牛肉价格如何，暂时不得而知，但20万五铢钱与200斛大米，折成人民币是不低于10万元的。曹操位居丞相，与大将军、三公平级（实际职权则在三公之上），这10万元以上的年终奖不可能没有他的份儿。

---

① 《后汉书》卷四十三《何敞传》注引《汉官仪》："腊赐，大将军、三公钱各二十万，牛肉二百斤，粳米二百斛。"

曹操遗产多少

曹操临死,写了个遗嘱,该遗嘱包括两部分内容:一部分,交代儿子们怎么安葬自己;另一部分,是关于如何处理遗产的。曹操说:"我一生纳妾不少,她们跟着我都没享什么福,我死以后,把我平时收藏的那点儿香料分给她们,让她们住铜雀台,没事儿的时候,学学做鞋子卖钱,补贴她们自己的生计;我还有一些料子不错的衣服,现在是穿不着了,等我死后,就分给没有办法自力更生的儿子们吧。"①从遗嘱上看,曹操应该没留下多少遗产,因为如果有大批钱财以及金银珠宝在手,他会着重交代怎么分配,而不会在香料和衣服上絮絮叨叨。

问题是,如果曹操确实没有留下多少遗产,他在世时那么高的薪水、那么多的租税、那么丰厚的赏赐,都跑到哪里去了呢?

---

① 曹操《遗命诸子令》:"余香可分与诸夫人,不命祭。""吾婢妾与伎人皆勤苦,使著铜雀台,善待之……诸舍中无所为,可学作组履卖也。吾历官所得绶,皆著藏中。吾余衣裳,可别为一藏,不能者兄弟可共分之。"

钱都花到哪儿了

这个问题,还是需要让曹操自己来回答。

曹操写过一个通知性的文件,是在受封采邑之后写的,文件大意是:"皇帝刚刚封给我三万户采邑,这可是一笔大收入,我自个花不完,也没地方花,将来遇到丰年,租税哗哗地往我家里流,怎么处理它,实在是个问题。我想,当年大将赵奢、窦婴受赐千金,自己都是一文不要,全分给了部下,部下感激他们,努力帮他们出谋划策、杀敌立功。我也想学学赵奢和窦婴,把我采邑里的租税,以及我每年的薪水,都拿来分给诸位将军和诸位谋士,还有那些早年追随我讨伐董卓的老部下,因为要没有这些人帮我卖命,就没有我曹某今天的成功。"①

由此可见,曹操挣的那些钱,主要是分给部下了。关于这一点,还有旁证,《三国志·魏志·和洽传》记载:"太祖建立宏业,俸师徒之费,供军赏之用,吏士丰于资食,仓府衍于谷

---

① 曹操《分租与诸将掾属令》:"昔赵奢、窦婴之为将也,受赐千金,一朝散之,故能济成大功,永世流声。吾读其文,未尝不慕其为人也。与诸将士大夫共从戎事,幸赖贤人不爱其谋,群士不遗其力,是以夷险平乱,而吾得窃大赏,户邑三万。追思窦婴散金之义,今分所受租与诸将掾属及故戎于陈、蔡者,庶以畴答众劳,不擅大惠也。宜差死事之孤,以租谷及之。若年殷用足,租俸毕入,将大与众人悉共飨之。"

帛。"意思是曹操之所以能够创立那么大的基业，有一条关键因素是他不爱财，居然用自己的俸禄给军队发饷（俸师徒之用。"师"即军队，"徒"即士卒），用自己的俸禄来赏赐立功的将士（供军赏之用），所以即使朝廷财政紧张，开不出军饷，他的部下也不会挨饿，他军中仓库里的积蓄也不会匮乏。

我听过一个错误说法：曹操开府建牙，有自己的封国和部队，其属下百官和士兵的薪水应该由他发放。这个说法跟史实并不相符，终曹操一生，除了他自募士兵讨伐董卓的那段时间，其麾下军队至少在名义上都是属于国家的，而不是属于他个人。丞相府的文武百官虽然受他管辖，但每有大的任命，至少在程序上还必须经过朝廷的批准①，至于每个官员的俸禄，更是经由朝廷发放，而不是让曹操自己掏腰包。真正需要由曹操发工资的人员也不是没有，要么是曹操聘请的幕僚，要么是曹操采邑的家臣，如此而已。所以曹操用自己的钱给部下发工资发奖金，并非出自义务，而是一种恩赏，直截了当地说，是曹操收买人心建功立业的一个手段。

---

① 曹操做丞相时写过很多"请封某某表""请恤某某表"，其请封的文官和请恤的将士，如荀彧、许攸、典韦等人，都是他的部下甚至亲信，但这些人的官爵、俸禄，以及阵亡后的抚恤金，终究还是朝廷给予。

君子爱财
JunZi Ai Cai

勒紧腰带的曹操

曹操自己的日常生活并不豪奢，甚至还可以说相当俭省。他身上穿的衣服，床上铺的褥子，动辄用到十年以上，磨破了，补上补丁继续用。他办公桌上的笔筒，从来不用金银铸造，只用皮质的，如果没有皮盒子，就用竹筒代替。当时世风奢靡，家庭条件稍好一点儿的，都喜欢熏香，而香料主要从国外进口，价格畸高，所以熏香属于高消费，为了节省开支，曹操家里从不熏香。后来曹操把女儿嫁给汉献帝，汉献帝喜欢熏香，曹操才准许女儿熏香，但是他自己是坚决不熏的[①]。曹操晋升魏王，有了自己的宫殿，还禁止后宫铺张浪费：嫔妃们吃饭，最多只能上一道荤菜，穿鞋子不许穿彩色的，屏风坏了，让太监宫女自己修，决不撤换重造[②]。

曹操并不是一个高尚的人，他残忍（多次屠城，仅在山东就杀过几十万百姓）、自私（凡妨碍他独揽大权的文官，无论品行多么高尚，都被他贬斥或杀害），也非常好色（铜雀台上众多姬

---

① 参见曹操《内诫令》，转引自清人严可均所辑《全上古三代秦汉三国六朝文》卷三。
② 参见《三国志·魏志·武帝纪》注引《魏书》。

妾即是明证），谁要说他清心寡欲，不喜欢物质享受，我觉得那是睁眼说瞎话。但是，他的确能够勒紧裤腰带，的确能在私人消费上斤斤计较，的确能把物质享受拒之门外，好像一个典型的守财奴。而一到他认为真正需要花钱的时候，则"勋劳宜赏，不吝千金"，立马变得大方起来。原因很简单，把钱花到部下身上，有助于巩固权势、增强实力，在他这种政治家眼里，权势和实力可比物质享受重要得多。

所以我对曹操的评价是：这不是个好人，这是个合格的政治家。

陶渊明的瘦遁

君子爱财
JunZi Ai Cai

《周易》第三十三卦,其名为"遁",爻辞如下:

初爻,遁尾,厉,勿用有攸往;
六二,执之用黄牛之革,莫之胜;
九三,系遁,有疾,厉,畜臣妾吉;
九四,好遁,君子吉,小人否;
九五,嘉遁,贞吉;
上九,肥遁,无不利。

以上爻辞,解释各异,我的理解是,这组爻辞讲的是一个奴隶去占卜,问能不能逃跑(遁是逃跑的意思),巫师告诉他说:

如果第一个爻发生变动,就别想逃了(勿用有攸往),什么时候逃,什么时候被逮。

如果第二个爻发生变动,也别想逃,不然会被奴隶主用黄牛皮捆起来,怎么挣扎都不能脱身(执之用黄牛之革,莫之胜)。

如果第三个爻发生变动,仍然不能逃,因为情况对奴隶主很有利,便于他蓄养奴隶(畜臣妾吉)。

如果第四个爻发生变动，就可以逃了。不过，大奴隶可以逃，小奴隶逃跑时还会被逮（君子吉，小人否）。

如果第五个爻发生变动，无论大小奴隶，都可以逃跑（嘉遁，贞吉）。

如果最上面那个爻（第六个爻）发生变动，所有的奴隶都可以远走高飞（"肥"通"飞"，"肥遁"即"飞遁"），不会遭遇任何不顺利（无不利）。

我这样理解，基本上可以自圆其说，但也有讲不通的地方，譬如"君子吉，小人否"这句爻辞，似乎不宜理解为大奴隶吉利，小奴隶不吉利。因为"君子"通常被释为奴隶主，"小人"通常被释为奴隶。

对于遁卦，晋朝的石崇另有一种理解，他认为："遁"不是逃跑，而是隐居；这组爻辞的问卦人也不是奴隶，而是一位绅士。该绅士厌倦了商海和仕途，向巫师请教怎样隐居。巫师说，如果还没挣到钱，隐居的事儿想都别想，因为有物质生活拴着你的尾巴，让你哪也去不了；如果挣的钱还不多，也不要去隐居，否则你的隐居生活将会痛苦不堪，就像被黄牛皮裹住那样难受；等到有点儿积蓄了，才能隐居，不过此前你得算笔账，看自己是否已经挣够了治病的钱和雇保姆的钱；如果积蓄很多，那就大胆地去隐居吧；如果积蓄非常多，那么恭喜你，你可以到世界上任何地方去隐居，没有什么不顺利。

这个石崇，就是跟王恺斗富、拿铁如意砸珊瑚、用蜡烛当柴火的那位。以前我觉得这人很俗，很烧包，除了显摆自己有钱，别的什么都不会，后来读了他的文章，才发现他还是有点儿文化

的。比如说,他注过《周易》,虽然注得不太严谨,但是见解独到,算得上是一家之言。再比如说,他还会填词作曲,曾为古曲《思归引》写过歌词,歌词大意是:

我做官做了二十五年,退休之后很有钱,焦作有我河阳墅,洛阳有我金谷园。别墅前面有长堤,长堤前面有清渠,渠水引来绕别墅,也养鸟儿也养鱼。我早上喜欢去打猎,傍晚喜欢看闲书,每天做饭有厨师,平日家务有保姆。我家里还养了一批小歌星,歌声高亢吹白云,人生得意需归隐,要讲归隐数肥遁①。

在石崇心目中,"遁"即隐居,"肥遁"则是不差钱的隐居。这个理解,可能跟《周易》的爻辞本义不符(如前所述,"肥遁"本义应为"飞遁",即远走高飞),但在中国文化史上,影响甚广,传播甚远。

石崇以降,谢灵运、陶渊明、白居易、王维、沈周、倪云林等大腕,在各自著作中都提过肥遁,都向往肥遁,对肥遁的理解都跟石崇一致。换言之,他们都渴望一种境界:既不用为世务所累,又不用担心日常开销,既在精神上自由,又在物质上充裕。其中,谢灵运、白居易和王维都做过高官,俸禄优厚;沈周是知名画家,收入丰厚,住别墅,玩收藏,虽不做官,也不差钱;倪云林"家雄于赀",典型的富二代,更不用担心隐居时的经济来源;唯独陶渊明,虽做过官,但官位很小,时间很短,除了写诗

---

① 清人严可均《全上古三代秦汉三国六朝文》所收石崇《思归引并序》,有"弱冠登朝,历位二十五年","肥遁于河阳别业","其制宅也,却阻长堤,前临清渠","流水周于舍下,有观阁池沼,多养鱼鸟","常思归而咏叹,寻览乐篇,有思归引,……故制此曲"等语。今按序及曲翻成白话文,翻得很不严谨,有恶搞嫌疑,但大意与石崇原曲并不违背。

作文，没有一技之长，连种地都种得不专业，同时也没有大笔遗产可以继承，所以虽"身慕肥遁"（陶渊明《自祭文》），却只能"瘦遁"了。

生造了一个词：瘦遁。聪明如您，肯定明白它的意思：隐居，但贫穷；精神上自由，但物质上困窘。陶渊明大半生所过的，就是这样一种生活。

君子爱财
JunZi Ai Cai

‖ 明代画像砖上的陶渊明

是官二代，不是富二代

像聊其他历史名人一样，我们聊陶渊明，也是先聊他的家庭背景。

想必很多朋友都知道，陶渊明是官二代。他的高祖父陶丹，在东吴当过将军；曾祖父陶侃，在东晋"都督八州军事"；祖父陶茂，当过武昌太守；至于他父亲，于史无载，连叫什么名字都不知道，可能没做过大官，但按照古时恩荫惯例，即使陶父是个白痴，朝廷也会发给他一顶乌纱帽戴戴。

陶渊明祖上曾经飞黄腾达，到了他这一代，家里的经济条件似乎并不是很好，至少在他二十岁以后，经济条件是不会好到哪里去的。陶渊明有诗自叙："弱年逢家乏，老至更长饥。"弱年就是弱冠，弱冠就是二十岁，二十岁那年，家境败落，开始穷了。为什么变穷？陶渊明没讲。陶渊明八岁父亲去世，或许从这一年开始，也可能从陶渊明祖父陶茂去世开始，陶家就开始坐吃山空，直到陶渊明二十岁左右，渐渐一贫如洗。

陶侃在世时，官至大司马，曾经获封很高的爵位（最初是公爵，后来降为侯爵），他的爵位以及封地，都能由后代继承。但陶茂可能不是陶侃的嫡长子，或者陶渊明的父亲不是陶茂的嫡长

子，总之到陶渊明这一代，没能继承陶侃的爵位。后来继承陶侃爵位的，是陶侃的五世孙陶延寿，他跟陶渊明生活在同一时代，年龄大概相差不多。论辈分，他该叫陶渊明叔叔；论亲情，俩人已经形同陌路了①。

陶渊明的叔叔，名叫陶夔，是福州郡守②。后来陶渊明能做彭泽县令，主要就是得力于他这个叔叔的运作③。换言之，陶渊明的父亲虽然死得早，但他还有叔父做靠山。

---

① 陶渊明《赠长沙公并序》："余于长沙公为族，祖同出大司马。昭穆既远，以为路人。"此处长沙公即指陶延寿，他袭了陶侃"长沙郡公"的爵位，故陶渊明尊称其为"长沙公"。
② 宋人梁克家《淳熙三山志》自序："予领郡暇日，访无诸以来遗迹故俗。闻晋太康既置郡之一百一十三年，太守陶夔始有撰记。""三山"为福州别称，可知陶夔在东晋时曾为福州郡守。
③ 陶渊明《归去来兮辞并序》："家叔以余贫苦，遂荐用于小邑。于时风波未静，心惮远役，彭泽去家百里，公田之利，足以为酒，故便求之。"

难进易退

在做彭泽县令之前,陶渊明已经有过一段从政经历。

二十九岁时,他做过江州祭酒。在东晋时,江州是个很大的行政区,覆盖今天的南昌、九江、上饶、吉安、萍乡、宜春、郴州、抚州、赣州、景德镇、黄石、武汉、福州、泉州、漳州、三明、南平等地市,跨越江西、湖北和福建,相当于现在一个省的面积。祭酒,在魏晋南北朝是秘书官,而且位居秘书官之首。故此江州祭酒一职,在职务上近似现在的省政府秘书长,但要讲行政级别和真实权力,当时的祭酒离现在的秘书长要差很多。

在江州祭酒任上没干几天,陶渊明就烦了。他不擅长处理繁琐公务,不擅长把一把手服侍得舒舒服服;更有可能不是不擅长,而是不愿意,他秉性高傲,又不愿受拘束,所以做秘书长做得苦恼无比,一生气,辞职不干,回家了[①]。

回家后,陶渊明没有经济来源,种地为生。他不像曾祖陶侃那样有一副好身板——史载陶侃喜欢锻炼身体,衙门里弄了一百口大缸,公务之余,一个一个把大缸搬到院子里;到了晚上再一

---

① 《晋书·陶潜传》:"起为州祭酒,不堪吏职,少日,自解归。"

个一个搬回去，以此强身健体兼磨炼意志①；而是像同时代多数士族子弟那样，长了个多愁多病身，一劳累就生病，一生病就病得不轻。在农村老家时，陶渊明就曾经因为干农活儿累成了重病②。

那时候已是东晋后期，战事频繁，拥兵自重的将军很多，将军们文化程度大多不高，需要有一些能写会算的知识分子来代劳文书工作，于是陶渊明从老家复出，先后做了军阀桓玄和刘裕的参军。"参军"名义上是军事参谋，事实上以草拟文件为主，说白了就是师爷。跟今天军队里的参谋不同的是，那时候的参谋虽有军衔，却不能从国家财政领取俸禄，"有官品，不言秩"，薪水全部由其服务的将军发放。如果将军出手大方，薪水就高一些；如果所服务的将军不幸是个铁公鸡，薪水就会非常低，甚至只管饭，不给薪水。

从经济收入角度考虑，做参军是很不划算的，因为这个职位不是铁饭碗，收入很不稳定。不过东晋后期的武将手握重权，看哪个师爷做得好，一高兴就会把他推荐给朝廷③，朝廷见到荐书，也往往给面子，然后小小参军摇身一变，就成了县长或者市长。譬如陶渊明的那个市长叔叔陶夔，原先就是个参军④。陶渊明写得一手好文章，做参军是很合适的，如果他愿意，完全可以取得桓玄或者刘裕的欢心，而只要桓玄或刘裕愿意推荐他，将来做个

---

① 《晋书·陶侃传》："在州无事，辄朝运百甓于斋外，暮运于斋内。"
② 《晋书·陶潜传》："躬耕自资，遂抱羸疾。"
③ 《世说新语》载："王子猷作桓温车骑参军，桓谓王曰：卿在府久，此当相料理。"
④ 南北朝沈约所著《俗说》载："陶夔为王孝伯参军，三日曲水集，陶在前行坐，有一参军督护在坐。陶于坐作诗，随得三五句，后坐参军督护随写取诗。陶犹更思补缀，后坐写其诗者先呈，陶诗经日方呈。大怪，收陶参军，乃复写人诗，陶愧愣不知所以。王后知陶非滥，遂弹去写诗者。"

县长或者市长都是不成问题的。但是，陶渊明似乎不喜欢参军这个工作，或者不喜欢桓玄、刘裕这两个人，他在桓玄军中做了最多三年，就辞了职，继续回家务农；后来在刘裕军中做了不到一年，又忍不住辞了职，还是回家务农。古代士大夫表扬一个人有高尚情操，往往夸其"难进易退"，陶渊明就是典型的难进易退——好不容易找了个工作，一不高兴就辞职不干。

君子爱财
JunZi Ai Cai

隐居的资本

问题是,辞职也得有辞职的资本,此时的陶渊明已经不是一个人,家里有老婆,有孩子,而且还不止一个孩子,没人养活是不行的,假如陶渊明做参军的时候没能攒下大笔存款,假如他没有别的谋生手段,那么在他辞职之后一段时间,家庭生活必然出现经济危机。事实上,陶渊明还真的没有攒下多少钱,也真的没有其他谋生手段——除了务农。而从古至今,务农的收入永远是很低的,丰收年景,或者囤有余粮①;一遇灾荒,家里立马揭不开锅②。所以陶渊明辞职以后要想过上一种安全的、安心的、起码不招家人埋怨的隐居生活,必须先想方设法攒一笔钱。

陶渊明不会经商,或者不愿经商,这快速攒钱的办法,还是去从政。所以陶渊明对亲戚朋友说:"聊欲弦歌,以为三径之资,可乎?"这句话,不连标点,总共才十二个字,陶渊明就用了两个典故。

一个典故是"弦歌",说的是孔子的学生子游去做官,用音乐(弦歌)来给老百姓洗脑,孔子夸他干得漂亮;再一个典故是

---

① 陶渊明《和郭主簿二首其一》:"园蔬有余滋,旧谷犹储今。"
② 陶渊明《怨诗楚调示庞主簿邓治中》:"风雨纵横至,收敛不盈廛。"

"三径"：王莽执政的时候，一个叫蒋诩的人辞官隐居，平时只跟两个朋友交往，所以在门口开辟三条小路，一条供朋友甲走，另一条供朋友乙走，他自己则走第三条路，时间长了，大伙都管他隐居的地方叫"三径"。

古代文化人，为了显示自己有内涵，说话从不直来直去，老是喜欢掺点儿典故，如果你能听懂，那么说者与听者心有灵犀、皆大欢喜、相见恨晚、惺惺相惜；如果听不懂，就会产生误会，以为对方讲的是什么黑话。幸好我们现在有互联网，可以百度出陶渊明的黑话是什么意思，他意思是说："我想去当县长，以便攒够隐居的钱，行吗？"

当然行。他的靠山，也就是做市长的那位陶夔叔叔，一听侄子想当县长，就帮他活动开了。很快，朝廷任命下来，陶渊明成了彭泽县令。

君子爱财
JunZi Ai Cai

五斗米是多少

陶渊明有一句最著名的名言:"吾不能为五斗米折腰。"五斗米,是指他做彭泽县令时的薪水,对于此,通常理解有三种:

一、这是个概数,形容工资之少,并不是确指做县长有五斗米的薪水。

二、这不是概数,东晋后期官员工资以实物为主,当时陶渊明的月薪就是五斗米。

三、五斗米不是月薪,而是日薪,陶渊明每天能挣五斗米。

第三种理解是对的。

看《晋书·职官志》就知道,当时最高级别的官员"食俸日五斛",每天的薪水是"五斛",即五十斗米;二品官"食俸日四斛",每天的薪水是四十斗米;三品官"食俸日三斛",每天的薪水是三十斗米;三品以下官员每天能领多少斗米,《晋书》无载,但依此类推,陶渊明这个彭泽县令每天五斗米,应该符合晋朝工资定例。

有人认为,"五斗米"也可能是月薪。这个说法错得离谱。晋朝一斗米还不到四斤重,五斗撑死了二十斤。一个月二十斤米,别说养活家小,就是陶渊明一个人吃也不够。某个正在努力减肥的女生说了:"我一个月十斤米都吃不完耶!"或者拿出饥饿时代的例子来:"我们那时候一个月只给八斤粮票!"我想请您弄清楚两条:

第一,古人谈口粮,是以不含其他任何食物为前提的,也就是说,在只吃某种食物的情况下,一个人一天需要吃多少;

第二,这里说的是可以维持正常生存,而不是挨饿或者吃到胀死。

关于两汉和魏晋时古人口粮,史籍上的记载实在太多,一成年男子在正常情况下,每天口粮绝对不低于五升,稍高一些的,会多到十二升。大伙若有不同意见,敬请参读中华书局1993年版的《流沙坠简》,以及文物出版社1985年版的《楼兰尼雅出土文书》。这两部文献收录有两汉魏晋南北朝的大量单据,其中有士兵领取口粮的记录,也有基层官员出差时所做的日记账,从中您会发现,当时人们无论是吃大米、小米,还是吃大麦、小麦,每天口粮至少要在五升以上。一天五升,一个月即十五斗,而这还是最低的开支标准,陶渊明官居县令,肯定要比最低开支标准高得多,您一个月只给他五斗米,那不是要把陶渊明往死里整吗?

我还听过另一种疑问:如果"不为五斗米折腰"是指一天五斗米,那为什么陶渊明不说大家都习惯的月薪,而偏要说日薪呢?

其实经济史界早有定论:晋朝官员是以日计俸的。也就是说,当时就是按天算工资,而不是按月算工资。至于证据,从《晋书·职官志》《晋书·安帝纪》以及《晋书》中某些列传中

可以找到一大批。

我个人认为,按天算工资的规矩不止流行于两晋,在南朝刘宋也有遗风,因为宋明帝在位时曾经多次减发官员"日料"。众所周知,"料"就是"料钱",料钱就是工资,"日料"呢,不就是每天的工资?甚至到了唐朝,白居易写诗,还说"为贪逐日俸,拟作归田计"。宋人贺铸自叙诗里也有"日俸百钱"的话头。所以陶渊明"五斗米"是指一天五斗米,这个毫不奇怪,您现在习惯说月薪多少,未见得陶渊明也习惯这样说,人家晋朝人恰恰就是习惯说日薪多少,咱不能以今人之风代替古人之俗,是吧?

按天算工资不等于按天发工资,两晋给官员发薪水的频率其实是很低的,既不是每天发一回,也不是每月发一回,更不是每年发一回,而是每季发一回。有时候朝廷嫌每季发一回太麻烦,改成每半年发一回。这个规矩后来被唐朝继承,唐高祖、唐太宗在位的时候,给官员发禄米也都是半年一回。

探讨完了陶渊明"五斗米"的真正含义,我们再来看看这每天五斗米究竟是多高的薪水。

前面说过,晋朝一斗米最多四斤重,五斗米则重二十斤,一天二十斤,一个月六百斤。按现在米价,设若每斤米二点五元,六百斤米则值一千五百元。光看这个数字,陶渊明的月薪是很低的。

又有朋友说:"二十年前,省长、市长月薪也不过百八十元,陶渊明月薪一千五百元并不低啊!"请注意,刚才计算陶渊明月薪时,是通过实物换算的,已经排除掉了物价变动的因素。

而你拿二十年前的工资说事儿时，并没排除物价的变动，所以比得有点儿无厘头。真正靠谱的比法，是先按照物价指数把二十年前省长、市长的月薪折算成现在的人民币，再按照物价指数把一千多年以前陶渊明的月薪折算成现在的人民币，俩比较对象都放到一个时点上，这样才可以比。而这样比的结果，不用说你也明白，陶渊明的月薪远远低于二十年前我们的省长和市长。

不光五斗米，还有三顷田

统计晋朝的官员收入有一个基本定律：月薪可以忽略不计，公田收入才是大头。

晋朝政府给地方官划拨一批耕地，允许他们自由耕种，每年收获的东西归他们所有。这些收获的东西，就叫"公田收入"。具体给每名地方官划拨多少耕地，取决于该地方官的品级和职位。像大军区司令（都督），能得到二十顷耕地；省长，能得到十顷耕地；市长，五顷耕地；县长，三顷耕地①。《宋书·陶潜传》载，陶渊明在彭泽县当县长时，"公田悉令吏种秫谷"，把朝廷拨给他的全部公田都拿来种酿酒的植物。他媳妇不乐意，说这么多土地都拿来供你喝酒，太可惜了，于是陶渊明退让一步，"乃使二顷五十亩种秫，五十亩种粳。"②二顷五十亩种秫，五十亩种粳，加起来刚好三顷。

三顷就是三百亩，这么多公田，陶渊明一个人耕种肯定是忙不过来的，即使加上他的老婆孩子也够呛。那么谁来帮他耕种

---

① 《晋书·应詹传》："都督可课佃二十顷，州十顷，郡五顷，县三顷。"
② 《晋书·陶潜传》："乃使一顷五十亩种秫，五十亩种粳。"该记载既与当时公田制度不符，又与《南史·陶潜传》《晋书·陶潜传》相异，当为讹误。

呢？四种人：文吏、武吏、医生、算命的。①"文吏"就是县衙里的书办之类，"武吏"就是县衙里的保安之类，在帝制时代，这两种小吏与医生和算命先生的地位同样低贱，另外四种人各有各的谋生手段，不靠种地为生，不为国家贡献农业税，所以晋朝政府强令他们定期去地方官的公田里干活儿。当时在陶渊明公田里干活儿的，应该以他县衙里的书办和保安为主，因为史传有载，陶渊明那三百亩公田"悉令吏种秫谷"，没提医生和算命先生。

东晋时，江南地带中等肥沃的土地，每亩（晋亩，比今亩小）每年能出产粮食三十三斗②。陶渊明三百亩公田，每年应该能出产粮食九千九百斗。我们前面说过，他一天的工资是五斗，一年则为一千八百五十斗，公田收入是他年薪的五倍还要多。

一个必须考虑的问题是：书办、保安等小吏帮陶渊明耕种公田，作为报酬，每年收获的东西需要分给他们多少？答案是：一点儿也不用分给他们。因为晋朝地方官的公田不同于唐宋地方官的"职田"，后者虽然也是按照地方官的品级和职位来划拨，但并不是直接把土地拨到官员手中，而是指定某一县某一乡某一村的若干百姓，命令他们以后不用将农业税交给国家了，改为交给某一地方官。也就是说，唐宋的职田名义上是拨给官员一些土地，实际上是拨给他们一些税收，职田里谁去种庄稼，种什么庄稼，种不种庄稼，都不用官员去操心，他们需要操心的，只是自己到年终能不能拿到"职田实际拥有人"也就是农民们交上来的那批粮食。而晋朝的公田，却是实实在在划拨出去的国有土

---

① 《晋书·应詹传》：公田"皆取文武吏医卜，不得扰乱百姓"。
② 参见吴慧《中国历代粮食亩产研究》，农业出版社1985年第1版，第144页。

地,是官员任期之内完全归其使用的,上面并不附有农民,谁来耕种,种什么作物,甚至连怎么进行田间管理,都需要地方官去管,但是他们最后得到的,是全部的农业收入,而不是仅仅只有农业税。至于帮他们耕种公田的书办、保安、医生、算命先生等人,其劳动只是一种必须付出的劳役,并没有丝毫报酬。当然,假如陶渊明心肠软,出手大方,也有可能允许他们在收获时扛几袋粮食回家,但那是"恩赐",并非报酬。

提前辞职的风险

从前面的分析可知，陶渊明公田的收入远远高于工资。我曾经以俗人之心度高人之腹，猜测陶渊明当初之所以干祭酒干不长，干参军也干不长，偏要来彭泽当县令，就是因为县令有相对丰厚的公田收入，而祭酒和参军没有。但后来的事实告诉我：我想错了。陶渊明在县长的职位上待的时间更短，才干了八十多天县太爷，就一甩衣袖扬长而去，既不留恋县令的权势，也不留恋公田的收入。

陶渊明辞职的原因，历史上写得很清楚：某督邮到彭泽县检查工作，陶渊明出去迎接，一下属提醒他，迎接上司得穿官服，您连腰带都不系，可别惹督邮不高兴。陶渊明听了这话，恼了，然后就说了那句千古名言，"吾不能为五斗米折腰，拳拳事乡里小儿！"随即挂印而去，非常潇洒。

督邮这种官，有监察职能，但其品级不高，跟陶渊明做过的参军一样，同属幕僚阶层，只为长官打工，不对朝廷负责，薪水也不从国家财政发放。督邮的品级与参军等同，都是七品，但这个七品不能算是正式官阶。陶渊明呢，身为彭泽县令，官居六

品①，级别比督邮高，而且是货真价实的领导，大概因为这个缘故，他才说督邮是"乡里小儿"。当然也有可能是因为那个督邮索取贿赂，狐假虎威，到彭泽县后作风不正，就像当年刘备在小沛当县令时碰到的那个督邮一样，才使得陶渊明怒气勃发，不愿意系上腰带去见他。

陶渊明的脾气很大，远不及其曾祖陶侃有韧性。陶侃年少时，家境也很差，经亲戚推荐，才做了小官，然后一路向上爬，最后终于飞黄腾达。他仕途中所受的气，可比陶渊明大得多了。譬如说，他跟一个出身士族的官员坐同一辆马车，被另一个士族官员瞧见了，那个官员质问车上的这个官员："你怎么跟这种不属于士族的下贱东西在一块儿？"士族瞧不起非士族，是两晋南北朝的惯例，换陶渊明，或者换作我自己，立马给他来一个漂亮的回旋踢，让那个趾高气昂的士族口鼻蹿血，但陶侃把火气憋在肚子里，不动声色，所以这是个能搞政治的人。陶渊明胸无城府，受不得窝囊，所以他只能做文学家，不能当政治家。当然，当政治家未必是好事儿，当文学家也未必是坏事儿。

因为督邮的缘故，陶渊明愤而辞职，满打满算，这一任县官干了不到三个月。前面我们探讨过，晋朝官员薪水按天计算，却按季发放，陶渊明的任职时间不到一季，所以我怀疑他走的时候还没有领过一回工资。

我们乐观一点儿，假设陶渊明领了一回工资，那么公田呢？他能拿到公田收入吗？肯定不能。东晋后期和后来的南朝宋前

---

① 东晋后期，县令有六品、七品两种，彭泽为大县，设六品县令。

期,"郡县田禄以芒种为断,此前去官者,则一年秩禄皆入后人;此后去官者,则一年秩禄皆入前人"(《宋书·阮长之传》)。芒种在农历六月,而陶渊明是农历八月做的彭泽县令,农历十一月辞的职,做官时间和辞官时间都在芒种以后,所以"一年秩禄皆入后人",他让小吏种植的二百五十亩"秫谷"和五十亩"粳",全都归了下一任县令。我想,要是陶渊明的继任者跟陶渊明一样爱喝酒,是会感谢前任种植有方的。

现在民营企业为了留人,常在薪酬制度上想办法,譬如压你一个月的工资,或者每三个月才发一回工资(这点类似东晋,大有古风),或者把年终奖挪到来年年初发放,搞得你即使想跳槽,也得再忍一段时间,不然工资、奖金统统泡汤。陶渊明不能忍,提前辞职,于是公田收入没了。

在《归去来兮辞并序》中,陶渊明写道:"彭泽去家百里,公田之利,足以为酒,故便求之。"说明他之所以去彭泽做县令,其中一个原因是想用公田里出产的粮食造酒。可是,现在公田收入一文未得,所种作物只能供继任者造酒,不知道陶渊明言念于此,会不会感到一丝遗憾呢?

君子爱财
JunZi Ai Cai

肥遁和瘦遁

周易中"遁"卦如果真的指隐居,那么我要说,石崇是肥遁,陶渊明是瘦遁。"瘦"在这里是"穷"的意思。

从彭泽县辞官回家以后,陶渊明的主要经济来源是农业收入。您知道,唐朝大诗人王维隐居辋川别墅,主要经济来源也是农业收入,但人家无须自己耕种,有佃户和僮仆代劳。王维别墅里房子众多,他也无须亲自打扫,有两个管家督促着十个清洁工专门收拾屋子,每天"地不容浮尘"。王维写诗写累了,可以让两个仆人抬一滑竿,他老人家坐上去,颤悠悠地到自家庄稼地里闲逛,佃户们锄禾日当午,他在一边看,边看边赞叹:"好一派田园风光啊!"到了宋朝,苏东坡经常问人家:"君知隐居之乐乎?"其实这个问题很容易回答,所谓隐居之乐,就是没有老板,不受羁绊,生活便利,衣食无忧,别人劳动,你在旁边歌颂劳动之美。

这样的隐居之乐,王维是可以体会到的,陶渊明体会不到。他亲自耕种,"晨兴理荒秽,带月荷锄归。"(陶渊明《归园田居五首其二》)经常从早忙到晚。"四体诚乃疲,庶无异患干。"(《庚戌岁九月中于西田获早稻》)在田里累到要死。生病的时候,也没有丫鬟奴仆端茶送药,敲背捶腿,独自一人在破败不堪的屋檐下坐着,整天整天不见笑模样(《示周续之祖企谢景夷三郎》:"负疴颓檐下,终日无一欣。")老天作美的年月,还能保证温饱,一旦风不调雨不顺,吃的盖的就都供应不上了(《怨诗楚调示庞主簿邓治中》:"夏日长抱饥,寒夜无被眠。")他又"性嗜酒",没吃的还能挨两天,没酒喝等于要他的命,可是在隐居之后,他偏偏经常没有酒喝(《咏贫士七首其二》:"倾壶绝余沥,窥灶不见烟。")所以陶渊明感叹说:"种地怎么能是很有诗意的事情呢?太苦了太苦了!"(《归田园居五首其二》:"田家岂不苦?弗获辞此难。")

既然种地很苦,还去做官岂不更好?这个想法,陶渊明大概也有过,要不然,他年轻时也不会辞了官隐居,隐居后又复出,反反复复很多回。只是这回辞官之后,陶渊明终于铁了心,无论如何不再重返仕途,后来朝廷征他当"著作佐郎",他断然拒绝,毫不犹豫。在他看来,跟身在官场的精神煎熬比起来,隐居时所受的这点儿身体上的痛苦根本微不足道。

陶渊明并不反对过有钱人的生活,他晚年见儿子们衣衫褴褛,辛苦劳作,内心是很惭愧的,觉得自己没有尽到父亲的责任,"既使之生,则使之可"。既然让他们来到这个世界上,就应该使他们体面地活着。不过,仕途他是不再走的,过于缺钱时,他宁可向朋友借贷。

苏东坡评价过陶渊明:想从政的时候,就去走路子,不怕别人讥笑;想隐居的时候,就回家种地,也不求别人夸奖;日子过不下去了,不耻于叩门求食;家里只要有余粮,也不吝于热情招

139

待。所以我之所以推崇陶渊明，不是看重他的"隐"，而是佩服他的"真"①。老苏的这个评价是很中肯的。

窃以为，如果能够肥遁，陶渊明绝不推辞。但要是为了积累肥遁的资本必须舍弃自己的精神自由，他会毫不犹豫地选择瘦遁。我很喜欢他，因为像他这样的人在今天很难遇见了。

---

① "东坡云：渊明欲仕则仕，不以求之为嫌；欲隐则隐，不以去之为高。饥则扣（通：叩）门而求食，饱则具鸡黍以迎客。古今贤之，贵其真也。"转引自宋王应麟《困学纪闻》卷十八《评诗》。

李白漫游收支考

君子爱财
JunZi Ai Cai

诗仙李白,一千三百一十年前出生,一千二百四十九年前去世,总共活了六十二岁。李白这六十多年的生命历程当中,除了十八岁以前都做了哪些事儿我们不太清楚以外,剩下的大半生可以用两个字儿概括:漫游。

他漫游过这些地方:

四川的成都、江油、剑阁、梓州;

安徽的六安、宣城、当涂、贵池;

江苏的南京、淮安、镇江、扬州、苏州;

江西的九江、宁国;

山东的济南、兖州、莱州、曲阜、金乡、单县;

山西的太原、汾阳;

河南的郑州、开封、洛阳、南阳、安阳、商丘、周口、平顶山;

河北的邯郸、魏县;

湖北的武汉、荆州、襄阳、江陵、安陆;

广东的惠州、番禺;

湖南的岳阳;

陕西的西安；

浙江的台州；

还有被列为直辖市的北京和重庆。

数一数，将近五十个县市，分布于十五个省级行政区①。

上面列举的，还只是现存的李白诗文中所显示的、可以确证他曾经去过的地方。而您知道，李白还活着的时候，他的诗文就已经十去八九，平均每写一百首，留下来的最多一二十首②。那么可以想见，李白的漫游区域肯定超过上面列举的范畴，譬如他也许还去过甘肃、宁夏、内蒙古、东三省甚至中亚诸国，并且都写了诗，只是我们见不到这些诗句，所以无法知道他是否真的去过罢了。

究李白一生，从他十八岁开始，到他六十二岁去世，当中不管是哪一年，不管他正在哪个地方居住，他都要出去漫游一阵子。很多地方他是一去再去，譬如扬州，譬如武汉，譬如太原，譬如开封，去了就住下来，住烦了再离开，隔不了几年，又故地重游。他成年后至少安过四次家，最初招赘在湖北安陆，娶了已故宰相许圉师的孙女，生下一子一女；许氏死后，跟一刘姓女士同居，然后又在山东济宁跟另一不知名姓的女士同居，并生了一个儿子；后来又跟山东那位女士分手，在河南开封再度入赘，娶了已故宰相宗楚客的孙女③。他的家乡可能在四川绵州，也可能在

---

① 据日本学者笕久美子《李白年谱》编列，年谱由湖北荆门大学王辉斌翻译，原载于《宝鸡文理学院学报人文社科版》1998年第6期。
② 参见李白遗著编撰者、唐时李阳冰的《唐李翰林草堂集序》。
③ 唐人魏颢在《李翰林集序》中总结李白的婚姻经历："白始娶于许，生一女一男，曰明月奴。女既嫁而卒。又合于刘，刘诀。次合于鲁一妇人，生子曰颇黎。终娶于宗。"

君子爱财
JunZi Ai Cai

吉尔吉斯斯坦,事实上他从来没有真正的家乡,或者说每一个漫游的地方都曾经是他的家乡。

这是个四海为家的人,真正的四海为"家"。

四海为家,需要钱,因为走陆路要雇车,走水路要雇船,即使李白武功高强,能够陆地飞腾、登萍渡水,他也得住店、打尖,而住店打尖是不能不给钱的。他又酗酒,买酒也得花钱。走路久了,鞋子磨破了,得买新的;秋去冬来,衣衫单寒,得买棉衣。常年在外,跟妻子两地分居,性生活无法解决,他得嫖妓——我没有不敬的意思,更没有污蔑的企图,唐朝士人过羁旅生活,洁身自好的少,寻花逐柳的多,李白更不例外。至于证据,后面我们会提到。

那么,李白漫游生活的经费从何而来呢?

传说中的富爸爸

我们知道,李白的爸爸叫李客。严格讲,李客不是他的名字,是土著对移民的习惯性称呼。譬如说,赵某某从河南搬迁到河北,河北人会喊他"赵客";王某某从山东搬迁到山西,山西人会喊他"王客"。传说中,李白的爸爸从遥远的碎叶城(位于今吉尔吉斯斯坦,当时属于唐朝安西都护府管辖区域)搬迁到四川绵州定居,绵州人就喊他"李客"。他姓李,确凿无疑。叫什么名字,不知道。

这李客,据说是个富商,富甲巴蜀,做的是丝绸生意。其依据,是唐朝人李阳冰写的《唐李翰林草堂集序》。李翰林,指李白——李白做过翰林供奉。《草堂集》,是李阳冰编选并主持出版的李白诗集的书名。在这个序文中,李阳冰写道:"李白,字太白,陇西成纪人,凉武昭王暠九世孙。蝉联珪组,世为显著。中叶非罪,谪居条支,易名与姓。然自穷蝉至舜,五世为庶,累世不大曜,亦可叹焉。神龙之始,逃归于蜀。"基于此,有人分析说,李白既然是凉武昭王之后,原籍又在西域碎叶城,那么必定是昭武古国的遗民。昭武古国以粟特人为主,所以李白的父亲李客也应该是粟特人。粟特人擅长做生意,所以李客也可能擅长

做生意。粟特人主要做丝绸贸易，所以李客可能也做丝绸贸易。丝绸贸易利润不小，所以李客应该是富商。这个富商后来"逃归于蜀"，把家搬到了四川，所以他应该是四川首富。

上述分析根本不靠谱。

还有更不靠谱的推断，李客做的不是丝绸生意，是盐铁生意，兼营银矿。为啥呢？因为李白的故乡四川绵州是唐朝著名的盐铁产地，李客放着盐铁生意不干，干吗去经营丝绸贸易？李白成年后，曾经多次到安徽贵池漫游，贵池当时是银矿产地，李白到这儿来，应该不是旅游，而是在为父亲的银矿生意做考察。

早年郭沫若也有高论，他根据李白《万愤词投魏郎中》一诗推断，李白曾经亲自参与家族贸易，赚了不少钱。理由是诗里有一句"兄九江兮弟三峡"，这说明李白的哥哥在九江打理生意，李白自己在三峡打理生意，哥俩分工合作，把李氏家族的产业经营得红红火火。平心而论，郭沫若先生治学还是很严谨的，可他的论证大胆到这个地步，让人难以信服。

负责任地说，李白的爸爸或许是个有钱人，不过到现在为止，我还没有看到一条有说服力的证据。至于说他做丝绸贸易、做盐铁生意、经营银矿，以及帮着哥哥和父亲经营家族产业，更是毫无根据。那些所谓的"考证"，您读了或许会认为有道理，反正我是不服的，打死也不服。

炼丹属于高消费

关于李白漫游的经济来源,还有一种很有意思的说法:李白擅长炼丹,炼成的丹药可以卖钱。

李白炼丹,这是真事儿。从东汉到唐末,方术一直长盛不衰,知识分子迷信的多,不迷信的少,为了成仙了道或益寿延年,学起秦始皇,大服丹药,到魏晋,风气更盛,那帮所谓的"魏晋名士",吃疯药,喝大酒,把钟乳石磨碎当口香糖吃,主要不是为了什么"逃避官场""任情率性",也不光为了壮阳(魏晋士人迷信房中术成仙之道,壮阳可"多所交接"),主要还是因为他们相信这样可以成仙,至少能够益寿。唐朝文学界的几个大腕,韩愈、贺知章、李白,中毒也不浅,韩愈吃硫黄吃到暴毙,贺知章以八十岁高龄扯起丹炉大炼仙药,李白比韩愈和贺知章还痴迷于神仙之术。李白一生,时儒时道,时热时冷,觉得做高官有戏时,誓要修身齐家治国平天下,宛然一儒,热得要命;一旦发觉做高官的机会很小,就转身跳进道教的小溪里面凉快去了,拜真人,穿道服,入名山,烧丹炉,做起神仙大梦。而且不光他做神仙梦,他媳妇也做——他的第四任妻子(也许应该说是第二任,因为刘姓女士与山东那位不知名姓的女士都只是与

这神仙之术可能也不是太复杂,我们看葛洪《神仙传》,似乎只要炼丹的配方和方法都得当,炼成之后,吃上几丸,就能白日飞升了。换言之,关键还是炼丹。李白诗集里是经常提到炼丹的:"时命若不会,归应炼丹砂。"(《早秋赠裴十七仲堪》)"闭剑琉璃匣,炼丹紫翠房。"(《留别曹南群官之江南》)"炼丹费火石,采药穷山川。"(《留别广陵诸公》)"弃剑学丹砂,临炉双玉童。"(《流夜郎半道承恩放还,兼欣克复之美,书怀示息秀才》)"愿随子明去,炼火烧金丹。"(《登敬亭山南望怀古赠窦主簿》)"我来逢真人,长跪问宝诀。粲然启玉齿,授以丹药说。"(《古风五十九首其五》)"仰望不可及,苍然五情热。吾将营丹砂,永与世人别。"(同上)对于服丹成仙,李白绝对是满怀希望,他在庐山隐居时,写信给朋友说:我已经找到了炼丹的小窍门,哪天羽化飞升的时候,我会来接你一起上天逛逛的。("早服还丹无世情,琴心三叠道初成。……先期汗漫九垓上,愿接卢敖游太清。")李白还有一首《题嵩山逸人元丹丘山居》,末尾几句写道:"偶与真意并,顿觉世情薄。尔能折兰桂,吾亦采兰若。拙妻好乘鸾,娇女爱飞鹤。提携访神仙,从此炼金药。"元丹丘是道士,也是李白相交多年的知心朋友,这几句诗是说李白在求仙的志向上并不亚于元丹丘,而且他妻子(即前面提

李白同居而没有成亲,算不上合法妻子)宗氏就曾经入庐山修道,拜在女道士李腾空门下,学习神仙之术①。

---

① 参见李白古体诗《送内寻庐山女道士李腾空》。

到的曾经入庐山修道的宗氏）和女儿也好此道，所以他们一家三口都准备炼丹服药。李白的诗，夸张居多，想象居多，有些句子，只是他的心理活动，未必实际去做，更未必已经做成。但说到修道和炼丹，写实的成分还是有的。

古来方士炼丹，如果不为哄骗皇帝和高官显贵以牟取利益的话，其丹药炼成都是自己服用的。从李白诗集里，看不出他靠道术诈骗的迹象——真有这种迹象的话，李白就不是李白，而是李一了。炼成丹药自己服用，自然谈不上卖丹换钱，进而也谈不上李白以炼丹为经济来源。

相反，炼丹倒极可能花去李白大量钱财。因为炼丹的原料，主要是水银、朱砂、云母、硫黄、硝石、鹿茸、虎骨以及婴儿的胎盘，这些原料，无一不贵，如果一没积蓄，二没赞助，想炼丹，怕很难。李白有诗描述自己搜求炼丹原料的麻烦："吾营紫河车，千载落风尘。药物秘海岳，采铅清溪滨。"过去人们注这首诗，说"紫河车"是"道家炼成的长生玉液"，不带这么单纯的！这紫河车不是别的，就是胎盘。李白说，他为了炼丹，找胎盘找了好久，还去了海边找药物。理解这首诗，不能胶着于字句，李白搜集原料，未必是天南地北自个儿去找（即使去找，也需要路费），买的可能性更大——过去的生熟药铺，胎盘、云母、鹿茸、虎骨，都有出售，朱砂则完全可以在颜料铺里买到。当然，价格都不菲。

古代方士炼丹，没有我们想象得那么浪漫。李白之前，炼丹界有一"白石先生"，手头儿紧张，没钱买原料，搞起畜牧业，当了十多年养猪专业户，努力节衣缩食，攒下很多钱，然后大买

朱砂，炼成丹药[1]。东汉那位有名的道士张道陵，传说成道前得到一张龙虎大丹配方，想试验试验，也买不起原料，不得已，广收弟子，用收到的学费完成了炼丹梦[2]。所以李白炼丹，不花钱的可能性小，斥巨资的可能性大。

---

[1] 参见《太平广记》卷七。
[2] 参见《太平广记》卷八。

爱人的身份

还有一说法：李白两次入赘宰相府，其漫游经费应该得到过岳父家的资助。

李白两次入赘，这话不错，但并非入赘宰相府。他第一次入赘到许圉师家，许圉师做过宰相，可在李白入赘许家之时，许圉师已经去世半个世纪，他的儿孙未必也是达官显贵。即使是达官显贵，也未必有很多积蓄。南北朝时有鹿悆、孙谦、裴昭明三人，历任县令、郡守、刺史等地方长官，由于居官清廉，连房子都买不起，携家带口租房居住①。唐朝官俸不比南朝优厚，假如一个官员清廉不贪，想攒下很多钱，也很困难。再退一步说，即使许圉师以及其儿孙有很多积蓄，他们也未必会拿来资助李白这个赘婿的漫游生活。

李白第二次入赘到宗楚客家，宗楚客也做过宰相，问题是，他这个宰相还不如许圉师，许某虽然几次获罪，但总算被皇帝看重，没被抄家；而宗楚客却因为在政治上站错队，依附唐玄宗的死对头安乐公主、韦皇后和武三思，最后被唐玄宗砍了脑袋，亲

---

① 参见《魏书》卷七十九《鹿悆传》、《梁书》卷五十三《孙谦传》、《南齐书》卷五十三《裴昭明传》。

属遭到株连，家产也被充公。李白与宗楚客的孙女成婚时，宗家早已败落，即使宗氏想资助丈夫漫游，恐怕也有心无力。

咱们也不能完全排除李白受许、宗两家资助的可能，只是现在看起来，这个可能性并不很大。所以如果您说李白吃软饭，花老婆的钱，我不敢苟同，因为证据不足。

翰林的薪水

可以肯定的是，李白曾经有过固定收入：做翰林时的薪水。

唐玄宗时，翰林有三种：翰林待诏、翰林供奉、翰林学士。翰林待诏这个群体很杂，有诗人，有画家，有经学家，有书法家，有医生，还有算命先生，这些人，被唐玄宗包养起来，办公之余，或者出游的时候，把他们喊过去，陪着玩耍，说穿了，就是"帮闲"。翰林供奉是翰林待诏里的佼佼者，譬如说，你写文章写得非常漂亮，水平远远超过别的翰林待诏，皇帝喊你喊得特频繁，今天让你写这个，明天让你写那个，甚至让你帮他处理奏章，那么你就成了翰林供奉。翰林学士又是翰林供奉里的佼佼者，不光文笔一流，还通晓政治，朝廷把这批人尖子从待诏和供奉堆儿里挖出来，让他们单独办公。

不管是翰林待诏、翰林供奉，还是翰林学士，都没有专门的品级。不过翰林学士一般兼有其他职务，既是翰林学士，又是户部尚书、礼部尚书、兵部侍郎、吏部侍郎等，虽然作为翰林学士不领工资，但是作为尚书、侍郎却有不菲的薪水。翰林待诏和翰林供奉大多不兼职，可是他们却有工资，其中翰林待诏的薪水参照九品京官，翰林供奉的薪水参照八品京官。

君子爱财
JunZi Ai Cai

李白在天宝二年（743）入翰林院，当时四十多岁，做的是翰林供奉①。不过也可能刚开始做翰林待诏，后来才升任的翰林供奉。到了天宝三年（744），唐玄宗"赐金还山"，让他卷了铺盖。所以李白在翰林院工作的时间，仅仅一年左右，绝不超过两年。在这段时间里，他有没有攒下工资，不可考，月薪多少却能推断。

前面说过，翰林供奉的月薪相当于八品京官。唐玄宗天宝年间，八品京官每月基本工资（料钱）是1300文，餐饮补贴（食料）是300文，其他补贴（杂用）是250文，勤务补贴每月625文。把这些项目加一块儿，每月总计2475文②。李白做翰林供奉时，月薪应该也就是这个水平。

这时候，长安城一斗米（当时一斗有6000毫升，斗米约重5公斤）要价10文，在长安妓院吃一席花酒，需要300文，买一斤牛肉需要50文，一枚鸡蛋则仅售0.3文③。由上述物价可以估算出当时一文的购买力相当于现在人民币5角钱。李白月薪2475文，仅相当于人民币1238元。这点儿钱甭说供他漫游，连喝酒都不够。

---

① 《旧唐书·文艺列传》："有诏，李白供奉翰林。"李白晚年在《为宋中丞自荐表》中，也自称"前翰林供奉李白"。
② 参见陈明光《唐代财政史新编》，中国财政经济出版社1999年第1版，第87页表3-7《开元京官俸制》。
③ 参见王仲荦《金泥玉屑丛考》，中华书局1998年第1版，第127-164页。

玄宗的赏赐

看李白的诗,他在翰林院工作时还是很舒服很享受的,至少刚开始是这样。他曾经从长安寄诗给一个同族兄弟:

翰林秉笔回英盼,麟阁峥嵘谁可见?
承恩初入银台门,著书独在金銮殿。①

又写诗自叙:

待诏奉名主,抽毫颂清风。
归时落日晚,躞蹀浮云骢。
人马本无意,飞驰自豪雄。
入门紫鸳鸯,金井双梧桐。
清歌弦古曲,美酒沽新丰。
快意且为乐,列筵坐群公。②

---

① 《赠从弟南平太守之遥二首其一》。
② 《效古二首其一》。

君子爱财
JunZi Ai Cai

在皇帝跟前工作,很自豪地写着文章,下班后骑着骏马回到住处,住的地方装修豪华,晚上吃饭还有美酒与音乐,经常有饭局,饭局上坐的都是大官儿。你瞧,这哪像月薪千元左右一低薪公务员过的日子?

所以我觉得李白做翰林供奉时,除了薪水,肯定还有别的收入,例如皇帝给他的赏赐。

李白写诗不像白居易动辄透露自己哪天挣了多少钱,哪天又买了什么房子,他是写意派,不爱写实,唐玄宗是否给过赏赐,他不大提,给了多少,更不会提。我们不妨从别人身上来推想。

唐太宗时,有个跟李白工作非常相似的公务员,姓谢名偃,唐太宗经常让他作文写赋,他篇篇精彩,唐太宗一高兴,赏他丝绸几十匹①。唐朝丝绸价格不菲,每匹能卖到500文到4000文不等②,即使每匹只卖500文,几十匹丝绸也在万文以上,折合人民币好几千元。

唐高宗时,又有个跟李白工作非常相似的公务员,姓楚名宾,此人跟李白一样爱喝酒,可是工资太少,不够花,只好经常为唐高宗代笔,每次代笔,"文成辄赐",一写好唐高宗就给他钱,然后他拿着赏钱回家买酒,"费尽复入",花完了再入宫代笔③。

想象中,李白做翰林供奉,每月工资恐怕不够他塞牙缝儿,主要的收入还是来自赏赐。您知道,他写过三首《清平调》,照

---

① 参见《新唐书》卷二百一十四《谢偃传》。
② 王仲荦《金泥玉屑丛考》,中华书局1998年第1版,第136页。
③ 《新唐书》卷二百一十四《楚宾传》。

死了夸杨贵妃漂亮，诗作呈上去，哪怕唐玄宗不给赏钱，杨贵妃也会给，给的数目，想来也不会亚于丝绸几十匹，顶李白几个月工资了。

天宝三年，李白做翰林的短暂生涯结束了，临走时，唐玄宗"赐金"，数目多少，也不可考，不过皇帝出手，应该不至于太小气。史载唐太宗召见药王孙思邈，临别赐给骏马一匹、豪宅一座①。跟李白同时代的著名诗人贺知章跟唐玄宗道别，玄宗赐他一座道观和一片大湖，道观供他修行，大湖供他收租②。唐玄宗赐给李白的不是骏马、豪宅、道观和湖水，而是"金"。这金，可能是黄金，也可能是白银，甚至也可能只是铜钱。不管是什么，不会太少。

---

① 参见《新唐书》卷二百一十二《孙思邈传》。
② 参见《新唐书》卷二百一十九《贺知章传》。

君子爱财
JunZi Ai Cai

稿费收入

宋朝人洪迈在《容斋续笔》里就提到过几位稿费超高的古人。

一位是唐宪宗时的大将韩弘,这人特能打,也特有钱,唐朝诗人韩愈写《平淮西碑》,在碑文里猛夸了他,韩弘很高兴,一次寄给韩愈500匹绢。前面说过,唐朝绢价每匹在500文到4000文不等,500匹绢最低也值25万文。按每文购买力相当于5角钱估算,25万文可折合人民币12万元以上。

我读过韩愈写的那篇《平淮西碑》,如果不算标点的话(事实上唐朝人写文章也没有标点),全篇只有1505个字,每个字将近80块钱。据说韩愈死后,刘禹锡给他写祭文,曾经用上这么四句:"公鼎侯碑,志隧表阡,一字之价,辇金如山。"意思是韩愈写碑文稿费很高,一个字的报酬就能堆成一座金山。这话过于夸张了些,假如刘禹锡知道我们的计算结果,他肯定改写祭文,说韩愈"碑文一篇,一十二万,既压王朔,又盖韩寒"。这么写,更精确。

再一位是唐宪宗时的宰相裴度。据洪迈《容斋续笔》第六卷记载,跟韩愈同时代的另一位著名作家皇甫湜给裴度写过一篇碑文，裴度按一个字3匹绢的标准支付稿费，皇甫湜嫌少，裴度只好升到一个字6匹绢。如前所述，一匹绢最低500文，折合人民币250元，裴度按一个字6匹绢签发稿费，等于把皇甫湜的稿费标准涨到了一个字1500元。朋友们，一个字一千多块，多么吓人的稿费标准！

还有一位是唐朝后期著名诗人元稹的儿子，名字待考，洪迈《容斋续笔》卷六说他给白居易签发过稿费，不惜拿出银制的马鞍、玉做的腰带、以及丫鬟、马车和绫罗绸缎等好东西，折合铜钱60万文以上。元稹的儿子为什么要给白居易稿费呢？因为元稹死了，白居易给元稹写了一篇墓志铭。这篇墓志铭我还没有读过，不知道共有多少字。我只知道唐朝后期，常年米价已经涨到每斗50文，所以这时候60万文铜钱能买米12000斗，每斗以5公斤计算，总共6万公斤，设若每公斤5元，共值30万元。

既然韩愈、皇甫湜、白居易的稿费标准如此之高，李白活着时的名气又绝不亚于他们三位，那么可以想见，李白给人写文章时，稿费也应该相当可观。那位说了：李白给人写过文章吗？当然写过。现存《李白全集》中，厅记、碑文、像赞、墓铭，总计不下30篇，每篇字数少则几十字，多则几千字，其稿费折成人民币即使按每个字10块钱估算，总和也当在几十万元以上。而我们前面说过，李白活着时，其诗文就已经十去八九，他在世时为人所写的墓志铭之类有偿文字，数量应该远远超过现存的这些。

多方馈赠

到现在为止，我们推翻了三个说法：

一、李白有个富爸爸；

二、李白曾经吃软饭；

三、李白炼丹能赚钱。

又提出了两个说法：

一、作为翰林供奉，李白得到的赏赐可能比工资收入高；

二、李白应该有大笔稿费进账。

无论推翻的那三个，还是提出的这两个，证据都不太足，结论都不太肯定，所以都是"可能"。

有证据充分、结论肯定、前面不加"可能"两字的说法吗？有，这一条：李白漫游时，受过多人赞助。

"赞助"这个词儿或许太大，我们换成"馈赠"。接受馈赠的人，当然是李白。馈赠者，有李白的朋友，有他的粉丝，也有欣赏他的一些官员。

朋友，像僧人中孚，赠过李白名贵茶叶①。

粉丝，像一个不知道姓名的山东公务员，赠过李白一斗酒和两条鱼②。

官员，像太子詹事张镐，在李白流放夜郎途中，专门派人寄给李白两套衣服③；还有一个复姓宇文的县尉，送给李白一副精致的书筒④；一个姓张的司马，送给李白一副墨锭；一个姓殷的副市长或副县长，送过李白一件皮衣。

诸如此类的馈赠，在李白诗集里能找到很多。我估计，应该也有人送过李白钱，只是提钱太俗，没有茶叶啊、书筒啊、墨锭啊这些赠品显得风雅，所以李白不愿意在诗里提罢了。

礼尚往来，别人送给李白东西，李白自然也得有回报，李白的回报方式，一般是写诗，看不出他回赠礼物的迹象。

---

① 李白《答族侄僧中孚赠玉泉仙人掌茶并序》："余游金陵，见宗僧中孚，示余茶数十片，拳然重叠，其状如手，号为仙人掌茶。……因持以见遗，兼赠诗，要余答之，遂有此作。"
② 《酬中都小吏携斗酒双鱼于逆旅见赠》："鲁酒若琥珀，汶鱼紫锦鳞。山东豪吏有俊气，手携此物赠远人。"
③ 参见李白诗《张相公出镇荆州，寻除太子詹事，余时流夜郎，行至江夏，与张公相去千里，公因太府丞王昔使车寄罗衣二事》。
④ 参见《酬宇文少府见赠桃竹书筒》。

君子爱财
JunZi Ai Cai

扬州一年的开销

看不出李白回赠礼物的迹象,不代表李白没有回赠礼物,也可能他除了以诗答谢,也以东西答谢,只是他没写进诗里去罢了。退一步说,即使李白不回赠,也不证明他小气,可能接受馈赠时,手头正紧张,没有什么礼物拿得出手,只好全写成诗,而馈赠者刚好也喜欢他写的诗,对礼物什么的倒毫不在乎。

您知道,李白这个人,气概很大,手里有钱时,花起来是很大方的。他自己说过,早年漫游江南,来到扬州,在那儿待了一年,就"散尽三十余万,有落魄公子,悉皆济之"①。"三十余万"是多少钱呢?首先我认为,这钱不是黄金,也不是白银,而是铜钱,即铜钱三十多万文。其次,从《李白年谱》可以看出,李白在漫游生涯中虽然多次到扬州去,待的时间都比较短,唯一待够一年的一次,是开元十四年(726)去扬州,那年他二十六岁,年初抵达扬州,年尾离开,第二年去湖北安陆入赘许家。开元十四年,长安、洛阳斗米10文,前面咱们按购买力估算过,那时候一文钱相当于人民币5角,那么30多万文应该在15万元以上。

---

① 《上安州裴长史书》。

一年花15万元,放到今天,无非也就是一个白领阶层在买房之外一年的正常开销,可是在唐玄宗时,这个花钱水平还是很厉害的。前面说过,李白四十多岁做翰林供奉,连工资带补贴,每月薪水千元左右。即使当时的一品京官,每月能领的所有薪水加起来也才31000文,折合人民币不过一两万元。李白在扬州一年的支出,相当于九品官十几年的薪水,即使让宰相(宰相为一品,但唐朝经常不设宰相,以二品、三品官执掌中枢,故一品官多空缺)去挣,不计赏赐和灰色收入的话,也得花上一年多时间。唐人于逖《灵应录》提到一小康家庭,全家二十多口,一年衣食住行交往看病等开销总计才10万文,李白一个人的开销是这个大家庭的三倍还要多。不过李白说得明白,那钱不是他一个人花的,他接济过一批"落魄公子"。换言之,他在扬州时未必花天酒地醉生梦死,还做了不少慈善工作。

问题来了:李白在扬州大把花钱那年,才二十六岁,还没有入赘已故宰相许圉师家,也没有进京做翰林供奉,他的钱是从哪儿来的呢?他真有个富爸爸在为他的漫游提供资助?有可能。不过,这时候李白的文名已经显扬,即使没有父亲赞助,他写写墓志铭什么的,应该也能自力更生吧。

君子爱财
JunZi Ai Cai

旅游中的免费午餐

李白长期漫游的开销,肯定不止于在扬州时这"三十余万",真正需要花钱的地方太多太多。细究起来,又有些地方是不需要李白花钱的,譬如他可以住官驿、狎官妓。

官驿,即国营招待所兼国营邮政局。唐朝前期,为加强中央对地方的指挥和控制,以及便利公务人员的往来,在各地设置了严密的官驿网络,交通要道上,平均每隔30里就设置一个官驿,全国共设官驿1639个。所有官驿都不对外营业,完全用来招待公务人员和寄送公务物品,而且一律不收费用——其费用、人员、马匹、船只、房屋,统统由政府指派附近居民支撑。为了避免官驿被滥用,朝廷禁止非公务人员入住官驿,即使是达官显贵,如果不为公事,在旅途中也只能使用民营的旅店,而不许享用官驿的免费招待。可是李白凭借他跟大小官员的良好关系,在各地旅行时经常入住官驿。举例言之,他从南京去安徽当涂,途中投宿,住的是"白下亭"①,白下亭就是南京的官驿。他去杭州游玩,曾经入住"樟楼"②,樟楼又叫樟亭驿,是当时钱塘县的官

---
① 《献从叔当涂宰阳冰》:"小子别金陵,来时白下亭。"
② 《与从侄杭州刺史良游天竺寺》:"挂席凌蓬丘,观涛憩樟楼。"

驿。五十多岁时到湖南去,途中住了"鸭栏驿"①,这是湖南临湘的官驿。

唐朝色情行业发达,多数州郡设有官办的妓院,在妓院里从业的女子则大多是罪犯家属。这些官办妓院除了对外营业以增加财政收入之外,还负有陪侍官员的义务。譬如某州一把手招待宾客,为了"宾主尽欢",往往派人到官办妓院传话,点名让哪些妓女作陪,宴席散后,如果宾客有要求,妓女还得"侍夜"。类似制度一直延续到清朝末年。李白漫游各地,多与官员往来,至少在河北邯郸和山东单父,地方官大宴宾客并唤官妓作陪时,李白是曾经列席其中的。

过去文人多无耻,以妓女为玩物,无怜悯及尊重之心,李白也不免俗,他羡慕东晋高官兼名士谢安的蓄妓生活②,在南京短暂定居时,曾包养一位被他称为"金陵子"的妓女,并借此向朋友炫耀③。李白希望"金陵子"跟他一块儿出游,以圆其"携手林泉处处行"的美梦④,估计没达成意愿。不过他在山东兖州栖霞山游玩时,确实带了一妓女,自以为堪比谢安,很得意⑤。

李白在各地漫游,住处当然不固定,他有时住官驿,有时住寺观,有时住朋友家,有时住权贵的离宫别馆,这些,都不用掏钱。想必有时候也会住旅店,这就得掏钱了。要是进了深山,一

---

① 《至鸭栏驿上白马矶赠裴侍御》。
② 《书情赠蔡舍人雄》:"尝高谢太傅,携妓东山门。"
③ 《出妓金陵子呈卢六四首其一》:"安石东山三十春,傲然携妓出风尘。楼中见我金陵子,何似阳台云雨人?"
④ 《示金陵子》:"楚歌吴语娇不成,似能未能最有情。谢公正邀东山妓,携手林泉处处行。"
⑤ 《携妓登梁王栖霞山孟氏桃园中》:"碧草已满地,柳与梅争春。谢公自有东山妓,金屏笑坐如花人。"

没官驿,二没寺观,三没朋友,他也会在当地百姓家里对付一宿。譬如他去安徽铜陵游五松山,当晚就住进一姓荀的农村老太太家,老太太管他住,还管他吃,"跪进雕胡饭,月光明素盘。令人惭漂母,三谢不能餐。"(《宿五松山下荀媪家》)

"雕胡"就是菰米,代指不太丰盛的家常饭,"素盘"就是装着素菜的盘子。"漂母"是一典故,说当年韩信没吃的,一个漂洗棉絮的老太太管了他一顿饭,后来韩信做了大官,为了报恩,给老太太送一大笔钱过去。

过去人们注这首诗,认为李白在五松山受到荀姓老太太的款待,感激得不得了,觉得自己没法像韩信那样报答人家,非常惭愧(惭漂母),一再辞谢(三谢),还跪在地上给老太太磕头(跪进)。事实上,前面注得还对,磕头那段弄反了,这"跪进",不是李白跪在地上向老太太表示感谢,而是老太太跪在地上请李白用餐。

过去礼节重,民见官,幼见长,总得跪,可李白逛五松山时,一不是官员,二不是老太太的长辈,甚至连个进士都没考中过,无非就一普通游客,人家管他住管他吃就够意思了,干吗还要跪着请他呢?

我见过一种注释,说"跪进"就是李白(或者那个老太太)以跪坐的姿势吃饭,而跪坐只是当时流行的坐姿,既不表示感谢,也不表示恭敬。请留意,中国人坐姿从跪坐到垂足坐的过渡期是魏晋而非隋唐,魏晋时期,正式场合以及某些守旧人士依然跪坐并被主流舆论所称赏(如曹魏的管宁、南朝的萧藻均为守旧人士,坚持跪坐,木榻上留有膝痕),而非正式场合早已流行垂足坐。南北朝时，宋齐梁陈旧习较重，还保留有跪坐遗风，北齐北周等胡化地域，即使朝会、祭祀、国宴，也不再跪坐。唐朝胡风尤盛，单看坐具，供跪坐的茵褥已被垂足坐的胡床取代殆尽。唐朝宫廷画家阎立本画的《步辇图》和《兰亭图》上，无论帝王还是文士，无论俗家还是僧道，无一跪坐。另外，古人跪坐时，并不称之为"跪坐"，而是直接说"坐"，即只要说"坐"，一般就指跪坐，如果用其他坐姿，则分别用"偃卧""箕踞""趺坐""垂坐"等来描述。综上分析，李白诗里的"跪进"，是一种恭敬，而不是坐姿。这恭敬也只能是老太太对李白的恭敬，如若不然，那一再辞谢（三谢）的就是老太太，而非李白了。

我的推测是：李白进山之前，见过当地官员，当地官员给他开了一张介绍信，李白持此信在当地可以通行无阻，有官驿就住官驿，没官驿还能住民家，老百姓见了他还得热情招待，总之得拿他当官老爷。当时李白到了荀姓老太太家，把驿券亮出来，老太太一瞧，哎呀，这是上面来的官爷啊，不招待就得挨板子，于是"跪进"。李白这边呢，见人家这么大年纪给自己磕头，心有不安，赶紧辞谢。这么讲，就讲通了。

我这样推测，绝非空穴来风，因为古代确实有这样的规矩：官员因公务而下乡，老百姓得管吃管住，还得帮他们扛行李。这规矩在执行过程中发生变异，无论是否因公下乡，甚至无论是不是官员，只要拿着当地政府开具的证明（驿券），老百姓就有义务做东道主，想不做都不行。明朝那位号称伟大的地理学家、探险家和旅行家的徐霞客老师，就曾经利用这条变异了的规矩，在旅行中役使农民、作威作福，享受那些本来该由公务人员享受的

免费午餐。

譬如崇祯十年(1637),徐霞客去粤西旅行,当地某军官仰慕他,给他弄了一张"马牌",也就是可以享受免费午餐的证明信。徐霞客本来是步行游览,自己扛行李,一拿到马牌,立马喝令十个农民侍候他,轮流用轿子抬他上山。傍晚进村投宿,一老人"煮蛋献浆",把家里所有好东西都拿出来招待这位"徐老爷",而且跟前面说的那位荀老太太招待李白一样,也是"跪进"。此后徐霞客每到一个村子,都用马牌号令村民,有时"以二妇人代舆",有时"以童子代舆",村民都躲避他,他找不到抬轿子的人,就"絷前夫不释",捆住原先抬他的农民不放。到后来,"各家男子俱遁入山谷",他没办法,"搜得两妇,执之出",让两个农妇给他做饭。稍有不满,他就"叱令",骂人家是"奸民"[1]。每读至此,我都要怒发冲冠一回,恨不得把他从日记里揪出来痛扁一顿。

以李白之风雅,应该不至于像徐霞客那样欠扁,不过当地方官赠给他"驿券"或"马牌",使他有机会"吃派饭"和役使农民的时候,您要说他指定拒绝,我是不信的。因为,诗仙也是人,咱们人类正义感常有,正义不常有,见别人搞特权,自己义愤填膺,等到自己也有机会搞特权,就只有优越感、没有惭愧心了。譬如我本人,一见公车私用就脚痒,很想把里面的官僚踹翻在地,可有一回因为私事赶飞机,某官僚朋友让司机开着他们单位的车送我时,我却毫不犹豫坐了上去。推己及人,如果李白使

---

[1] 参见徐霞客《粤西游日记三》。

用驿券在山民家里蹭吃蹭喝，我想我能够理解他；而要是他拒绝使用特权，坚持付钱给老太太，我会更加敬仰他。

我没有和稀泥的意思。一个人只要搞特权，我们就有权而且有必要反对他，哪怕我们自己也曾经跟他一样搞特权。唯其多一些反对，才能多一些监督，搞特权的人和事才有可能减少。

最后请您留意，我没有断言李白游五松山时一定搞了特权，我只是在想象那种可能，然后借题发挥，说一些我想说的话。如此而已。

白居易，居不易

君子爱财
JunZi Ai Cai

公元800年,白居易二十九岁,到长安去,拜访了当时的文坛大腕顾况①,名片一递上去,顾况瞥见了"白居易"仨字儿,调侃道:"小伙子,你名叫居易,要想在咱们京城定居,可不会太容易。为啥?咱这儿什么都贵!"然后漫不经心地翻看白居易的诗集,翻到"野火烧不尽,春风吹又生"这句,大惊,收回调侃,改用赞叹的口气对白居易说,"老夫刚才真是看走眼了,你年纪这么轻,就能写出这么好的诗,甭说在长安定居,就是在全国任何一个地方定居,又有何难!"②

上面这个故事,原载于唐人笔记《唐摭言》,属于野史,可能属实,也可能是旁人为了突出白居易少年高才,能让文坛前辈拜服,而故意编出来的。唐人笔记故事性强,真实性差,重传闻,重神鬼,重离奇,不重真凭实据,所以这个故事可能只是个故事,没有真的发生过。王拾遗先生编写《白居易生活系年》,就没有把这个故事收录进去,估计也是因为感觉不实。

---

① 唐朝诗人、画家,时任秘书省校书郎。
② 《唐摭言》卷七:"白乐天初举,名未振,以歌诗谒顾况,况谑之曰:长安百物贵,居大不易。乃读至《赋得原上草送友人》诗曰:野火烧不尽,春风吹又生。况叹之曰:有句如此,居天下有甚难!老夫前言戏之耳。"

如果这个故事是真的，那么我要说，顾况弄错了。白居易写诗写得好，这没错，可他后来在长安定居，包括在其他城市定居，都很不容易。待会儿我们探讨白居易的买房经历时，您就会发现，倒是顾况最初的调侃更有先见之明。

君子爱财
JunZi Ai Cai

官员子弟

就像探讨其他历史名人的经济生活时,我们一般先看其家庭背景一样,我们也先来看看白居易的家庭背景。

白居易的祖父名叫白锽,做过河南巩县(现为巩义市)的县长(巩县令);他爸爸白季庚,做过江苏徐州市的副市长(徐州别驾);他哥哥白幼文,做过江西省浮梁县的县政府秘书长(浮梁主簿);三弟白行简,做过外交部礼宾司司长(主客司郎中)。

白居易的几个叔叔也都是官员。白季殷,做过江苏省沛县县长(沛县令);白季康,做过江苏省溧水县县长(溧水令);白季轸,做过河南省许昌县县长(许昌令);白季宁,做过洛阳市市政府办公室主任(河南参军)。

白居易的姥爷陈润,是县长(鄜城令);大舅哥杨汝士,是省委书记(东川节度使)①。

---

① 唐朝分剑南道为东、西两川,东川下辖今四川东部、贵州西部与云南北部,面积约相当于现在一个江苏省。节度使一职在不同时期职权不一,安史之乱后,内地节度使统掌辖区内军权、政权、财权与司法权,但在属官任命上要受到中央的支配与制约。

为什么家贫

白居易在给好朋友元稹的信中却说:小时候,我家里很穷,老是出事儿,参加科举考试很晚,二十七岁才去考举人①。

一门都是官,怎么会穷呢?

三条原因:

第一,父祖两代去世早,同辈亲人就业晚。

白居易刚满周岁,爷爷就去世了。二十三岁时,父亲白季庚病逝。白季庚病逝的时候,白居易兄弟几人还都是毛头小伙。

白居易的大哥白幼文,大概要到白季庚死后三年才开始做官,而且一直是个很小的、薪水很低的九品官(浮梁主簿)。白居易本人参加工作更晚:二十七岁考中举人,二十九岁考中进士,到了三十二岁才就业。三弟白行简虽然曾经做到外交部礼宾司长,但那是很久很久以后的事,他比白居易就业还要晚上五六年。

亲戚当中,白居易的大舅哥杨汝士飞黄腾达,曾任一方诸侯,不过那也是很久很久以后的事,因为杨汝士考中进士比白居

---

① 《与元九书》:"家贫多故,二十七方从乡试。"

易还晚,参加工作当然更晚,他官居东川节度使的时候,白居易已经六十五岁,快要退休了。

由此分析,虽然白居易家里和亲族当中出了不少官员,但却有一段"青黄不接"的时期:老一代已经故去,新一代还没就业,即使父祖辈留有遗产,也只能坐吃山空。

第二,白家遵纪守法,居官清廉。

白居易的叔叔白季轸做许昌县县长时,白居易到许昌去了一趟,在叔叔衙门的一面墙上写下这些话:

我们家族有一传统:鼓励做官,禁止贪污。做官的俸禄已经足以维持生活,如果再贪污,哪天东窗事发,就再也没有安逸的生活了,而且还会株连到子孙后代。我叔叔继承了我们家族的优良传统,一直廉洁奉公,作为白家的子孙,今天我可以堂堂正正地把这些话写到这儿,不会有任何惭愧之心①。

白居易没有夸大,没有故意给自己家族贴金,他们家族出的官员即使不是个个清廉,也必然以清廉居多。

唐朝官员俸禄不高,既比不上汉朝,也比不上宋朝,只比明朝强些。而白居易的祖父和父亲为官,是在安史之乱前后,那时候,唐朝财政紧张,朝廷多次减发和停发官员俸禄,"郡、府、县官,给半禄"②。地方官员只能领到原定工资的一半,合法收入就更少了。合法收入少,非法收入又不愿去拿,在这种情况下,白居易的祖父和父亲不会给子孙后代留下多少遗产。

---

① 《白香山集》卷二十六《许昌县令新厅壁记》:"吾家世以清简,垂为贻燕之训,叔父奉而行之,不敢失坠,小子举而书之,亦无愧辞。"
② 《唐会要》卷九十一《内外官料钱上》。

第三，白居易生逢战乱，家产受到损失。

白家原籍山西太原，后来搬到河南新郑，白居易就是在新郑出生。在白居易十一二岁的时候，军阀李希烈在河南作乱，派出军队四处劫掠，新郑一带居民损失很大。为了避难，白居易一家逃到安徽宿州，在宿州定居了二十多年，一直到白居易做官后，在陕西渭南买房，又举家迁到陕西。

白家逃难之前，极可能遭到李希烈的乱兵劫掠。逃难时，必然也会有一些财产损失——至少田地和房屋是带不走的。

综上所述，白居易在给元稹的信里说自己小时候家里很穷，应该是事实。

君子爱财
JunZi Ai Cai

白居易做蚁族

家里不宽裕,买房就得靠自个努力,自己买不起,那就只能租着。

公元803年,也就是拜访顾况之后的第三年,白居易三十二岁,考中进士已有两年多,尚未安排工作。在宋朝和明清两代,一个人只要能考中进士,铁定就有了做官资格,而在唐朝,考中了进士之后,还必须通过吏部的公务员选拔考试(诠选),让考官看看你的长相是否对得起观众,口才是否过关,公文格式是否能够熟练掌握,再给你出几道应用题让你解答,答得出来,考试通过,就可以正式安排工作了;要是通不过,还得回家当老百姓。很多进士高分低能,四书五经背得滚瓜烂熟,一道像样的文书都不会写,通过了礼部的科举考试,通不过吏部的选拔考试,只好待在长安城,一而再再而三地重考。譬如韩愈就是这样,他考进士时挺顺,一参加公务员选拔考试就被刷下来,接连考了十年,才得以通过,当了个九品小官。

白居易出身官员家庭,从小耳濡目染,明白公务员选拔考试的那些套路,所以比韩愈强,考了两年就通过了。通过吏部考试之后,朝廷给他安排了工作:在秘书省做校书郎。秘书省唐朝前期负责管理宫廷图书，兼修国史，近似于皇家图书馆；唐朝中后期主要负责撰写政令、校勘图书、印发经籍，很像一家出版社。白居易所做的校书郎，有点儿像现在出版社的一个高级编审。

白居易运气好，一入仕途，朝廷就调整了公务员的薪酬，不但不再停发、减发工资，而且还把京官、外官的工资标准都上调了，低等文官所能领到的薪水，比起李白做翰林供奉那会儿简直高得太多。我们在《李白漫游收支考》一章里探讨过，李白在翰林院工作，每月工资2000多文，按购买力折合人民币1000元左右，而白居易做校书郎，每月却能领到16000文①，比李白的工资可高得多了。

李白做翰林供奉的时候，每文铜钱可以折合人民币0.5元。安史之乱时期，兵祸连绵，天灾不断，局部地区物价大涨，铜钱购买力迅速萎缩。按史籍记载，一遇围城或大旱大涝，长安、洛阳米价动辄涨到上千文一斗，一文铜钱折合人民币3分钱。白居易就业后，战火渐渐熄灭，社会经济恢复了元气，大米一斗最多卖到50文钱②。唐朝一斗米重5公斤，现在购买同样重量的大米，需要25元左右，据此可以推算出当时铜钱的购买力：一文折合人民币0.5元。也就是说，跟李白就业时相比，白居易时期的铜钱并没有贬值，还是一文等于人民币5角。他月薪16000文，折合人民币8000元。这个薪水，不能算低。

---

① 《白香山集》卷五《常乐里闲居偶题十六韵，兼寄刘十五公舆、王十一起、吕二炅、吕四颖、崔十八玄亮、元九稹、刘三十二敦质、张十五仲方，时为校书郎》："小才难大用，典校在秘书。……俸钱万六千，月给亦有余。"
② 《全唐文》卷六百三十四，李翱《疏改税法》："自建中元年初定两税，至今四十年矣，粟帛日贱，钱益加重，米一斗，不过五十。"

靠这些薪水,白居易能买房吗?不能。因为,一、他刚参加工作,薪水再高,也得攒上一段时间;二、唐朝中后期,京城长安的房价可不便宜,即使比不上现在的北京和上海,也能比得上二三线城市,不过房租却很低,过会儿我们就会谈到。

《白香山集》第二十六卷,有一篇《养竹记》:"贞元十九年春,居易以拔萃选及第,授校书郎,始于长安求假居处,得常乐里故关相国私第之东亭而处之。"贞元十九年,即公元803年,也就是白居易参加工作的那一年。校书郎,是白居易的第一份工作。"求假居处",寻找可以租赁的房子。常乐里,长安城中一个小区,位于东城根儿,是很偏僻的地段。关相国,名叫关播,唐德宗时的宰相,当时已经去世六七年,所以称之为"故关相国"。这段话的意思是,公元803年,白居易做了校书郎,单位不安排住宿,自个儿又买不起房子,跑到长安东城的常乐里,租了已故宰相关播家的一个亭子,在那儿安顿下来。

亭子这东西,建筑辞典上给出的解释是"有柱子、有屋顶,四面没墙的建筑"。这个定义失之过窄,跟事实不符。事实上,辞典上说的只是亭子最简单的样式:顶上一盖儿,底下四根柱子,柱子下面一座台基,台基上面一张石桌,石桌周围一圈石凳。而较为复杂的亭子,不是一间,是好几间,不是一层,是好几层,也不是四根柱子,是四堵墙,围墙围护的不光石桌石凳,可能还有东海白玉床。这种亭子,空间很大,能挡雨,能遮风,当然也能住人。白居易租的,应该就是这种大亭子。

租亭子,一个月多少房租,白居易没写,不过我们可以估计个大概。晚唐道士杜光庭在《神仙感遇传》中记载,公元859年,某进士在长安城丰邑里租一独院，每月房租是500文。丰邑里在长安西城根儿，也是很偏僻的地段，在这儿租一独院，只需要500文，白居易在关播家租一亭子，即使装修很豪华，家具很精美，每月也应该用不了500文。前面说过，白居易月薪16000文，稍微从牙缝儿里挤出一点，就够他租房了。

这段时间，白居易消费水平是不低的，虽然租房居住，却买了马匹，还雇了两个仆人[①]，就像现在小白领买了车又雇了保姆，一副准中产的样子。

[①] 《白香山集》卷五《常乐里闲居偶题十六韵，兼寄刘十五公舆、王十一起、吕二炅、吕四颖、崔十八玄亮、元九稹、刘三十二敦质、张十五仲方，时为校书郎》："一马二仆夫。"

君子爱财
JunZi Ai Cai

只求有房住,不求有住房

这几年大伙常说,中国人的传统观念就是"有房才有家",不管多穷,都以租房为耻,以拥有一套属于自己的房子为荣。这种话,跟咱们经常说的"有史以来"一样,都太武断。照我看,这个所谓的"传统观念"并不怎么"传统",更不如何根深蒂固。因为在唐朝,租房的比比皆是,贷款买房的却在史料中见不到。请不要断言在唐朝不可能贷款买房,唐朝虽然没有银行,购房者一样可以贷到房款,一是可以找当铺办理抵押贷款,二是唐朝社团发达,老百姓可以自由成立各种"义社",晚清时盛行于江南的民间金融互助组"钱会",在唐朝早已铺天盖地,如果社团成员为了早日买房,是完全可以从社团里贷到款子的,只不过人家不愿意因为买房而贷款罢了。唐朝人不以租房为耻,在唐人笔记里您能看到,不管官员还是商人,在长安、洛阳两大都市租房的非常多。宋朝就更不用说了,北宋宰相韩琦说过:"自来政府臣僚,在京僦官私舍宇居止。"① 南宋哲学家朱熹也说过:"百官都无屋住,虽宰执亦是赁屋。"② 文武百官租房居多,包括宰

---

① 韩琦《安阳集》卷六《辞避赐第》。
② 《朱子语类》卷一百二十七。

相都可能租房。甚至到了民国，各大都市住房自有率都低得要命（以昆明为例，1938年昆明市财政局对全市14210户常住居民做抽样调查，拥有房产的只有4604户，住房自有率仅有30%），政府和百姓共同谋求的，是人人有房住，而不是家家有房子。腰缠万贯的前清遗老、下野军阀，以及虽然不那么有钱但绝对算得上中产的文化名人如鲁迅、茅盾、徐志摩等，大多租房，也没见他们谁以无私家住房为耻。所以"有房才有家"并不是中国人固有的观念，而是房改以后这些年大伙居住需求不断上涨，而租房市场却非常落后，再加上相互攀比的风气越来越盛，才催生的一种新观念。

因为唐朝人没有"有房才有家"的"传统观念"，所以白居易并不以租房为耻，他的朋友、同事、同时代的其他官员，也不以租房为耻。自己的房子也好，租来的房子也罢，无非都是窝，能住，住着还挺舒服，没有强拆，没有拒租，没有二房东，没人干涉私生活，这就足够了。

那时候，白居易在常乐里租房，元稹在靖安里（位于常乐里西南侧）租房，李绅在新昌里（位于常乐里南侧）租房。这仨人是哥们儿，租房也租得近，下了班，经常在一块儿喝酒。白居易有诗："靖安客舍花枝下，共脱青衫典浊醪。"①意思就是咱们几个去元稹那小子租房的地方玩，没钱聚餐，把衣裳脱了去当铺换钱，买了些劣质酒，你一杯我一杯喝得很高兴。当时元稹也是校书郎，李绅的级别则比白居易还要高一些，仨人月薪都不低于

---

① 《白香山集》卷六十四《醉送李二十常侍赴镇浙东》。

君子爱财
JunZi Ai Cai

16000文,也就是8000元人民币,要说没钱聚餐,恐怕有点儿谦虚过头了。不过考虑到仨人都是刚参加工作,又都在青壮年,花钱没计划,同做"月光族",挣的没有花的多,也不是没可能。

买房在远郊

公元805年,白居易三十四岁,做校书郎已有两年,想把母亲和弟弟从安徽宿州接到长安,跟自己一块儿住。可是,他在常乐里租的那座亭子住他自己再加两个仆人还成,再添丁加口,肯定紧张。如果在长安买一大套,以他当时的收入和积蓄,那是不可能的。怎么办呢?白居易去了趟陕西渭南,在渭南农村买了一所房子。

古往今来,农村房价都很便宜,唐德宗贞元十二年(796),一位名叫卢川素的官员,卖掉他在江苏泰州某村庄购置的院落,还包括房前屋后的若干田地,总售价才10万文[①],折合人民币5万元。白居易做校书郎,月薪16000文,省出六七个月的工资,就能在农村买一套房以及一些地。所以对他来说,在长安买房难比登天,去陕西农村买房却容易得就像喝凉水。

在农村买房之后,白居易让母亲和弟弟搬到了渭南新家,他自己呢,因为要上班,所以还得在常乐里租房住。不过每逢旬休(唐朝公务员每十天休假一天,十天为旬,故称旬休),他就骑

---

① 参见《太平广记》卷四百三十六。

着马去渭南跟家人团聚,第二天再赶回去上班。白居易有一首《泛渭赋》:"家去省兮百里,每三旬而两入。"家,就是他在渭南农村买的房子。省,就是秘书省,他上班的地方。买房的地方离上班的地方有一百里,所以不能每天回去,只能"每三旬而两入",每月回去两三趟。我有一哥们儿,在北京某报社做记者,房子买在通州,让母亲带着孩子住,自己照旧在北京市区租房,什么时候闲了,开车去通州。这种情形,跟白居易一样,无非白居易回家骑的是马,他回家开的是车。

机关大院生活

公元806年,白居易三十五岁,校书郎任期已满,退掉在常乐里租的亭子,跟同事兼好朋友元稹一块儿去靖安里东侧的永崇里租房,在那儿温习功课,准备参加考试。后来考试通过,被派到陕西盩厔当县尉。

县尉比县令小,也比县丞的级别低,勉强能算一个县的第三把手,主要职责是维护社会治安、征兵和防卫,等同于曹操年轻时做的洛阳北部尉。另外每年征收农业税的时候,县尉还负责催收钱粮,有时也会把公共采购给兼起来。

公共采购,过去叫"和籴",和是和谐,籴是购买,意思是很和谐地向民间购买,不让老百姓吃亏。而事实上,不管哪个朝代,和籴都是以强制性的低价收购为主。譬如政府要采购一批办公用品,造预算时按市价来,给钱时却要比市价低上一倍甚至更多,卖办公用品的不同意,负责采购的官员就采取强制措施,把他关起来暴打,打到他同意为止。白居易那首流芳千古的《卖炭翁》,写宫里太监出来采购,买人家1000斤木炭,只给"半匹红绡一丈绫",就是和籴的真实写照。

白居易在盩厔当县尉,也负责过和籴,卖方不同意,他也把

人抓起来暴打过①,不比他在诗里批判的太监好到哪里去。当然,白居易有良知,动手打人的时候,"不忍"之心还是有的。有归有,打归打,因为良知保不住饭碗,完成上司交代下来的和籴任务才能保住饭碗。

好在白居易当县尉的时间不长,才一年左右,还没等蜕变,就调回去做了京官。对白居易来说,这肯定是好事儿。

白居易在盩厔当县尉,住的是县衙。唐宋元明清这五个朝代,地方官尤其地方长官,是不许在辖区内买房的②。像县令、县丞、县尉、主簿这些官员,在县衙里都有安排好的住处,条件好的,能分一小院,条件差些,也能分一单间。分给白居易的,可能是单间,因为他级别不高,又是单身——白居易结婚晚,三十七岁才成家,一间房够他住了。

若干年后,白居易去江西九江当科长(江州司马),去重庆当市长(忠州刺史),去杭州、苏州当市长(太守),住的都是公房,在任时能住,一离任,空出来的房间又会被继任者住进去。白居易这个人似乎对所住的房屋是否属于自己并不介意,倒很讲究居住的舒适,公务之余,他喜欢在房子前后种花,栽果树,努力打造清新怡人的居住环境。当年在盩厔做县尉,他就曾经在窗外种蔷薇(《戏题新栽蔷薇》):"移根易地莫憔悴,野外庭前一种春。少府无妻春寂寞,花开将尔当夫

---

① 《白香山集》卷四十一《论和籴状》:"臣近为畿尉,曾领和籴之司,亲自鞭挞,所不忍睹。"
② 参见《唐律疏议》、《宋刑统》、《大元圣政国朝典章》卷十九、《明代律例汇编·万历问刑条例·任所置买田宅》、《大清律例会通新纂》卷八《户律·田宅》等文献。

人。")后来去九江做司马,又在房前院后种樱桃(《移山樱桃》:"亦知官舍非吾宅,且斫山樱满院栽。")这个喜好,他一直保持到买房以后。

君子爱财
JunZi Ai Cai

租房十八年

公元807年,白居易三十六岁,从盩厔调回长安,做了左拾遗,兼翰林学士。左拾遗是挑人毛病的官,御史也是挑人毛病的官,前者主要挑皇帝的毛病,后者主要挑百官的毛病,两种官职分工合作,给专制政体提供了一些有益也有限的监督。翰林学士是"贴职",没有工资,也不安排日常工作,皇帝需要你的时候,偶尔会让你写首诗、写篇碑文、起草个圣旨什么的,一般情况下,写完会有赏赐,类似酒店房客给服务员的小费。

小费不固定,不好统计,我们不管它,单看做左拾遗能拿多少工资。这笔工资,白居易在诗里提到过:"月惭谏纸二百张,岁愧俸钱三十万。"①。意思是说,我的工作就是给皇帝提毛病,一个月下来能挑200个,朝廷给我的报酬则是一年30万文。年薪30万文,月薪就是25000文,按一文折合人民币0.5元估算,相当于12500元。

拿着这个薪水,白居易还是没有买房,仍然租房住。在哪儿租房呢?新昌里。这个小区跟白居易早先租住过的常乐里一样,

---

① 《白居易全集》卷十二《醉后走笔酬刘五主簿长句之赠兼简张大贾二十四先辈昆季》。

都位于长安东城根儿,他的好朋友李绅,写"锄禾日当午,汗滴禾下土"的那位,刚开始就在这个小区里租房。

这一年他已经结婚,他的爱人,就是那个后来做到东川节度使的杨汝士杨大人的妹妹。很快他又有了女儿,这一家三口,还有他们的仆人,继续在新昌里租房。但是白居易很满足,工资够花,租的房够住,工作又不是很忙,小日子很滋润。他写过一首诗:

非老亦非少,年过三纪余。
非贱亦非贵,朝登一命初。
才小分易足,心宽体长舒。
充肠皆美食,容膝即安居。
况此松斋下,一琴数帙书。
书不求甚解,琴聊以自娱。
夜直入君门,晚归卧吾庐。
形骸委顺动,方寸付空虚。
持此将过日,自然多晏如。
昏昏复默默,非智亦非愚。

诗的名字叫《松斋自题,时为翰林学士》。松斋,指他在新昌里租的房子。"夜直入君门,晚归卧吾庐。"凌晨就去单位上班,晚上回到租房的地方休息。"持此将过日,自然多晏如。"这不挺好吗?可以一直这样过下去嘛!

但是,他老婆不答应,老婆劝他换个大房子(没劝他买房)。刚好,白居易调任京兆府户曹参军,负责京城财政工资再

次上调,月薪四五万文,此外每年还能领到200石禄米[①]。一石米,即10斗,市价500文,200石,值10万文,再加上每月四五万文的工资,一年能挣六七十万文,折合人民币三十多万元。

有了这笔收入,白居易租了一所大房子,位于长安南城的昭国里,靠近市中心,不再住偏僻地段了。然后又扩建了原先在渭南农村买的那所民宅,另外还购买了一些耕地,让佃户耕种,他来收租。但他始终没在长安市区买房。究其原因,大概不出两条:

一、长安房价太高,他买不起。

二、他对置业京城不感兴趣,压根儿没想买。

从后来白居易在长安在洛阳分别购置产业来看,第一条原因更靠谱。

话说白居易继续升官,又先后去重庆、杭州、苏州当市长,工资越来越高,积蓄越来越多,终于开始在大城市买房。

公元821年,白居易五十岁,当过一任重庆市长之后,在长安买下第一所房子。在此之前,他在长安一直是租房居住的。租房的时间,从三十二岁参加工作开始,到五十岁买房结束,不多不少,总共一十八年。白居易写诗说:"游宦京都二十春,贫中无处可安贫。"[②]说自己租房的时间长达二十年。二十年是约数,实际上是十八年。不过要是写成"游宦京都十八春",平仄上就不工了。

---

① 《白居易全集》卷四《初除户曹,喜而言志》:"俸钱四五万,月可奉晨昏。廪禄二百石,岁可盈仓囷。"
② 《白香山集》卷十九《卜居》。

庐山草堂什么样

严格讲,这十八年当中白居易可不是一直租房。第一,他偶尔会下放到地方去,譬如在陕西盩厔当县尉,在江西九江做司马,都可以住机关大院。第二,当校书郎才两年,白居易就在渭南农村买下一处民宅。第三,在九江做司马的时候,他还曾经在庐山给自己盖了一所房子。

白居易在九江做司马时,很闲,可以十天半月不去衙门上一回班,他经常出去逛,逛得最多的地方,是附近的庐山,以及庐山上的两座寺院:东林寺和西林寺。东林寺的和尚听说白居易文采了得,请他给一死去的僧人写墓志铭,白居易提笔一挥而就,写成了,和尚们很高兴,给他开了十万文的稿费[①]。这笔稿费,白居易没有乱花,用来在庐山盖了一所房子。

白居易在庐山盖房,有很多理由:

一、他是陶渊明的粉丝,而庐山是陶渊明经常去的地方;

二、他已经开始信佛,可又不能住进寺院,不妨在寺院附近盖一房子;(《白香山集》卷七《岁暮》:"拟近东林寺,溪边

---

① 《白香山集》卷二十四《唐抚州景云寺故律大德上弘和尚石塔碑铭序》:"元和十一年春,庐山东林寺僧……赆钱十万。"

结一庐。")

三、他喜欢幽静,在山上住自家的房子,比在衙门里住宿舍幽静多了;

四、他工资不低,又刚拿到一笔不算微薄的稿费,有钱去盖房。

这最后一条非常关键,不管你多么喜欢浪漫,没有经济作支撑,那是浪漫不起来的。陶渊明生性浪漫,可他没钱,就只能在内心里浪漫,不能在庐山上幽居。在精神层面上,陶渊明可能比白居易还要雅量高致;一说到经济基础,他就只能羡慕他的粉丝白居易了。当然,白居易也并非富豪,不然早在长安买房,而不至于租房长达十八年,只是跟陶渊明比起来,他确实是个有钱人。

大伙都知道,白居易在庐山上盖的这所房子,名叫"庐山草堂"。该房子以"草堂"为名,乍听上去挺像杜甫《茅屋为秋风所破歌》里那种四面漏风的茅屋,其实不然,用我们现在的眼光来看,这是一幢非常精致的小别墅。

庐山草堂景色好:"有松数十株,有竹千余竿。松张翠伞盖,竹倚青琅玕。""何以洗我耳,屋头落飞泉。何以净我眼,砌下生白莲。"(《白居易全集》卷七《香炉峰下新置草堂即事咏怀题于石上》)

庐山草堂的面积也不小,设计很精美:"五架三间新草堂。石阶桂柱竹编墙。南檐纳日冬天暖,北户迎风夏月凉。"(《白香山集》卷十六《香炉峰下新卜山居草堂初成偶题东壁》)过去盖房不用钢筋水泥,一般是木柱承重,柱子立在地上,每四根柱

‖道光刻本《古圣贤像传略》里的柳宗元,看上去兴高采烈,不知道是不是因为买了一块便宜地皮。

子围合的部分叫一间,柱子上面横梁,梁上架檩,檩上托椽,椽上钉栈,栈上铺瓦,共同构成一屋顶。其中梁上架三根檩的就是三架梁,架四根檩的就是四架梁,架五根檩的就是五架梁。白居易的"草堂"盖成"五架三间",意即盖了三间,每间都是五架梁。五架梁的房子,南北进深非常大,每间至少六十平方米,三间下来,将近二百平方米了。

庐山草堂门前还有一座池塘,养鱼种莲两相宜:"小萍加泛泛,初蒲正离离。红鲤二三寸,白莲八九枝。绕水欲成径,护堤方插篱。已被山中客,呼作白家池。"(《白居易全集》卷七《草堂前新开一池养鱼种荷日有幽趣》)

当时住这幢小别墅的,除了白居易,还有他媳妇杨氏,以及他跟杨氏生的女儿:一个名叫金銮子的小姑娘。

白居易建造庐山草堂,没说建筑费用花多少钱,也没说买地皮花了多少钱。建筑费用不好估计,地皮应该能估个大概。几乎跟白居易在庐山自建房的同时,柳宗元在湖南永州西山买下了一块地皮,面积大约一亩,只花了四百文[1]。白居易盖这幢五架三间的别墅,一亩地是足够用的,买地时,即使卖主狮子大开口,估计也不会比四百文高很多,即使高出百倍,也不过四万文而已。对白居易来说,四万文根本不在话下。

您无须羡慕白居易,其实在今天,在荒郊野外或偏远农村买

---

[1] 柳宗元《永州八记·钴鉧潭西小丘记》:"丘之小不能一亩,可以笼而有之。问其主,曰:唐氏之弃地,货而不售。问其价,曰:止四百。余怜而售之。……噫!以兹丘之胜,致之沣镐鄠杜,则贵游之士争买者,日增千金而愈不可得。今弃州也,农夫渔父,过而陋之。贾四百,连岁不能售。而我与深源、克己独喜得之,是其果有遭乎。"

上一亩地，也用不了多少钱。譬如我老家，一亩宅基的市价不过七千元，盖一别墅绝对够用。问题无非是，那儿交通落后，信息蔽塞，没超市没机场没车站没银行，手机信号都很差，即使白送一亩地，也没人去那儿盖别墅。而古人要超市要机场要车站要银行没用，也不打手机，所以喜欢幽静又不太有钱的古之隐士会选择在偏僻地块建房。

无论是从今人的眼光看，还是从古人的眼光看，白居易在庐山盖那三间草堂，都不值得羡慕。在今人，真有钱，别墅建在城郊，或者海滨，深山老林建别墅的，没听说过。在古人，真正的达官显贵，像李靖，像裴度，像李德裕，别墅都建在城区，抑或长安城郊曲江池畔，宋朝的司马光倒是在嵩山盖过别墅，可他不把那儿当家，他真正的家仍然在市区，面积更大，装修更豪华，之所以在嵩山盖房，不为长住，只为好玩。

一生五套房

白居易一生所置的房产,大概有五套,其中包括:渭南农村一套,江西九江一套(即庐山草堂),长安新昌里一套,洛阳履道里一套,还有他退休以后在洛阳龙门石窟对面的香山之上建造的一所小房子。

就建筑和购置成本而言,真正需要白居易花很多钱的,只有长安新昌里、洛阳履道里这两套房子。

前面说过,在长安新昌里买房时,白居易已经五十岁,在重庆做过了一任市长。而他买的房,地处偏僻(《白香山集》卷十九《题新居寄元八》:"青龙冈北近西边,移入新居便泰然。冷巷闭门无客到,暖檐移榻向阳眠。")还是一很简陋很破败的二手房(《白香山集》卷十九《新昌新居书事四十韵因寄元郎中张博士》:"新园聊划秽,旧屋且扶颠。檐漏移倾瓦,梁欹换蠹椽。平治绕台路,整顿近阶砖。巷狭开容驾,墙低垒过肩。")到手之后,又花了很大力气重新装修。

三年后,白居易从杭州刺史调任太子右庶子,分司东都。太子右庶子,名义上是太子的辅导老师或者顾问,实际上只是一个虚衔,光拿钱,不做事,既不需要辅导太子,也不需要充当顾问。分司东都,意思就是安排到洛阳的另一套行政班子,不在长安上班。唐朝中后期,为了安置更多的官员,同时也为了加强对河南地区的控制,朝廷复制了一套相对独立的中央机关,摆放到洛阳去。也就是说,一个国家有两套中央机构,长安一套,洛阳一套。但是掌实权的还是长安那套,洛阳这边主要以安插闲官为主。白居易做太子右庶子,本来就是闲官,再让他去洛阳的行政班子,更是闲官了。虽然闲,但是挣钱,太子右庶子是四品官,不算灰色收入,也比白居易当年在重庆、杭州等地当市长来钱。于是白居易就买房,买在履道里,位于洛阳城区西南角的一个社区。

白居易在履道里买的房子很大,占地十七亩,其中光房子就占地五六亩,此外就是竹林、花园、假山、人工湖,地地道道一豪华别墅[1]。

买这套别墅,花了多少钱,白居易没说。他只说,为了买房,他花光了当市长时攒下的俸禄。这还不够,又卖了两匹马,才凑足房款[2]。

---

[1] 《旧唐书》卷一百六十六《白居易传》:"东都风土水木之胜在东南偏,东南之胜在履道里,里之胜在西北隅,西闬北垣第一第,即白氏叟乐天退老之地。地方十七亩,屋室三之一,水五之一,竹九之一,而岛树桥道间之。"
[2] 《白香山集》卷八《洛下卜居》:"三年典郡归,所得非金帛。……未请中庶禄,且脱两骖易。"下有白居易小注:"买履道宅价不足,因以两马偿之。"

中晚唐房价考

白居易早年一直不在长安买房,晚年在洛阳买房还得卖马才能凑够房款,非因他收入低,实在是因为房价高。

当时简直跟现在一样,农村和小城市的房价倒不高,大城市的房价却高得吓人。

晚唐诗人杜牧给一个姓沈的官员写过小传(《唐故尚书吏部侍郎赠吏部尚书沈公行状》),说这个姓沈的官员先后做湖南观察使和江西宣州太守,两任地方官下来攒了不少钱,回京之后在长安城开化坊买了一套房,花了三百万文。

晚唐另一位诗人李商隐也给一个姓白的官员(事实上就是白居易)写过小传(《刑部尚书致仕赠尚书右仆射太原白公墓志铭》),说唐宪宗在位的时候军阀李师古(《旧唐书·白居易传》作"李师道")为了收买人心,给唐太宗时著名宰相魏徵的子孙送了一大笔钱,让他们赎回已经卖掉的魏徵旧宅。当时魏徵子孙赎回这套旧宅总共花多少钱呢?六百万文。

以上两段史料都出自"行状",行状是给死人写的,无非追溯死者的重要事迹,这种文体多少都有点儿拍死者马屁的意思,但是在数据上不敢瞎编。

几百万文买套房，按购买力折合成人民币，至少也要花上一百多万元。白居易晚年能在长安、洛阳等大城市买上房子，是因为他做了大官，收入高，换普通人，想都别想，因为那时候普通人的收入非常低。

我们先看蓝领的收入。《太平广记》第五十三卷记载，唐宣宗大中初年（847），一个叫王夐的人在洛阳给人做力工，试用期月薪是五百文，老板见他做得努力，给他涨到每月一千文。像王夐这样的蓝领，想买魏徵旧宅那样的房子，需要不吃不喝五百年才能实现。

再看白领的收入。《太平广记》卷一百六有个叫宋衎的白领，唐宪宗元和初年（806）在某地食盐专卖局（盐铁院）做抄写员（书手），月薪两千文，后来跳槽到私企做档案管理（管簿书），月薪八千文。我估计这种收入水平在晚唐平民当中应该属于很少见的高薪，可要想在首都买房，必须付出一辈子甚至几辈子的努力才行。

清官包公的高收入

君子爱财
JunZi Ai Cai

似乎有这么一定律:一个人,只要他的姓后面总被人加一"公"字,那么必定是因为,这个人很受大伙爱戴。

譬如关羽,忠勇兼备,被称为关公。狄仁杰,断案如神,被称为狄公。海瑞,廉洁奉公,被称为海公。包拯,为民请命,被称为包公。

这些"公",在咱们老百姓这儿,各有各的口碑,各有各的标准像。

包公的标准像,最突出的特征是一张黑如生铁的脸,象征着铁面无私,另外在额头上,还有一小块月牙状的疤。

这个标准像,当然是几百年来大伙根据想象弄出来的,真正的包公,未必就长这么黑。

过去有个清朝人,看多了包公戏,以为包公真的很黑,后来去合肥参访包公祠,见了包公塑像,又从包公后裔那儿见到一幅据说是包公去世前让人画的遗像,发现塑像上的包公和画像上的包公,都是面目清秀,白脸长须,就认为这才是包公活着时的样子,很感慨,写了一首诗:

> 肖像满天下，论传叹失真。
>
> 刚方不在貌，冠玉自惊人。

意思是铁面无私不一定非得在肤色上显示出来，包公的脸其实很白，长相其实很帅，过去的戏曲和小说，都把包公的样子给弄错了。

这个清朝人的看法和诗句，至今被当作证据（也是唯一的证据），作为一些朋友推翻包公传统标准像的法宝。譬如在2002年，中国经济出版社出版了一本张国华先生的《包拯身前身后事》，在该书第4页，张先生就以此为证据，说包公是个白面书生。

但咱们知道，包公祠里的塑像无非也是根据想象弄出来的，至于那幅传说中的遗像，在没经过任何有说服力的鉴定之前，同样不足为凭，因为不管是李清照的《易安居士三十一岁小照》，还是岳飞的《鄂王真容赞》，都已经被鉴定为后人伪作，那个清朝人所见到的包公遗像怎见得就一定是真的遗像呢？所以您要说包公是个白面书生，我不敢苟同。但您如果仍然抓住传统戏曲里的标准像不放，说包公"一出生就是个黑黝黝的小儿"，我同样不敢苟同。

有点儿跑题了，因为这本书旨在探讨历史名人的经济生活，而包公这个历史名人是不靠长相混饭吃的。那么好，对于包公长相，姑且存而不论，现在说说跟包公经济生活有关的几个问题，譬如他的家境、履历、薪水，还有他做官时能够享受到的福利。

父亲是高官

传说中，包公的爸爸叫包怀，没什么文化，是个文盲或者半文盲，家里有不少地，自己务农，同时也雇请长工，搁土改时划成分，应该被划成富农或者小地主。包公的妈妈姓周，人称周氏。包怀和周氏生了仨儿子，老大包山，老二包海，老三就是包公。大哥包山和二哥包海比包公大得多，这俩哥哥都娶媳妇了，包公才出世。因为害怕包公长大了分家产，二哥二嫂对他很坏，经常找机会害他，试图让他死掉。而大哥大嫂却很善良，想尽办法维护包公。所以当包公长大后，中了状元，做了大官，很感激大哥大嫂的恩情，一辈子管大嫂叫"嫂娘"。

这个传说，在田连元评书《包公案》、百家公案本《包待制出身源流》以及不同剧种的《包公出身传》里面流传甚广，平心而论，是很好的故事。

故事里的包公，肯定不等于历史上的包公。

历史上的包公，爸爸不叫包怀，叫包令仪，也不是文盲或者半文盲，而是一个曾经参加科举考试并且至少中过举人的有文化的人。而且，这个人还做过官，他的官职是"朝散大夫、行尚书虞部员外郎、上护军、赠刑部侍郎"①。

这一串很长的官职，跟宋朝的官衔制度有关。在宋朝，尤其在王安石变法以前，一个官员在一个岗位上，头上往往戴着很多顶乌纱帽，一顶摞一顶，高高垛起来，看上去蔚为奇观。

第一顶乌纱帽，叫"散官"，戴上这顶帽子，一个官员的品级就显示出来了。这样的帽子有很多，分别对应一个品级：

开府仪同三司，对应从一品。

特进，对应正二品。

光禄大夫，对应从二品。

金紫光禄大夫，对应正三品。

银青光禄大夫，对应从三品。

通奉大夫，对应正四品。

太中大夫，对应从四品。

中散大夫，对应正五品。

朝散大夫，对应从五品。

……

下面还有很多。

包公的爸爸包令仪，头上戴着"朝散大夫"的帽子，说明他的级别是从五品，五品官里级别较低的一品。

第二顶乌纱帽，叫"寄禄官"，这顶帽子用来表示一个官员应该拿多少工资。包令仪那一长串官衔里面，没有一个属于寄禄

---

① 参见《万历庐州府志》卷七《人物表》，及同书卷九《乡贤列传》。又，嘉庆朝重修的《庐州府志》也作如是记载："包侍郎名令仪，字肃之，进士及第，授朝散大夫，行尚书虞部员外郎，出师南京，上护军，赠刑部侍郎，即拯之父也。"

官官衔,大概是修史的人给漏掉了。

第三顶乌纱帽,叫"职事官",这顶帽子才跟具体工作有关,只有它才能显示一个官员真正负责的是哪些事情。

包公父子在世时,职事官多达几百种,其官称前面,不是带一个"知"字,就是带一个"权"字、"行"字或者"试"字,或者更啰唆,带上"管勾""提举""提点"等字样。包令仪的职事官官衔,叫作"行尚书虞部员外郎",官称前带了一个"行"字,意思是他本来的级别很高,但是具体做的工作跟级别不般配,有点儿掉价。"尚书虞部",是一个机关,隶属工部。当时工部有四个下属单位,分别叫工部司、虞部司、水部司、屯田司,其中虞部司负责管理全国的山林湖泊等自然资源。"行尚书虞部员外郎",是"虞部司"这个单位的第二把手(第一把手是"虞部司郎中")。

第四顶乌纱帽,叫"勋官"。一个官员勤于工作,或者于社稷有功,或者跟皇帝有血缘关系或亲戚关系,就会戴上勋官这顶帽子。宋朝的勋官有"上柱国""柱国""上护军""护军""上轻车都尉""轻车都尉"等名称,其中"上护军"是一顶很大的帽子,非高官显贵不能戴,而包令仪却戴上这顶帽子,说明他很受皇帝重视。

第五顶乌纱帽,是官员死了之后才能戴的,叫作"赠官"。赠官往往比活着时的官职要大一些,像包令仪的赠官是"刑部侍郎",就比他活着时做过的行尚书虞部员外郎要高两级。之所以要给死去的官赠送一个大一点儿的官职,一般有两种原因,一是这个官员在世时干工作干得好,使朝廷觉得,如果不让他死后再升一级，就对不起他的一生；还有一个原因就是：某人生前也许不是官，或者工作做得并不怎么样，但是他的儿子或者孙子很争气，在他死后做了大官，连带着已经死去的父祖也跟着沾光——被朝廷追赠一个官职。包令仪可能是后一种情况，也就是说，他之所以被追赠为刑部侍郎，主要是因为他的儿子包拯后来做了大官。

宋朝官衔非常繁杂，除了咱们在前面说过的散官、寄禄官、职事官、勋官、赠官，还有祠禄官、贴职、爵位、食邑、检校、赐、功臣等等，今人需要花很大力气仔细琢磨，才能从一个官员的一大串让人眼花缭乱的官衔中判定他属于什么品级、负责什么工作以及享受什么待遇。待会儿探讨包公薪水和福利的时候，我们就会碰到这个问题。

家属和家境

包令仪的爱人不姓周,姓张,所以她不是传说中的周氏,而是张氏。

包令仪和张氏倒真的生了三个儿子,但大儿子和二儿子不叫包山、包海(戏曲故事给兄弟取名往往是这样成套,或者金银铜铁占全,或者江河湖海全占),而叫包莹、包颖(这两个名字比较文雅,一看就是文化人起的)。包莹、包颖还没等成家,就都死了,所以包公也不可能会有一个不靠谱的二嫂和一个靠谱的大嫂。

宋朝初年,因为财政紧张,官员俸禄较为微薄,还经常发给半俸,或者虽发全俸,但是一半给钱,另一半折成粮食或布匹等实物工资,折成实物的时候,又不按市场价格,而是给实物作价很高,譬如市场上两块钱一斤米,朝廷却按五块钱一斤折算,本来该发一千块钱,结果只发二百斤米,官员扛着这二百斤米到市场上去卖,只能换来四百块钱。总而言之,朝廷因为缺钱,不得不采取种种手段让官员吃点儿暗亏。

但是到了宋真宗时期,国库就比较充裕了,各级官员不仅能拿到全俸,还能在工资之外得到很多实物补贴和奖金福利,使得一个中低级官员的俸禄就能顶十几户普通百姓的收入。

从包令仪的退休时间判断,他做官的时间主要在宋真宗即位以后①,当时是五品官,俸禄是不会低的。有他的薪水作支撑,包公少年时想必也不会遇到多少经济上的困难。换言之,包公一家即使过得不是很优裕,也绝对谈不上会有多么拮据。

当然,这只是推想,如果有新的史料出现,能证明包公的家境其实很差,我会立马推翻现在的观点。

---

① 参见孔繁敏先生《包拯年谱》,黄山出版社1986年版,第10–12页。

君子爱财
JunZi Ai Cai

十年宅男

在戏曲故事中,包公参加科举考试很顺利,最后中了状元。这个自然也不能当真。

元代以来,几乎所有戏曲故事和话本传奇的主人公,都能很轻易地考中状元:今天还是个平头百姓,连秀才都没考呢,明天就能骑头毛驴进京,然后三篇文章下来,就金榜高中,就骑着高头大马,戴着彩绫红花,满京城转悠着夸官去了。什么童试岁试,什么县试府试,什么院试乡试,什么会试殿试,中间程序一概省略。连考期都不固定,无须三年一试,无须恩科,无须春闱秋闱,只要想考,随时就能考,考状元就跟考驾照似的。像这种好事儿,肯定只能在故事里发生。

按照包公的履历,他是宋仁宗天圣五年(1027)参加的会试和殿试①,而这一年,状元是王尧臣,榜眼是韩琦,探花是赵概。所以包公既没中过状元,也没中过榜眼和探花。但他的确中过进士,曾巩给包公作的传上写过:包拯,字希仁,合肥人,在天圣五年中了进士②。

---

① 参见孔繁敏《包拯年谱》,黄山出版社1986年第1版,第10页。
② 曾巩《孝肃包公传》:"包拯字希仁,庐州人,天圣五年登进士第。"

考中进士后，朝廷让包公做大理寺评事。这个职位，当时是八品官，负责在"大理寺"中对重大案件进行初审，并写出初审意见，交给上级处理，相当于现在美国最高法院法官的助手。但是如前所述，宋朝官衔非常复杂，有散官勋官寄禄官职事官等区别，不能一瞧官衔，就断言一个人负责什么工作。朝廷让包公做的大理寺评事，实际上只是一个寄禄官，意思是以后会按照这个官衔的级别和对应的薪水标准给他发工资，并不是要他去大理寺上班。真正安排包拯去做的工作，叫作"知建昌县"，也就是去建昌县当县长。

建昌县在今天江西永修，而包公老家在安徽合肥，两地距离较远，包公觉得不方便回家探亲，请朝廷给换个岗位。于是朝廷又把他安排到安徽和县做财政工作。这回包公居然还不满意，他说：我爸退休了，我妈年纪大了，父母在，不远游，我还是别做官了，回家侍候父母吧。连和县也没去，直接回合肥老家去了①。

因为父母年老，就拒绝做官，这种做法，咱们现代人看了会有些不理解——包公完全可以把父母接到任上去住嘛，这样既不耽误工作，又不耽误侍候父母，既能给国家做贡献，又不耽误尽孝心。可是在宋朝，包括西汉以后的大多数朝代，不管皇帝多么混蛋，都不忘提倡以孝为本（至少在表面上），一个官员可以没有政绩，可以搞不出任何惠民工程，只要表现得很孝顺，就能赢得朝廷的好感和舆论的赞扬，所以就有很多古怪现象出现：父母一死，不管有多么重要的工作，都得回家守孝三年（皇帝特许除

---

① 曾巩《孝肃包公传》："初，拯以大理评事知建昌县江西永修，辞以亲年高，改和州安徽和县管库，而亲不欲去乡里，遂解官就养。"

外);在酒店里吃饭,听说某道菜的名字跟父母的名字相似,就把它倒掉,然后趴在桌子上大哭;守孝期间不听歌,不吃肉,不生小孩,每次想起父母,就呕血一小盆之类。这些现象,真心实意的不会没有,但虚情假意不痛装痛、使劲从形式上放大悲痛以博取美名和政治资本的,恐怕会更多。

包公因为父母年老而辞官养亲,应该是真正发自天性,真正出于孝心,因为他在合肥老家一连守了十年,直到父母都去世以后才出来做官,如果只是为了捞取政治资本而虚掷十年光阴的话,实在是很不划算。

宋朝惯例,官员守孝期间如果没有皇帝特旨,朝廷是不会为其发工资的。所以包公在家做宅男这十年,不会有任何薪水。这期间他和父母究竟以何为生,暂时不得而知,推想起来,其父亲包令仪做官时应该积攒下一些存款,他们包家在合肥大概也会有一些耕地,可以租给佃户耕种,每年收租为生。当然,包公亲自下田耕作的可能性也不是没有。

传说中的断案如神

包公是在二十九岁那年辞官回的家,一直到了三十九岁才重出江湖。这回,朝廷派他去安徽天长县做县长(知扬州天长县)。

在天长,包公接到一个案子:有个人,养了一头耕牛,牛的舌头被人割了,但又不知道是谁割的,于是到县衙诉苦,求包公破案。包公说:"牛舌头没了,反正也活不了,你回去把牛杀了,把牛肉卖了吧。"那人就把牛杀了。在宋朝杀耕牛是犯法的,轻则罚款,重则处以徒刑①,那人杀了耕牛,就有人去县衙举报他:"某某把他家的耕牛给杀了!"包公一拍惊堂木:"呔,割牛舌的原来是你!"举报者吓了一大跳,果真承认了割牛舌的事实。

这个案子简称"牛舌案",在《宋史·包拯传》、《宋仁宗实录·包拯传》、曾巩《孝肃包公传》、吴奎《宋枢密副使赠礼部尚书孝肃包公墓铭》等文献中都有记载,被当成是包公断案如神的证据之一。

包公的断案逻辑是这样的:

---

① 参见《宋刑统》卷十五《故杀误杀官私马牛并杂畜》。

君子爱财
JunZi Ai Cai

一、作案者只割牛舌,不盗耕牛,于己无利,于人有害,说明跟养牛人有仇,割牛舌是为了泄愤。

二、既然割牛舌的人跟养牛人有仇,那就再给他一次报仇的机会——让养牛人把牛杀掉,看谁站出来检举揭发。

三、谁站出来检举揭发,谁就跟养牛人有仇,谁就是割牛舌头的人。

上述逻辑并不完美:

一、割牛舌未必就是为了泄愤,也可能某个家伙爱吃牛舌,又不舍得花钱去买,于是偷偷地把一头活牛的舌头割走了,回家稍作烹调,大快朵颐。

二、即使割牛舌的人跟养牛的人有仇,割完牛舌之后,可能就把怨气泄完了,当养牛的人私宰耕牛之时,他不一定会站出来检举揭发。

三、宋朝跟隋唐元明清一样,为了降低管理成本,实行以民治民的政策,向来鼓励人们检举揭发,而且对举报人是有重赏的,所以出来检举揭发的人未必就是割牛舌的人,人家可能只是为了贪图赏赐。

有这么多漏洞存在,能找到真正的作案人是巧合,找不到真正的作案人是必然。如果举报者真的就是那个割牛舌的家伙,那我们只能说:包公的运气可真好,而不能就此夸他断案如神。

我更愿意相信的是:上述牛舌案并非包公的杰作,只是一个传说,后来阴差阳错,被安放到了包公的身上。

传统戏曲里有一折《包公智审灰阑记》:俩女人争一孩子,都说是自己的,包公就让她们把孩子劈成两半,一人分一半,从

"是否真去劈"这个行为上判断出了谁是小孩的亲生母亲。看完这段戏,有的朋友可能会夸包公真聪明,在没有亲子鉴定的时代,利用巧计找出了真相;而我却是一身冷汗——假如说,孩子的亲生母亲有点儿神经质,再加上怒火攻心,真就去把小孩劈成两半,那又怎么办?再假如说,并非小孩亲生母亲的那个女人如果心里还稍微残存着那么一点儿天良的话,她宁可不要孩子,恐怕也不会答应把孩子劈开。既然两个女人都不同意劈孩子,那包公又从何看出谁是孩子的亲生母亲呢?

很明显,《智审灰阑记》中的故事是人们安放到包公头上的另一个案子。这个案子的原始出处,据赵景深先生考证,是出自东汉应邵《风俗通》所记载的东汉时候颍川郡守黄霸的断案故事。但事实上,黄霸也未必这么断过案,在黄霸之前,古印度某小国的国王早就这么表演过一回了[①]。包括在《圣经·旧约》里,也记载过类似的判案故事,其中想出劈孩子绝招儿的法官不是别人,正是传说中最聪明的国王所罗门[②]。

一切文学作品,甚至包括某些史传,为了突出表现主人公特别有智慧,同时也为了增强故事的冲突和张力,往往会安放一些看起来靠谱实际上特别不靠谱的情节。这在作者看来,或许很巧妙,很有智慧,但读者是不能当真的。窃以为,真实的包公如果碰到牛舌案以及俩女人争小孩这样的案子,他应该不至于采用故事里那样儿戏的判案手法,而是会派人调查,找出证据,毕竟那才是真正负责任的法官的做法。

---

① 参见北魏凉州沙门慧觉等译《贤愚经》卷十一《檀腻羁品》。
② 参见《圣经·旧约·列王纪上·所罗门审断疑案》。

君子爱财
JunZi Ai Cai

有弹性的清官

在安徽天长干了三年县长,任期已满,包公升了官,被派到广东肇庆做市长(知端州)。肇庆出产砚台,所产端砚驰名天下,以往到这儿做官的人,临走都整车整车地装砚台,回去送给亲戚朋友以及朝廷要员。包公不这么干,他在肇庆三年任满,一方砚台也不要,正应了徐志摩的那句诗:轻轻地我走了,正如我轻轻地来,我轻轻地挥一挥手,不带走一方砚台。

包公得庆幸自己生在了一个好时代,那个时代,皇帝还算清明,宰执还算正直,整个官场还能容得下几个清官,即使不送礼,不行贿,不溜须拍马,也能活下来并且还能升官——从广东回到京城,包公一路高升。

首先,朝廷派他做"权三司度支判官",这个官职相当于财政部的一个司长。然后又做了"监察御史里行",相当于监察部的一个司长。很快又升任"三司户部判官",先后出任"京东转运使""陕西转运使"。北宋时,转运使是省级行政辖区最高行政长官。再然后,又回京城,做"三司户部副使"。

五十八岁那年,包公以龙图阁直学士、尚书省右司郎中的身份,在当时的首都开封做了一把手。这也就是戏曲和影视剧里说的"包公倒坐南衙开封府"。

包公戏一开场,黑脸老包都要来一句"包龙图打坐在开封府",好像包公在开封做一把手做了很多年似的。事实上包公在开封府只干了一年,就被重新调回中央,做了御史中丞、三司使和枢密副使。

在国防部部长的职位上干了不到一年,包公就因病去世了。这年是1062年,包公六十四岁。

《三侠五义》里一提包公,都叫他"包相爷",其实包公没做过宰相,他一生中做过的最高级别也离宰相差着两级。再者说,从宋太宗往后数,皇帝们怕宰相集权,一直不设宰相,只设在职权上近似于宰相的其他官职。

包公不管在哪个岗位上,都是清廉的、刚正的、得民心的好官。在开封府当一把手时,还做过一些司法上的小改革,使案件不至于积压,使老百姓得以直接把诉状呈递到包公手里,而无须经过书吏和副职的上下其手。但要说包公不考虑一点私情,判案时完全地一视同仁,也不太符合实情。

有两例可以探明。

一、章惇通奸案。

章惇(此人后来在王安石变法期间飞黄腾达)中进士以后,有一段时间尚未做官,没有房子,寄居在开封市区某同族长辈家里。这人不老实,跟那个长辈的小老婆私通,有一天被人撞破,吓得翻墙而出。从墙上跳下来时,不料一脚踩到一个靠墙根儿晒太阳的老太太脑袋上,把老太太踩得头破血流。章惇的长辈爱面子,没有告发章惇,被踩伤的老太太气不过,拽着章惇去开封府

告了一状。当时包公正倒坐南衙,一审问,章惇是个新科进士,就没有定罪,让他赔老太太一点钱,劝俩人私了而已①。

众所周知,私通长辈之妻妾,属于"十恶不赦"②,即使当事人没有告发,只要法官知道此事,就有责任定罪。而像这种"十恶"之罪,只要定罪,至少会在徒刑以上,并且不允许遵循议亲议贵之例给予"收赎",换句话说,是不能让嫌疑人花钱免灾的。包公只问踩人案,不问通奸案,让章惇跟老太太私了,属于避重就轻,包庇罪犯。

宋朝官员多由科举出身,不是举人就是进士,他们对于举人、进士犯案,似乎总有些兔死狐悲物伤其类的感觉,能轻判就轻判,能不判就不判。《名公书判清明集》里有个类似的案例:某举人横行乡里,强奸邻居的老婆,并使其怀孕,邻居告到衙门,该举人的弟弟竟然把受害人抓起来暴打,受理该案子的法官范应铃包庇举人弟兄,只判责打强奸犯二十小鞭,对于打人的那个弟弟,则"以爱兄之道"不予处分③。按照南宋法律,男子与有夫之妇通奸,必须劳改两年,如果是强奸,则可视情节轻重判处三年以上徒刑甚至死刑,范应铃是南宋名臣,不可能不懂这些规定,但他还是循礼而枉法,既轻判那个举人,又将其兄弟无罪释放。这种做法,在今天是要被网民掀翻天的,但是却被宋朝的官僚所赞扬,要不然也不会写进《名公书判清明集》,作为知名法

---

① 邵伯温《邵氏闻见前录》卷十三:"章惇者,郇公之疏族。举进士,在京师馆于郇公之第。私族父之妾,为人所掩,逾垣而出,误践街中一妪,为妪所讼。时包公知开封府,不复深究,赎铜而已。"
② 《宋刑统》卷一《名例律》之"十恶"条:"十曰内乱,谓奸小功以上亲父祖妾及与和者。"
③ 参见《名公书判清明集》卷十二《贡士奸污》。

官的经典案例来"教化"后人了。

所以对于包公包庇章惇一事,咱们也无须苛求——在他那个时代,法律经常小于情理,而包庇士大夫就是他们所谓的情理之一。

二、县民上访案。

包公有个下属,名叫王尚恭,当时包公是开封市长,王尚恭是开封下辖原阳县(时称阳武县,现归河南新乡管辖)的县长。包公对王尚恭很喜爱。有一回,原阳县的几个老百姓进京上访,举报本县领导如何徇私,如何害民,请包公给他们做主。包公一问,原来这几个老百姓要告的是他的得意部下王尚恭,就不理会了,让人把那些访民赶出去,说:"你们王县长是个什么样的人,我最清楚,你们说的这些我统统不信!"[1]

如果我们根据这件事情,认为包公在包庇下属,也许太过。但至少它能说明,包公未必永远"清如水、明如镜",也会有犯浑的时候。

宋朝历代皇帝,除宋太宗外,对百姓上访都颇为支持,老百姓对本地县官如有不满,可以找州官、府官申诉,而州官、府官也必须受理。如果不受理,或者虽受理但处理不公,当事人还可以找转运使、按察使、本路提刑,乃至刑部、大理寺、御史台、登闻鼓院、登闻检院、军头引见司直至皇帝本人申诉。这中间,任何人、任何机关,不得以任何理由截访。所以说得重一些,包公不受理访民的申诉,属于徇情枉法。

---

[1] 参见《宋史翼》卷一《王尚恭传》。

　　总的来说，包公是清官，不贪财，不恋权，不怕打击报复，活着时就受到百姓喜爱。但是他也不是永远不犯错，譬如说，他也会包庇一些人。所以我认为，这是一个有弹性的清官，比之海瑞的过分刚直来，包公实在是灵活多了，可他这"灵活"不是好事儿。

年薪过千万

介绍完了包公的履历,再说他的年薪。

前面说过,包公做过好多官,而每个官职对应的工资和福利肯定是不一样的。照常理,包公年薪最高的时候,应该是在临终前,据他生前好友吴奎给他写的墓志铭,包公临终前既是枢密副使,又是朝散大夫、给事中、上轻车都尉,同时还被封为东海郡开国侯①,级别之高仅次于枢密使,所以这时候会是他一生中拿工资最多的时候。

既然官职不同,薪水就不一样,那么给包公算年薪这件事就变得非常麻烦。我粗略统计了一下,包公从考中进士到去世,一生拥有过四十多个官衔,这里面既有只拿钱不干活儿的寄禄官官衔,又有既干活儿又拿钱的职事官官衔,还有仅代表荣誉和地位的勋官官衔,要是一个个计算起来的话,即使我没烦,您也看烦了。所以我们不妨横切一刀,只取包公"倒坐南衙开封府"的这个剖面,来分析一下他能得到多少合法收入。

---

① 吴奎《宋枢密副使赠礼部尚书孝肃包公墓铭》开头书写包公临终时的一大串官衔:"宋故枢密副使、朝散大夫、给事中、上轻车都尉、东海郡开国侯、食邑一千八百户、食实封四百户、赐紫金鱼袋。"

君子爱财
JunZi Ai Cai

包公倒坐南衙时,头上戴有三顶乌纱帽,即龙图阁直学士、尚书省右司郎中、权知开封府事。

"龙图阁直学士"是从三品,没有日常工作,一般是皇帝有学术问题或者政治上的重大问题需要咨询的时候,龙图阁直学士才站出来说两句。在北宋前期的官制里,这种官叫作"侍从官"。

"尚书省右司郎中"是从五品,也没有日常工作,既不用去尚书省上班,也不用负责尚书省的任何事务,它只是朝廷给官员计算工资时的一个依据,所以属于寄禄官官衔。

"权知开封府事"是包公的正式职位,"权"是暂时的意思,"知"是掌管的意思,权知开封府事,就是说你本来有别的官职,但是朝廷现在派你去开封府主抓全局,别的活儿你先放放。在北宋前期,像这种由朝廷指派去做具体工作的官衔叫作职事官。

先说侍从官"龙图阁直学士"给包公带来的收入。按宋仁宗嘉祐年间颁布的公务员薪水法规《嘉祐禄令》,龙图阁直学士每月有"料钱",也就是基本工资;还有"添支钱"和"餐钱",也就是补贴;另外每年春、冬两季还能领到一些"衣赐",也就是布匹。其中料钱每月是120贯,添支是每月15贯,餐钱是每月3贯。衣赐每年发两次,每次发5匹绫、17匹绢、1匹罗、50两绵,一年则有10匹绫、34匹绢、2匹罗和100两绵。

咱们做个小计:包公作为龙图阁直学士,每年有1656贯的货币收入,还有10匹绫、34匹绢、2匹罗和100两绵的实物收入。

再看寄禄官"尚书省右司郎中"给包公带来的收入。

《嘉祐禄令》规定,尚书省右司郎中每月有料钱35贯,没有餐钱和添支,而衣赐也是每年发两次,每次各发3匹绫、13匹绢、1匹罗、30两绵。按照《嘉祐禄令》的工资发放原则,如果一个公务员既有寄禄官的官职,又有侍从官的官职,那么他并不能兼领寄禄官和侍从官的双份薪水,而是哪份薪水高就领哪份。对包公来说,他的侍从官薪水明显比寄禄官薪水要高,所以他只能领到作为龙图阁直学士的那份薪水。

最后看差遣官"权知开封府事"给包公带来的收入。

按《宋史·职官志》,包公在开封府做一把手时,每月有30石月粮,其中包括15石米、15石麦。此外每月还有20捆柴火、40捆干草、1500贯"公使钱"(朝廷发给官员的可以由其支配的公关费用,类似现在台湾行政长官的"特别费")。另外,作为京城府尹,朝廷还会划拨给包公20顷职田,也就是2000亩耕地,允许他每年收租,并且无须纳粮。这2000亩耕地按每亩租米一石估算,每年也有2000石米的进项。再查《嘉祐禄令》,权知开封府事每月还有100贯的添支,每年冬天又发给15秤的木炭。

再做个小计:包公做权知开封府事,每年有19200贯的货币收入,还有240捆柴火、480捆干草、15秤木炭、180石小麦和2180石大米的实物收入。

把权知开封府事的收入和龙图阁直学士的收入相加,包公一年共能领到20856贯铜钱、2180石大米、180石小麦、10匹绫、34匹绢、2匹罗、100两绵、15秤木炭、240捆柴火和480捆干草。

那时候,京城米价400文一石,麦价300文一石,绫价1600文一匹,绢价1200文一匹,罗价4000文一匹,绵价85文一两,炭价

100文一称。宋仁宗后期，政府收购柴火，每捆定价50文。宋仁宗宝元二年（1039），开封干草最低19文一捆①。

利用这组物价数据，我们可以把包公每年的各项实物收入都换成钱，加起来大致是1022贯。哪位朋友有兴趣的话，不妨自己验算一下。

1022贯实物收入，加上20856贯货币收入，总共是21878贯。这就是包公任职开封府时的年薪。

当时的21878贯是多少钱呢？如前所述，开封米价400文一石，宋朝一石是66公升，装米约100斤，按每斤两块五估算，能卖250元。所以不严格地讲，当时400文铜钱的购买力和现在250元人民币的购买力是相等的，每文铜钱折合人民币0.625元，每贯铜钱则折合625元，21878贯铜钱自然就是1367万元。

看到这个数据，估计您会奇怪包公怎么能拿这么高的俸禄，其实只要您了解宋朝皇帝厚待高级官员的惯例，就会毫不稀奇了。比如宋太宗在位时，官员俸禄还不怎么高，大将田钦祚攻打北汉有功，宋太宗就给他白银5000两，让他买别墅②；枢密使楚昭辅家的房子有点儿低洼，下雨时老是往屋里灌水，宋太宗听说了，从国库里拨出白银10000两，让楚昭辅再买一处超豪华的好房子③。这些赏赐的银子，按购买力折成人民币，即使不到千万，也有几百万。包公的官位，比田钦祚略高，比楚昭辅略低，年薪过千万，当属正常。

---

① 这组物价数据分别出自《宋朝物价史》与王仲荦先生的物价史料札记《金泥玉屑丛考》。
② 参见《宋史》卷二百七十四《田钦祚传》。
③ 参见《宋史》卷二百七十五《楚昭辅传》

但我并不认为,包公之所以清廉,是因为他的年薪很高。常识告诉我们,低薪可能促贪,但高薪未必就养廉。跟包公同时代的北宋官员张方平,做过"知谏院""三司使",比包公知开封府时的年薪还要高,照样腐败。包公在奏章里就揭发过他,说他用很低的价格买进豪宅,涉嫌变相受贿①。所以我认为,包公之所以清廉,主要原因还是在于他有操守,而不在于他有高薪。一个没有操守的官员,不管你给他多高的工资和福利,他还是欲壑难填。

问题是,操守这东西也未必永远靠得住,铁面无私如包公,不也包庇下属吗?不也愚弄访民吗?不也徇情枉法吗?所以解决贪腐的根本办法,恐怕还是建立一个好制度,使官员不敢贪污腐败,不敢徇情枉法。

您知道,制度若好,人人皆可为包公;制度若坏,包公也会有弹性。

---

① 《宋史·包拯传》:"张方平为三司使,坐买豪民产,拯劾奏罢之。"

李清照玩收藏

君子爱财
JunZi Ai Cai

如果说女子无才便是德,那么在唐宋两朝,有些女士一定是很缺德的。换言之,唐宋两朝常出才女。

唐朝的才女大多出身不妙,譬如薛涛,譬如鱼玄机,都跟烟花有关。而宋朝的才女,像李清照、朱淑真、吴淑姬、贺罗姑,以及王安石的爱人、妹妹和女儿①,无不出身士家大族,不是官二代,就是富二代。

唐朝才女之所以为才女,多属被迫。具体说,是为求生:一个风尘女孩,能诗善词,即可博美女作家之名,身价扶摇直上,一跃而为高级交际花,不但嫖资翻倍,还有所谓的文人雅士频繁赠金,过日子是不用愁的了。

宋朝才女之所以为才女,则多因消遣。家里不缺钱,有父亲或者丈夫撑着门面,无须自力更生,安身于深宅大院,锦衣玉食,醉生梦死,无所用心,饱食终日,打小学点儿诗词曲赋,既

---

① 三人均失名,《临汉隐居诗话》云:"近世妇人多能诗,往往有臻古人者,王荆公家最众。张奎妻长安县君,荆公之妹也,佳句最多。……吴持安妻蓬莱县君,荆公之女也,有句曰:西风不入小窗纱,秋意应怜我忆家;极目江山千万恨,依前和泪看黄花。……荆国妻吴国夫人亦能文,尝有小词。"

提升气质,又消磨时日,一举两得。

本章要说的李清照,就是这样一个有条件消遣也擅长消遣的才女。

清一色都是高干

先看她的家庭环境。

李清照的爸爸叫李格非,山东人,进士出身,历任冀州司户参军(财政局局长)、郓州教授(市立大学校长)、太学录(国立大学校风办主任)、太学博士(大学教授)、广信军通判(副县长)、秘书省校书郎(中央档案馆干部)、秘书省著作佐郎(中央档案馆高级干部)、礼部员外郎(外交部礼宾司司长)、提点京东刑狱(高级人民法院院长)。

李清照的公公叫赵挺之,也是山东人,进士出身,历任登州教授(市立大学校长)、棣州教授(市立大学校长)、德州通判(副市长)、集贤院校理(中央办公厅干部)、监察御史(监察部副部长兼最高人民法院副院长)①、徐州通判(副市长)、知楚州(市长)、国子监司业(教育部副部长兼出版社社长)②、京东

---

① 北宋后期的监察御史,位在御史中丞之下,负责规谏皇帝和参议朝政,可以纠察和弹劾上至宰相下至县尉的内外百官,此外还可以推勘刑狱,而且可以独立审理大理寺难以判决的重大疑难案件。
② 北宋后期,国子监统掌一切国立大学的政令与训导,其行政长官是国子监祭酒,国子监司业是其副职,同时兼有刻印经书、向各地方官学发行的职务。

路转运副使（副省长）、礼部侍郎（外交部副部长）[1]、吏部侍郎（人事部副部长）、中书舍人（中央办公厅副主任）、尚书省右仆射兼中书侍郎（国务院总理）[2]。

李清照的丈夫，叫赵明诚，他的履历，需要细说。

作为高干子弟，赵明诚打小就进了太学，也就是官办的、免费的、出来就安排工作的官员子弟学校。从太学一毕业，赵明诚就进入中央机关，做了鸿胪少卿。

鸿胪少卿这个职位，全称是"鸿胪寺少卿"。"鸿胪寺"是中央机关，跟礼部一块儿接待外国使节和少数民族首领，近似现在外交部的礼宾司。而赵明诚呢，就是这个礼宾司的副司长。在当时，官居五品。这时候赵明诚才二十多岁，刚跟李清照结婚。

在鸿胪少卿职位上干了没几年，赵明诚的父亲、李清照的公公、曾经做过宰相的赵挺之就去世了，其生前政敌蔡京开始报复赵家子孙，说赵挺之贪污，要查他的家产，其直系亲属也要罢官。于是赵明诚就被撤了职，带着妻子李清照，偕同他的两个哥哥，从首都开封回了山东老家。

在山东老家，赵明诚做了至少十年宅男，才得以重入官场。这回复出，他不去中央了，去了山东莱州当市长，后来又去了山东淄博当市长，再后来又去了南京当市长，同时还兼任江南东路

---

[1] 礼部职能很宽泛，既制定朝会大礼、服饰图样，也参与接待外国使节、少数民族首领，其中礼部侍郎不止一人，赵挺之的主要任务是接待使节。
[2] 北宋一朝不明确设立宰相，常以"门下侍郎""中书侍郎""同中书门下平章事""太师"等官来担负宰相职责。元丰改制后，如果单封"中书侍郎"或者"尚书省右仆射"，则为副宰相；如果同时把这两个官职封给一个人，则为宰相。

经制副使,也就是省军区副司令员①。

赵明诚在南京任上时,驻南京某部闹兵变,领头的军官计划在南京城中烧杀抢掠,南京官员得知消息,急忙报告给赵明诚这个市长兼军区副司令,求他调兵镇压,以免南京落入叛军之手。不料赵明诚非常怕死,在叛军还没有攻城的时候,他就像个夜行的侠客那样,借助钩索翻越城墙,一溜烟逃走了②。

因为临阵脱逃,赵明诚被罢官,市长兼军区副司令成了平头百姓。然后他带着李清照离开江苏,准备去江西买房定居③。刚走到安徽池阳,又接到通知,朝廷让他去浙江湖州当市长。于是赵明诚把李清照安排在安徽暂住,自己去南京谢恩(当时北宋已经灭亡,南宋朝廷曾短暂在南京驻扎),路上走得太急,中了暑,一病不起,死了。他一死,李清照自然就成了寡妇。

我们回过头来看李清照的这几个亲属:父亲李格非,做过高级人民法院院长;公公赵挺之,做过国务院总理;丈夫赵明诚,做过军区副司令员。这爷仨,在春风得意的时候,权力都不小,官位都不低。

---

① "经制副使"一职是"经制使"的副手,可以招募兵马、指挥民兵、征讨叛军、收取军饷。江南东路,含今天江苏、安徽、江西三省各一部分。
② 《建炎以来系年要录》卷二十:"御营统制官王亦将京军驻江宁,谋为变,以夜纵火为信。江东转运副使直徽猷阁李谟觇知之,驰告守臣秘阁修撰赵明诚。……迨明访诚,则与通判府事朝散郎毋邱绛、观察推官汤允恭缒城宵遁矣。"
③ 李清照《金石录后序》:"己酉春三月罢,具舟上芜湖,入姑苏,将卜居赣水上。"按,宋代文人凡说"僦居",即为租房;凡说"卜居",则指买房或买地建房。

李清照的亲戚

赵明诚的两个哥哥跟赵明诚一样,因为父亲的关系,也都早早进了官场,并且在仕途上一帆风顺(除了赵挺之去世、哥仨后台倒塌、被削职为民的那几年)。

大哥赵存诚,做过广东安抚使,掌管全省军政,相当于省军区司令员。与此同时,他又"知广州",做了广州市市长。二哥赵思诚,做过中书舍人,相当于中央办公厅副主任①。

李清照有个弟弟,名叫李远,做过敕令编定所的删定官②。这个官职,地位不高,权势不重,但是非常受皇帝重视。

宋朝在法制上很有特色,条文与判例并行,条文法不少,大多是原则上的规定,真正在司法实践中起作用的,还是现成的判例。所以宋朝跟现代中国的法律体系有很大不同,它更接近英美等国,属于海洋法系。

宋朝皇帝的圣旨、六部的指令、大理寺对某个案子的审理意见、地方法官的判决结果,都可能成为判例,在后来的司法中遵行。

---

① 宋朝设中书省,有中书舍人六名,在北宋末年,负责起草圣旨以及审核六部文件,发现有错误处,可以命令六部改正。
② 李清照《金石录后序》:"有弟远,任敕局删定官。"

君子爱财
JunZi Ai Cai

两宋三百多年,判例多达几十万件,前后矛盾者俯拾皆是,朝廷必须及时厘清哪一项可以遵照、哪一项应该废止,才能让基层司法有所遵循。这样一来,敕令编定所就应运而生。这个敕令编定所从北宋后期就成了常设单位,主要负责整理和审查已有的判例,并对已经施行的法律做出解释、提出意见。简单说,它是一个立法机关。

敕令编定所有一个名义上的负责人,一般由宰相充当,以此表示朝廷对该机关的重视。但是真正负责日常工作的人,还是删定官。从职责上讲,李清照的弟弟李迒,这个敕令编定所的删定官,很像现在全国人大常委会的一名常委。

李清照的外祖父家也很了不起。她的姥爷,就是曾经在宋神宗一朝当过宰相的王珪①。北宋盛行恩荫制度,一人得道,鸡犬升天,姥爷王珪做了宰相,舅舅们自然也会当上干部:李清照的大舅舅王仲修,做过秘书省著作佐郎,这个官职,李清照的爸爸李格非年轻时也干过,相当于中央档案馆干部;二舅舅王仲瑞,做过籍田令,是个闲官,皇帝每年象征性地到田间地头亲自劳动,表示自己重视农业生产的时候,这个籍田令就在旁边站着,给皇帝递锄头递粪叉,除此之外,再没有别的事儿让他做,但是薪水不低,每月工资加补贴,超过一个贫困地区的县令;三舅舅王仲巍,做过承奉郎;四舅舅王仲煜,做过承事郎。承奉郎和承事郎都是"散官",只表示品级,并非实际职位。其中承事郎是八品,承奉郎稍低一级,是从八品。

---

① 李清臣《名臣碑传琬琰之集》卷八《王文恭公珪神道碑》:"元丰八年四月,丞相王公珪感疾,……女,长适郓州教授李格非。"据此可知,王珪的大女儿嫁给了李格非,做了李格非妻子。而李清照是李格非嫡出,所以王珪是李清照姥爷无疑。

半生豪门

爸爸做过高级人民法院院长（提点京东刑狱），公公做过宰相（尚书省右仆射兼中书侍郎），丈夫做过军区副司令员（江南东路经制副使），娘家弟弟、婆家哥哥、外公和几位舅舅也都是高干。用现在的话说，李清照绝对出身豪门。

但严格来讲，李清照的豪门生活并不是一出生就是的。

李清照小时候，娘家并不富裕，她爸李格非，非常清廉，早年做财政局长（司户参军），做大学校长（郓州教授），全靠工资吃饭，收入不高，领导想给他机会多领点儿薪水，让他兼一个光吃饭不干事儿的职位，他谢绝了①。后来进国立中央大学（太学）做校风办主任（太学录）和教授（太学博士），买不起房，只能在学校住职工宿舍。到了李清照六岁的时候，李格非才在工作所在地河南开封买下一所可使用面积不到十平方米的迷你小公房②。

---

① 《宋史》卷四百四十四《李格非传》："调冀州司户参军，试学官，为郓州教授。郡守以其贫，欲使兼他官，谢不可。"
② 晁补之《鸡肋集》卷三十《有竹堂记》载，元祐四年，李格非在太学教学时，在开封西城买下一所国有房产，该房"环堵不盈丈"，即四堵墙围合的面积还不到一个平方丈。按宋尺，一丈3.1米，一平方丈是9.6平方米。又，元祐四年时，李清照已满六岁。

君子爱财
JunZi Ai Cai

当时开封是首都,房价相对较高,为节省建造成本,民居占地极少,厨房搭在屋檐下面,屋里和院内都不建卫生间,夜里用便桶夜壶,白天内急,只能去街上的公共厕所,即便如此,还有很多人买不起房子。高级知识分子兼高级公务员李格非,也是攒了多年工资才买下这样一所小户型。有了新房,李格非高兴得不得了,见了朋友和同事,总是请他们到家里参观,借机夸耀一番[1]。由此可见,在那个时候,李清照家最多比买不起房的低收入阶层强一些,算不上很有钱。

李清照婆家刚开始应该也不富裕,她公公赵挺之,极可能出身贫寒,考中进士并进京做官后,每天主食无非馒头,遭到苏东坡的好朋友、当时赵挺之的同事黄庭坚的讥笑[2]。李清照晚年撰写《金石录后序》,回忆说:我娘家和我婆家过去都是寒族("赵李族寒,素贫俭。"),她这句话不是谦虚。

李清照十八岁时跟赵明诚结婚,这时候,她爸爸李格非已经做了外交部礼宾司司长(礼部员外郎),公公赵挺之则做了人事部副部长(吏部侍郎)[3]。两年后,赵明诚从太学毕业,进入官

---

[1] 晁补之《鸡肋集》卷三十《有竹堂记》转引李格非语:"今夫王城之广大,九涂四达,三门十二百坊之棋置,上自王侯,至于百姓庶民,宫接而垣比,车马之所腾藉,人气之所蒸渍,嚣尘百里,欲求尺寸之地以休佚而莫之致,而贫者置圊无所,况于其它哉。然则环堵不容丈,而有竹如吾堂者,不知能几人也?则余所以揭之于栋而名之,书诸壁而记之,翛然而喜,谆谆然语客而以夸之,不亦可哉!"

[2] 《宋名臣言行录续集》卷一《黄庭坚》:"元祐中,先生与赵挺之俱在馆阁,先生以其鲁人,意常轻之,每庖吏来问食次,赵必曰来日吃蒸饼。一日聚饮行令,先生云:欲五字,从首至尾各一字,复合成一字。赵沉吟久之,曰禾女委鬼魏。先生应声曰:来力勑正整。协赵之音,合坐大笑。"宋朝人所说"蒸饼""炊饼",其实都不是饼,而是蒸馒头

[3] 李清照《金石录后序》:"余建中辛巳,始归赵氏。时先君作礼部员外郎,丞相时作吏部侍郎。侯年二十一,在太学作学生。"

场;赵挺之则一日三迁,很快做了宰相(尚书省右仆射兼中书侍郎)。所以李清照真正的豪门生活,应该是从丈夫和公公都做了大官之后才开始的。

君子爱财
JunZi Ai Cai

豪门玩什么

我不是女人,更非豪门,不知道豪门之女究竟怎么打发日子。听说有的豪门女在家人搭建好的平台上从政从商,比父辈还忙。也听说有的豪门女饱食终日无所事事,在花钱和娱乐上很有一套,豪华邮轮,私人飞机,收藏达芬奇的草稿和19世纪的老爷车,层次高一些的,还喜欢搞些慈善工作以及拯救某个即将灭绝的物种什么的。

李清照这个豪门女,无法从政,也无法从商,打发日子的手段,无非是玩。玩分层次,打麻将是玩,吟诗作赋也是玩,玩赏字画文物也是玩。李清照兼收并蓄,什么都玩,而且玩什么都有一套。

她会玩牌(叶子牌),会下棋,会采选,会打马。"采选"和"打马"都是"闺房雅戏",专供富家小姐玩的,具体怎么玩,江湖上失传已久,现代人已经不懂了,但在宋朝颇为盛行,普及程度不亚于扑克和麻将。李清照自豪地说:我玩"采选",总是找不到对手——她们段位太低;玩"打马",又觉得太俗,太简单,需要在游戏规则上做点儿改进[①]。晚年时,李清照还真给

[①] 李清照《金石录后序》:"独采选、打马,特为闺房雅戏。尝恨采选丛烦,劳于检阅,又能通者少,难遇劲敌;打马简要,而苦无文采。"

"打马"做了改进,写成一书,名曰《打马图经》。

宋朝赌风最盛,无论男女,无论贵贱,无论文化程度高低,都有一大批赌博爱好者。李清照当年玩那些"闺房雅戏",应该也不排除赌博的可能。现在一提赌博,都往违法犯罪的路子上想,宋朝赌钱却是合法的。不仅合法,还受到鼓励,逢年过节,或者皇帝皇太后过生日,政府必定放赌三天,让大伙赌个尽兴。

即便文化人买书,也离不开赌。譬如你去书摊上买《论语》,标价五十文一本,你可以选择交钱拿书,也可以碰碰运气。怎么碰运气呢?书摊前面有一大圆盘,圆盘上有六十四个小格子,分别对应六十四卦,卖主递给你一个小飞镖,然后把圆盘飞快旋转起来,让你往圆盘上扔飞镖,每扔一次,掏两文钱。如果嗖地一镖飞出去,刚好扎到乾卦上,那么好,卖家就会给你一本《论语》;如果扎到别的卦上,对不起,什么也不给。这种销售方式,深受赌兴很重的宋朝人喜欢,当时叫作"扑卖"。开封相国寺里卖史书,卖拓片,卖文物,卖时文,就常用扑卖的方式吸引顾客。以李清照女士的游戏精神,她每月跟丈夫赵明诚去相国寺买古书买碑文时,肯定会拿起飞镖扔个没完。当然,这样扔镖,除了考验买家的暗器功夫,更考验买家的运气:也可能一扔一个准,花很少的钱买很多的书;也可能扔几百回也扎不到乾卦,花上近千文,还是空手而归。

刚才说到李清照夫妇去相国寺买古书买碑文,这其实是他们夫妻在开封居住时最大的爱好。她和他不光买书买碑,也买字画,买秦汉以前的青铜器。买到手,把玩,研究,收藏。玩收藏,是李清照和赵明诚一生中最大的爱好。

几件藏品

从初婚到赵明诚去世,二十多年当中,夫妻俩几乎不停地搜罗碑文拓片和字画古玩。俩人的藏品,上起夏商周三代,下至五代十国,内自首都开封,外达大理西夏,举凡书籍、图画、书法、器物、拓片、抄本,无不涉猎①。

这里仅举几件藏品:

一、宋初政治家兼书法家徐铉手书的小篆体《千字文》。

这件藏品,在李清照死后若干年几经转手,后来被岳飞的孙子岳珂购买并收藏②。

二、北宋政治家兼书法家蔡襄的《赵氏神妙帖》。

这件藏品是李清照与赵明诚婚后,赵明诚做鸿胪少卿时从他人手里买到的,买时花了二十万文。后来夫妇二人相继去世,没

---

① 赵明诚《金石录序》:"上自三代,下及隋唐五季,内自京师,达于四方遐邦,绝域夷狄。所传仓、史以来古文奇字,大小二篆、分、隶、行、草之书,钟、鼎、簠、簋、尊、敦、甗、鬲、盘、杅之铭,词人墨客诗歌、赋颂、碑志、叙记之文章。名卿贤士之功烈行治,至于浮屠老子之说,凡古物奇器丰碑巨刻所载,与夫残章断画磨灭而仅存者,略无遗矣。"
② 参见《宝真斋法书赞》卷九。

有后代继承①,一生藏品四散殆尽,约一百年后,这件《赵氏神妙帖》流落到镇江,也被岳飞的孙子岳珂购买并收藏。岳珂买到时,见到帖上有赵明诚的题跋和李清照的印章,爱如至宝,决心永远收藏②。

三、唐朝宫廷画家阎立本的《兰亭》画。

这幅画曾经被南唐后主李煜收藏,宋灭南唐时,宋太宗让人从南唐宫廷里取出,赏给了兵部官员杨克让。杨克让爱如珍宝,连传五代,被其孙女婿周某收藏。周某去世前,又把这幅画交给了自己的孙子周毂。周毂有一回出远门,怕这幅画被人偷走,交给朋友谢伋保管。谢伋是个烧包,拿着画到处显摆,被赵明诚看到,赵明诚说:"我借来看看。"一借之后,再不归还,从此成了他跟李清照俩人的宝贝。再后来,赵明诚病逝,李清照带着这幅画来到绍兴,在绍兴租了一个名叫钟复皓的市民的房子,晚上睡觉不小心,被房东钟复皓溜进房间,偷走一大批文物,其中就包括这幅画。后来钟复皓转卖偷来的文物,该画被时任浙江省长(转运使)的吴说购买并收藏③。

四、唐朝大诗人白居易手书的《楞严经》。

白居易晚年信佛,抄经以做功德,《金刚经》《楞严经》都

---

① 赵明诚与李清照大概没有生育。翟耆年《籀史》卷上《赵明诚古器物铭碑》载:"赵明诚又无子能保其遗余,每为之叹息也。"按,翟耆年是赵明诚的表亲,其说应该属实。

② 《宝真斋法书赞》卷九引赵明诚跋:"此帖章氏子售之京师,予以二百千得之。"又引岳珂跋:"嘉定丁亥十月,予在京口,有鬻帖者,持以来。……公书在承平盛时,已售钱二十万,赵氏所宝也,题跋皆中原名士。今又一百年矣,文献足考也。易安之鉴裁,盖与以身存亡之鼎,同此持保也。予得之京口,将与平生所宝之珍,俱供吾老也。"

③ 参见桑世昌《兰亭考》卷三。

曾抄录，他死后，手抄经本成为至宝，被多家寺院供奉。赵明诚中年时曾在山东淄博当市长（知淄州），节假日去农村闲逛，在一退休官员家里见到此经，大喜，退休官员就把这部经送给他了。赵明诚拿到经书，快马加鞭赶回市政府的机关大院，跟李清照喝酒赏玩，一直看到二更天还不舍得睡[①]。

五、北宋书画家米芾的《灵峰行记帖》。

此帖是赵明诚去世后李清照独自收藏的，不知是友人赠送，还是从别处购买的。李清照六十多岁时候，结识了米芾的儿子，时任敷文阁直学士、右朝议大夫的米友仁，于是取出这件藏品，专程到米友仁家拜访，请米友仁在上面题跋[②]。

以上五样东西，全是字画，没有器物，它们在李清照夫妇全部藏品中所占的比重，无论数量上还是价值上，都是九牛一毛。北宋末年，金兵入侵，李清照收拾东西渡江逃难，贵重藏品装满箱笼，光是书籍就装了十五车；另外还有许多不太贵重的藏品，因为不便托运，存在山东老家，堆满了十几间屋子。

---

① 赵明诚《云自在龛随笔》卷二："淄川邢氏之村，五地平泺，水林晶清，墙麓硗确布错，疑有隐君子居焉。问之，兹一村皆邢姓，而邢君有嘉，故潭长，好礼，遂造其庐。院中繁花正发。主人出接，不厌余为兹州守，而重余有素心之馨也。夏首后相经过，遂出乐天所书《楞严经》相示。因上马疾驱归，与细君共尝。时已二鼓下矣。酒渴甚，烹小龙团，相对展玩，狂喜不支，两见烛跋，犹不欲寐，便下笔为之记。"
② 《宝真斋法书赞》卷十九引米友仁跋："易安居士一日携前人墨迹临顾，中有先子留题，拜观不胜感泣。先子寻常为字，但乘兴而为之。今之数句，可比黄金千两耳。"

钱从哪儿来

这么多收藏品,各有来历。有的是别人赠送的,譬如那部白居易手书《楞严经》;有的是借而不还的,譬如阎立本画的那幅《兰亭》;但是更多的,恐怕都是购买的。

买东西,得花钱。买文物,得花很多的钱。现在蔡襄一幅帖,品相较好,题鉴较多的,在拍卖行叫价出售,起价得在千万以上。即使在宋朝,价值也不菲。前面说过,李清照夫妇买蔡襄《赵氏神妙帖》,花了20万文。北宋后期,国营农场一个制茶工匠辛苦劳作一天,才能领到70文工钱①,刨掉节假,忙活一年,所得不过两万文,清照夫妇这一出手,就是普通工人十年的工资,要是没钱,是指定玩不起的。

那么,这夫妻俩玩收藏的钱,都是从哪儿来的呢?

窃以为,主要出自俸禄。

李清照回忆说:我们刚结婚那会儿,就热衷于收藏。那时候,我老公还在太学念书,我们俩的开销主要是家人供应。但是,我们还是想方设法省出钱来买碑文拓片。每逢初一、十五,

---

① 庄绰《鸡肋编》卷下:"采茶工匠几千人,日支钱七十足。"

老公都会向我公公要钱,如果要不到,我俩就收拾些衣服布匹,去当铺当了,换来500文铜钱,一块儿去相国寺淘宝[①]。

——这段话,说的是夫妻俩刚开始玩收藏的情景。

如李清照所说,他们刚开始玩收藏,主要是购买拓片。咱们先看看在宋朝买拓片大概需要多少钱。

在李清照出生之前十多年,有个日本和尚,名叫成寻,是日本岩苍大云寺的住持,他在宋神宗熙宁五年来华求学,在中国生活了一段时间。据成寻记载,他曾经在开封购买《不空三藏碑》拓片两件,每本要价120文;买《大证禅师碑》拓片一件,花了130文;买《大达法师碑》一件,花了150文。由此可见,花上一百多文,能买拓片一件。李清照夫妇每半月逛一回相国寺,每回花500文钱,估计买几件拓片是不成问题的。

这500文钱开销,对赵明诚的爸爸赵挺之来说,完全是小菜一碟。因为他这时候是吏部侍郎,每月工资可拿55贯,同时又有55贯的岗位津贴(时称"职钱",又叫"添支钱"),工资加津贴,月薪110贯,即使按折扣发放,也在8万文以上。除了这些薪水,他每年还能领到几十匹丝绸,折成铜钱,也有几万文。

问题在于,赵挺之不止赵明诚一个儿子,全部薪水是不会交给李清照夫妇支配的。另外他的性格也很俭省,儿子找他要零花钱的时候,他未必会很大方,所以李清照夫妇就只能经常去当铺换钱花了。

有必要说明的是,赵明诚做太学生那会儿,并不是一分钱不

---

① 李清照《金石录后序》:"侯年二十一,在太学作学生,……每朔望,谒告,出质衣,取半千钱,步入相国寺,市碑文。"

挣。北宋后期，太学生一般住校，吃住全包。如果校内住不下，政府还会拨出部分公房提供免费住宿。另外，朝廷按月给学生发放助学金。这助学金按太学生的学习成绩发放，成绩好的上舍生，每月能领一千多文；成绩差的外舍生，每月也能领八百多文。我们假定赵明诚在太学时成绩很差，每月能领八百多文的助学金，够他和李清照买几件拓片了。

李清照说，她跟赵明诚居然需要经常去当铺当衣服。我觉得很奇怪，想来只有两个可能：

一、清照女士用了夸张手法，不如此不足以显示俩人对收藏的痴迷和藏品的来之不易。

二、她跟赵明诚去当铺当的不是衣服，而是公公赵挺之每年从朝廷那儿领到的几十匹丝绸。反正家里人做衣服用不了这么多，不当白不当。

很快，赵明诚做了官，夫妻俩能支配的钱财多了起来，收藏生涯开始如鱼得水。

我们说过，赵明诚做过鸿胪少卿、知莱州、知淄州、知建康府、江东经制副使。这些职位，级别都不低，收入都很高。

以"知莱州"为例，每月工资约有20贯，每年从朝廷那儿领到的丝绸约有10匹。另外每月还能领几百斤大米（时称"禄粟"）。最后，也是最可观的，作为一个市级行政辖区的行政长官，朝廷会从当地农村划出1000亩到2000亩的耕地，让赵明诚每年两次去收租，收来的租米也好、钱财也罢，全归赵明诚所有。

我按当时最低的物价，最低的单产，把那些丝绸、大米和一千多亩耕地的年租全都折成铜钱，再加上赵明诚每月20贯的基

君子爱财
JunZi Ai Cai

本工资,最后发现,这厮在莱州每干一年,实际收入竟然不低于100万文,而这还仅仅只是合法收入。

还有,除了这些工资、丝绸、大米和地租,还有很多福利。比如说,请客吃饭,是不需要花自个儿钱的,朝廷每年拨有"公使钱",允许地方官用于私人宴请。再比如说,家属往来探亲,也是不需要花自个儿钱的,地方官可以申请一些"仓券",交给家属做特别通行证,一路上住"国营"招待所,吃喝免费,还有人抬轿子。遥想当年,赵明诚在莱州当市长,李清照从青州去看他,途经昌乐,天色已晚,住的就是"昌乐驿馆",也就是"国营"招待所。当时"国营"招待所不对外营业,只供公务招待,绝对不许私人入住,但官员家属除外。李清照入住之时,该招待所的管理人员是无论如何也不敢找她要房费的。

李清照回忆说,她跟赵明诚刚结婚,在京城开封见到一幅古画,非常喜欢,卖主要价20万文,夫妻俩手里没那么多钱,没买成,郁闷了好几天①。这要搁赵明诚做市长以后,甭说要价20万文,就是200万文,夫妻俩也拿得出,瞧中了就出手,根本无须郁闷。所以归根结底,玩收藏还是有钱人的游戏。

---

① 李清照《金石录后序》:"尝记崇宁间,有人持徐熙《牡丹图》,求钱二十万。当时虽贵家子弟,求二十万钱,岂易得邪?留信宿,计无所出而还之,夫妇相向惋怅者数日。"

248

岳飞产业考

君子爱财
JunZi Ai Cai

很奇怪,有关岳飞的著作那么多,不是写他的谋略,就是写他的战绩,不是写他的忠义,就是写他的冤屈。从岳飞逝世到现在,八百多年过去了,无数的小说、传记、论文、戏曲,重复重复再重复地"揭秘"岳飞,唯独没有一个人谈到他的经济生活,更没有一个人谈到他的土地和房子,好像这个伟大的民族英雄、了不起的军事天才除了打仗就是蒙冤,永远没有吃喝拉撒,永远住在空中楼阁似的。

我很烦这样。基于此,撰写这章《岳飞产业考》。

家属的住处

岳飞的一生很短暂,二十岁从军,四十岁受害,当中的二十年生涯,能用四个字儿概括:戎马倥偬。换句大白话,就是不停地打仗。

细一瞧,岳飞不光打仗,他还买房。

众所周知,岳飞老家在河南汤阴,从他曾祖到他父亲,在汤阴住了好几代,在汤阴是有祖宅的。但岳飞从军以后就很少再回老家,北宋灭亡以后若干年,汤阴沦入金国统治区,岳家祖宅即使没有毁于兵火,也不可能再归岳飞所有了。

那么,岳飞住哪儿?

有朋友说,他可以住军营。这话也对。但他家属呢?岳飞结婚挺早,有老婆,有孩子,还有那位在岳飞后背上刺字的老太太"岳母",难道也都跟着住军营?两宋军制,将士出征,只要不为屯田,家小是不能随行的,免得拖累士气[①]。所以,即使岳飞不需要房子,他的家属也需要一所房子。

现有史料显示,为了安置家属,岳飞在江西九江置过房子,

---

① 参见《宋会要辑稿》兵六之十一。

同时还买了不少土地。

《宋史》卷三百六十四《韩彦直传》记载："岳飞家赀产多在九江。"所谓"赀产"，就是固定财产，主要是房子和土地这些不动产。

《鄂国金佗稡编》卷十二收录了一封岳飞写给宋高宗的信，信上说："我奉命领兵驻守杭州，可我的家业和家小都在江西九江，请皇上准许，让我把家搬到杭州来吧。"[①]这封信写于绍兴十一年（1141），可见至少在绍兴十一年之前，岳飞的家属是在九江居住的。

《宋会要辑稿》方域四《第宅》则记了这么一件事：岳飞遇害后，家产全被充公，家属没有住处，流落江西，寄人篱下，生活很凄惨，岳飞的孙子岳甫参着胆子向宋高宗求情，希望朝廷能发还"先祖生前置到江州田地房廊"，好让岳家子孙有个安身之所。这里的"江州"，就是江西九江。"先祖"，自然是岳飞。"先祖生前置到江州田地房廊"，意思当然是岳飞活着时曾经在江西九江买过房子和土地。

综合以上三条文献可知，岳飞生前曾在江西九江买房买地，其家属也曾经在九江定居。

---

① 参见《鄂国金佗稡编》卷十二《乞搬家札子》。

四百九十八间房

岳飞在九江买的房子有多大面积呢？

前面说过，岳飞的孙子岳甫向宋高宗求情，希望朝廷发还岳飞生前在九江购买的不动产。很不幸，当时杀岳飞的主谋就是宋高宗，他对岳飞的态度是先爱后恨，绍兴十一年之前全靠岳飞退敌，爱岳飞爱得要命；绍兴十一年之后最怕岳飞阻和，恨岳飞恨得要死。杀害岳飞之后很多年，宋高宗一见"岳"字还气不打一处来，因为这个缘故，他还下令改地名，把岳州（今湖北孝感）改叫"华容军"[①]。按他的心思，估计当时没杀光岳飞全家已经算很宽容了，现在岳飞的后人竟然还敢跑过来要房子，哪有这么便宜的事儿？不给！驳回了岳甫的申请。

又过了很多年，宋高宗退位，做了太上皇，继位者宋孝宗开始给岳飞平反昭雪，这时候岳飞的另一个孙子岳珂趁机向朝廷再次提出归还家产的申请，宋孝宗当即批准，让户部去江西实地调查，查清岳飞生前在九江究竟买了多少房子，凡有真凭实据的，一概还给岳飞的子孙。

---

① 参见《宋会要辑稿》方域六《节镇升降》。

户部调查之后,写了一份报告:

"本部据今来江州申到见在岳飞田产、屋宇等,……田七顷八十八亩一角一步,地一十一顷九十六亩三角,水磨五所,房廊、草屋、瓦屋四百九十八间。

"现有人承佃:田三顷一亩三角九步,地一十一顷三角五十九步,水磨二所,房廊、草屋、瓦屋共一百五十一间。

"未有人承佃:田四顷八十六亩一角五十二步,水磨三所,荒杂地四顷八十六亩一角一十五步。岳家市现今只存六十间,地基、屋宇共二百九十间。"

这份报告,被岳飞的孙子岳珂很完整地抄录在他为祖父喊冤的专集《鄂国金佗稡编》之续编第十三卷,章节的名字叫作《户部复田宅符》,有兴趣的朋友不妨找来一看。

报告当中有几个面积单位:顷、角、步。

顷,即100亩。角,即四分之一亩。步,即二百四十分之一亩。

据此计算,岳飞在九江买的水田①有788.25亩,旱地有1196.75亩,两者相加,共有1985亩。

需要说明的是,当时江西一带的"亩"很大,一亩大约相当于现在市亩1.2亩②。也就是说,岳飞这1985亩地,搁现在实际上是2382亩。

除了这2382亩地,岳飞还买了498间房,以及5所水磨。

---

① 宋朝文献中的"田",一般指拥有便利灌溉设施、可以种植水稻的田地。
② 南宋江南量地尺长36厘米,一亩为6000平方尺,折合777平方米,比今天市亩666.67平方米要大,正合南宋大亩之概念。但这个数据是我根据当时量地尺的长度推算所得,与实际亩积可能有差别。

岳飞买房的时候,家里亲人最多不会超过10口,再加上奴仆,哪怕10名奴仆侍候一个人,也不过100人而已,即使每人住一间,498间房也肯定住不完。住不完怎么办?租出去。岳飞不光出租房屋,还出租土地,连同水磨也一块儿出租。

户部的报告里写得分明:岳飞家向外出租的不动产,共有151间房、1400多亩地,以及两所水磨。

据岳珂回忆,出租一亩中等质量的耕地,每年能收租8斗[①]。那时候一斗能装10斤粮食,8斗就是80斤。岳飞家总共出租1400多亩,每年收租当不低于11万斤,家里人不管多么大饭量,都是吃不完的。何况他们还有并不出租、自己耕种(更有可能是雇长工耕种)的几百亩,还有向外出租的151间房子以及两所水磨。

可以想见,当岳飞及其义子岳云在外杀敌立功、驰骋沙场的时候,是无须担心家人的生活的。

---

① 参见岳珂《愧郯录》卷十五《祖宗田米直》。

君子爱财
JunZi Ai Cai

杭州的别墅

绍兴十一年（1141），岳飞奉命驻守杭州，其家属也跟着搬到杭州定居。这时候，岳飞已经连续十多次击退金兀术的进攻，还平掉了江南农民军的几起大叛乱，每次都是以少胜多，每次都是大捷，从来没有打过一次败仗，在各大将领当中堪称功劳最大[①]。所以宋高宗一听岳飞要把家搬到杭州来，就让户部拨出大笔款项，交给临安府买地建房，给岳飞盖一别墅[②]。

宋高宗给岳飞盖的别墅究竟有多大，暂不可考。事实上，这套别墅建成以后，岳飞及其家属最多只住了一年，因为一年之后，岳飞就蒙冤入狱，这套别墅也就被宋高宗收回了。

绍兴十二年（1142）腊月，当时的中央国立大学"太学"要建分校，由于此时杭州人口密度极大，很难找到建校的空地，宋高宗说："原来给岳飞盖那套别墅还空着，在那儿建分校得了。"于是有关部门就把岳飞的别墅改成了太学的分校，安置了三百多名太学生在此学习和居住。那时候，太学生住集体宿舍，每五六个人住一间，三百多名学生，至少需要五六十间。除了宿

---

① 参见《宋史》卷三百六十五《岳飞传》。
② 参见《鄂国金佗续编》卷十二《添造临安府所居屋宇省札》。

舍,还需要食堂、教室以及太学正、太学录、太学教授等教职员工的住处,大概算起来,没有上百间房子是肯定不够的。结果,把这三百多名太学生安排进去之后,居然还有好多空房。宋高宗说:"咱别浪费,干脆把国子监也安排过去吧。"国子监是统管所有国立大学的行政机构,兼有发行教材的任务,在职能上,既像现在的教育部,又像现在的人民教育出版社。宋高宗一句话,国子监也入驻了岳飞别墅[1]。

推想起来,当年宋高宗在杭州给岳飞盖的必是豪宅,而且必定面积超大,不算院内空地、花园水池,光房子也不下百间。

在宋朝,江南一带普通市民的住房面积都不大,七八口人一个家庭,住房三四间者有之,两三间者有之,一两间者也有之[2],岳飞在杭州城的豪宅,起码顶几十户普通市民的住房。

士大夫能到岳飞这个居住水平的也很罕见。苏东坡的弟弟苏辙做了一辈子官,七十岁那年下定决心买地建房,建材全用劣等货,把所有积蓄全部花个精光,也不过在小城许昌建成百十间房子[3]。南宋时最多产的诗人陆游,做官时间也有半生,晚年在绍兴置业,也不过十几间房子而已[4]。

---

[1] 《宋会要辑稿》崇儒一《太学》载有诏令若干,绍兴十二年十二月十二日诏:"太学养士,权于临安府府学措置增展,所有府学先次别选去处建置,其增展屋宇,约可容生员三百人,斋舍并官吏直舍等,并临安府措置修盖。"绍兴十三年正月十五日诏:"得钱塘县西岳飞宅子地步,可造太学并国子监。"绍兴十三年正月癸卯诏:"以岳飞第为国子监、太学。"
[2] 参见洪迈《夷坚辛志》卷九。
[3] 苏辙诗《初筑南斋》:"我老不自量,筑室百余间。旧屋收半料,新材伐他山。盎中粟将尽,橐中金亦殚。"
[4] 陆游诗《家居自戒》:"曩得京口俸,始卜湖边居。屋才十余间,岁久亦倍初。艺花过百本,啸咏已有余。"

君子爱财
JunZi Ai Cai

月薪四十八万

岳飞在杭州那套别墅的地皮是政府划拨的,建筑费用是宋高宗批示的。总而言之,没花岳飞的钱。但是在江西九江的近五百间房子和两千多亩(市亩)土地,却是岳飞完全用自己的积蓄购买所得。

那么问题来了:岳飞从哪儿弄来这么多买房买地的钱呢?

我们至今无法确定,岳飞在九江买地买房的确切时间究竟是哪一年,我的愚见:最迟不会晚于绍兴十一年,最早不会早于绍兴元年(1131)。因为在绍兴十一年,岳飞已经从九江搬家到杭州;而在绍兴元年以前,岳飞还在长江以北作战,还没有开始驻守江西九江。

现有资料显示,绍兴元年以后,岳飞已经是高级军官,年薪已经高得惊人了。

以绍兴二年为例,岳飞头上至少有五个头衔:亲卫大夫、建州观察使、神武副军都统制、权知潭州兼权荆湖东路安抚都总管。

绍兴年间的军衔制度,军官分为五十二个级别,最高级是"太尉",最低级是"承信郎",岳飞这个"亲卫大夫"位于第十一级,属于高级军衔。

"建州观察使"是个虚衔，位居武官第五品。

"神武副军"是中央正规军的一支，其最高统帅就是"神武副军都统制"。

"权知潭州"，意思是让岳飞做了潭州的市长。这个"潭州"，就是现在的湖南长沙。

"荆湖东路"是南宋初年划分的行政辖区，包括鄂州、岳州、衡州、永州、郴州、道州、桂阳军等地，实际上就是现在的武汉、孝感、长沙、衡阳、永州、郴州、道县和桂阳，跨越湖北和湖南两个省。岳飞做的是"荆湖东路安抚都总管"，即统管以上几个市县的军事工作，相当于一个小军区的司令员。

按照南宋初年的俸禄制度，一个武将身兼数职，可以领取每一个职位的薪水。岳飞实际上身兼御林军（其中一支）统帅、长沙市市长、军区司令员三个职位，所以能领三份工资。

这三份工资都不低，以御林军军官为例，准将每月能领三十贯，副将每月能领四十贯，正将每月能领五十贯，统领每月能领一百贯，统制每月能领一百五十贯，岳飞是"都统制"，位在统制之上，每月能领两百贯[①]。他同时兼任市长和军区司令，除每份工资之外，另有"添支钱"（岗位津贴）、"公使钱"（特别费）、"薪炭钱"（取暖费）、"餐钱"（伙食费）、"月粮"（粮食补贴）、"职田"（政府划拨给官员可以直接收租以补充俸禄的耕地）等收入，所有薪水加起来，每月收入绝对不低于六千贯[②]。

[①] 参见《宋会要辑稿》职官五十七《俸禄》。
[②] 按《宋史·职官志》与《宋会要辑稿》职官五十七《俸禄》推算。

君子爱财
JunZi Ai Cai

当时江南米价三贯一石[1]，按宋朝一石米重五十公斤计算，那时候一贯的购买力至少相当于现在八十块钱。岳飞每月工资加福利六千贯以上，折合现在四十八万元。

有人说，南宋初年疆域锐减、财政紧张，官员俸禄大多不能足额发放。这话很对。但，岳飞是武将，宋高宗为了让武将们给他卖力气，跟金国议和前推行重武轻文的政策，文官薪水和宗室福利一律减发甚至停发，武将薪水却完全按照最高标准发放，一分钱不少[2]。到南宋初定以后，海外贸易拓展得非常顺利，内陆农工商也逐渐复兴，财政收入迅速回升，这时候，不但武将俸禄全额发放，连文官也能享受到很多福利了[3]。

所以，岳飞四十八万元的月薪虽高，还是应该能够足额发放、不予打折的。

---

[1] 参见《建炎以来系年要录》卷五十九。
[2] 《宋会要辑稿》职官五十七《俸禄》载有绍兴二年（1132）宋高宗诏令："其统兵战守之官，身在军中，充都统制、统制、统领、正将、副将之类，更不权减。"
[3] 参见《朝野杂记甲集》卷十四。

巨额赏赐

除了惊人的薪水,岳飞还能经常领到惊人的赏赐。

您知道,宋朝的皇帝都不算太蠢,都明白"枪杆子里出政权"的道理,一有战事,皇帝们对武将都有赏赐。但是,在北宋一朝,皇帝赏赐武将的东西意义虽大,实惠却不多。

举例言之,乾德二年(964),宋太祖赵匡胤派大将王全斌攻打四川,时逢冬天,天降大雪,赵匡胤说:"我在宫廷里还觉得冷,王将军这会儿冲风冒雪,肯定更冷,传旨下去,把我的裘皮大衣送给王将军!"于是宫门开动,驿马奔驰,一件被赵匡胤穿过的裘皮大衣一站接一站地送到了王全斌手中,搞得王将军感激涕零,觉得非肝脑涂地不能报皇上千里送大衣之恩①。

靖康年间,宋金两国大战之际,宋钦宗也是这么善于使用小恩小惠笼络武将。靖康元年(1126)十一月,擒拿过宋江的张叔夜在开封城中驻兵防守,宋钦宗去视察,发现张叔夜的腰带有点儿旧,就把自己的腰带解下来,亲自给张叔夜系上。不用说,张叔夜马上感动得热血沸腾。

---

① 参见《宋会要辑稿》礼六十二《赍赐一》。

一入南宋，武将们似乎醒过神来了，北宋皇帝们拿出来的那点儿小恩小惠，已经不能发挥原有的效果，受过"皇恩"的将军一见势头不妙，要么背叛南宋投降金国，要么率军哗变自立山头，皇帝们非出血本不足以笼络人心。基于此，宋高宗给予众武将的封赏总是大手笔。

南宋初年四大将当中，韩世忠、刘光世和张俊三人虽然勇武，其谋略却离岳飞远甚，要讲立战功最多、军纪最好同时也最得民心的大将，还是岳飞。所以至少在绍兴元年（1131）以后，宋高宗对岳飞也最重视、最猜忌，那么可以想见，他为了笼络岳飞，给予的赏赐也最多。

这里仅举几例：

一、绍兴三年（1133）二月初三，宋高宗下诏，用最上等的黄金，给岳飞打造酒壶、酒杯、酒碗、酒瓢等一整套酒器[1]。

二、同年九月十三日，宋高宗赐给岳飞黄金打造的腰带一条、黄金打造的铠甲一副、捻金线战袍一领、手刀一口、战马一匹、海马皮马鞍一副、弓箭一副、马甲一副，并赏赐岳云战袍一领。

南宋惯例，皇帝赐给高级武官黄金腰带，如不特别言明，一般需用黄金25两[2]。照南宋初年黄金价格，每两黄金可兑换铜钱30贯[3]，25两即可兑换750贯。按每贯购买力相当于人民币80元计算，宋高宗赐给岳飞的一条金腰带就价值6万元[4]。

---

[1] 参见《宋会要辑稿》礼六十二《赍赐二》，下同。
[2] 参见《宋会要辑稿》礼二十五之十。
[3] 参见邓之晨《骨董琐记》卷四《宋时金银价》。
[4] 25两黄金在今天的价值远远超过6万元，而在宋朝，因为衡制不同，其"两"不同于现在之"两"，同时又因为黄金在明清以前的价值相对较低，所以25两黄金在当时只相当于6万元是不足为奇的。

三、绍兴四年（1134）八月二十一日，宋高宗又赐给岳飞黄金腰带一条，耗费黄金50两。

这条腰带，已经言明耗费黄金50两，所以其价值约在12万元左右。推想起来，绍兴三年二月初三赐给岳飞的一整套黄金酒器，所用黄金应该不止50两，所以其价值也应在12万元以上。

四、绍兴五年（1135）二月初一，宋高宗又赐给岳飞白银1000两、丝绸1000匹。

南宋初年白银一两，可兑换铜钱2.2贯[①]；丝绸一匹，市价则在4贯以上[②]。由此计算，白银1000两、丝绸1000匹，共值6200贯，折合人民币近50万元。

五、岳飞母亲去世，宋高宗送上一大笔丧葬礼金，还是白银1000两、丝绸1000匹[③]。这笔礼金，折合人民币自然还是近50万元。

六、绍兴十一年（1141），宋金议和，宋高宗为了让岳飞跟着主和，再次赏赐白银1000两、丝绸1000匹[④]。毫无疑问，这笔赏赐又是将近50万元。

把以上6次赏赐加一块儿，真实价值至少在200万元以上，而这还只是现有文献中可以见到的一小部分，岳飞生前立功无数，受过的赏赐肯定远远不止这些。

[①] 参见《宋会要辑稿》食货四十之十七。
[②] 参见《宋会要辑稿》刑法三之四。
[③] 《宋会要辑稿》礼四十四《赙赠杂录》："武胜定国军节度使、检校少保、湖北京西路安抚副使岳飞，……以母亡赠银一千两、绢一千匹。"
[④] 参见《鄂国金佗稡编》卷十五《辞除银绢札子》。

君子爱财
JunZi Ai Cai

将军都有不动产

既有惊人高薪,又有巨额赏赐,那么岳飞为什么能买那么多房子和土地,想必现在已经不成问题了。我想大伙不会再惊诧于岳飞买房之多,倒会奇怪他买房之少:既然收入那么高,干吗才买几百间房子和两千亩土地,再多置点儿不动产岂不更好?

从现有文献上暂时还找不到岳飞在其他地方置业的迹象。换句话说,他这短暂而辉煌的一生中,除了在江西九江买房买地,以及在浙江杭州曾经分过一套别墅以外,极有可能没再购置过其他不动产。

南宋初年四大将当中,岳飞的不动产其实是最少的。

岳飞蒙冤时,那位曾经为他冒死喊冤的大将韩世忠,在杭州拥有一套别墅,在苏州拥有另一套别墅[1],同时在南京还拥有整整七万三千亩耕地[2]。

---

[1] 《宋会要辑稿》方域四《第宅》:"绍兴三年五月二十八日,韩世忠言臣自蒙恩拔擢已来,睿算神谋,边机军政,训奖之词,便蕃之锡,亲笔辰翰,充牣囊褚。近蒙恩拨赐平江府南园营造私第,今欲建阁,栖书其上,所有阁名,伏俟睿旨。诏赐名懋功阁。"平江府即今苏州,据此可知,韩世忠在苏州有花园别墅一所。

[2] 《宋会要辑稿》食货八《水利下》载,南京有"永丰圩"一处,总计七百三十顷,宋高宗赐给了韩世忠。

曾经是岳飞上司、后来在岳飞入狱后落井下石的大将张俊，名下拥有的不动产恐怕会更多，因为他自己找宋高宗说过："微臣近来在各处购置产业，每年需要缴纳的税费实在太多，请皇上开恩，统统给我免了吧。"宋高宗没答应。他在"各处"购置产业，说明购买的不动产不止一处，如果再加上朝廷赏赐的房屋和田地，那就更多了。

南宋初年，统兵大将几乎统统喜欢购房置地[①]，分析个中原因，或许有这么几条：

一、武将们有高薪，有赏赐，手里不差钱；

二、宋朝不抑兼并，历任皇帝对武将置业从不禁止；

三、宋高宗猜忌心很重，唯恐大将叛逃或篡权，将军们多买田宅，可以在一定程度上减少皇帝的疑忌。

不知道岳飞当初在九江买地买房时，有没有想过这一条。

[①] 《宋会要辑稿》食货九《赋税杂录》记载宋高宗言："今统兵官尚多，使各援此例以求免求，不知何说以拒之？"意思是那么多武将名下都有产业，如果都像张俊这样找我免税，那我该怎么拒绝呢？可见喜欢置业的武将还真不少。

唐伯虎的风流账

君子爱财
JunZi Ai Cai

江南四大才子在历史上是有的,不过当时给他们戴的帽子是"吴中四才子",不是"江南四才子",更不是"江南四大才子"。这吴中四才子,分别就是祝枝山、文徵明、徐祯卿,以及本章要说的核心人物唐伯虎。

他们四个都是苏州人(其中徐祯卿原籍常熟,后来搬到苏州),都能诗善画,都写得一笔好字,都有粉丝群,都名声响亮,吴中四才子的称号,都当之无愧。

不过,他们并不都像电影《唐伯虎点秋香》里那样风流好色。

祝枝山、唐伯虎两位,还能跟"风流"沾上边儿。

祝枝山好酒,好色,好赌博,好嫖妓,挣的钱少,花钱却如流水,晚年当真跟《唐伯虎点秋香》里那个画小鸡吃米图的祝枝山那样,欠了一屁股烂账,一出门,债主们就对他围追堵截[1]。

唐伯虎也好酒好色好嫖妓[2],是否也沉迷赌博,于史无载。

---

[1] 《明史》卷二百八十六《祝允明传》:"好酒色六博,善新声,求文及书者踵至,多贿妓掩得之。恶礼法士,亦不问生产,有所入,辄召客豪饮,费尽乃已,或分与持去,不留一钱。晚益困,每出,追呼索逋者相随于后。"
[2] 好酒见于祝枝山《怀星堂集》卷十七《唐子畏墓志并铭》:"日般饮其中,客来便共饮,去不问,醉便颓寝。"好嫖见于《高罗佩《中国古代房内考》,上海人民出版社1990年第1版,第420–421页。

文徵明却是很传统的君子，无论大事小节，都能约束自己，酒色财气样样不沾。朋友请他逛妓院，他一概谢绝。据说某朋友设下一计，把妓女藏进船舱里，请他泛舟作诗，他欣然答应，到了船上，朋友把妓女拽出来往他怀里送，他大怒，跳水而走[①]。至于徐祯卿，四才子中年龄最小，死得却最早，刚过而立就去世了，即使秉性"风流"，在时间上也比不过祝、唐二位。而且徐祯卿相貌很丑（过去选官看重相貌，过于影响市容者，会危及仕途，徐祯卿考中进士后，因为长得很不好看，被安排了一个很小的官职，事见《明史·徐祯卿传》），钱也不多，很早就入了道教，相信少情寡欲可以益寿延年，既缺乏"风流"的资本，也没有"风流"的欲望。

　　以上是闲话，以下专说唐伯虎，以及他风流的资本。

---

① 参见蒋一葵《尧山堂外纪》卷九十七《国朝·文徵明》。

生平和八字

咱们先看唐伯虎的生平。

唐伯虎,1470年生于苏州城区。他爸唐广德,是个开饭馆的小老板,收入不高,家庭条件不是很好,但是,为了能让下一代光耀门楣,唐广德坚持给儿子请了个老师,教他识字、做八股文。唐伯虎很聪明,没有辜负父亲的期望,十六岁那年,就考中秀才,而且还是第一名。不久,就结了婚,生了孩子。

到了1494年或者1495年,因为疾病或者瘟疫,唐伯虎的父亲、母亲、妻子以及他不满周岁的小儿子,接连死去。唐伯虎悲伤到了极点,万念俱灰,寄情酒色。他的发小,吴中四才子的另一位,秉性谨慎而且乐于助人的文徵明,劝他化悲痛为力量,重整旗鼓,继续参加科举考试,以便给死去的父母脸上增光。唐伯虎答应了,在二十九岁那年考中举人,这回又是第一名,所以在电影里大伙喊他"唐解元"。

考中举人后,唐伯虎意气风发,打点行装进京会试,又很顺利地考中了进士。但是,却被人举报,说他贿赂考官(很可能没有贿赂),于是进士头衔被抹掉,安排到浙江某个地方去当一个没有官衔也没有地位的小小办事员。他秉性高傲,不愿意干,回了苏州老家，当自由职业者去了。回到苏州后，跟第二任妻子（第一任妻子去世后不久，唐伯虎曾经续弦）离了婚。

在苏州，他给人画画，也给人写墓碑，靠出售字画维持生活。挣了钱，随手花掉，身无余财。1505年，他跟苏州名妓沈九娘结婚，着手建造桃花庵，可是，没钱买地，向朋友告借，也没借到，只好更加努力地出售字画，以及通过别的渠道赚钱。

1507年，唐伯虎三十八岁，桃花庵建成，自此直到去世，他都在此定居。

1514年，宁王朱宸濠高薪聘请江南名士，唐伯虎也在被聘之列，他试图借此机会一展抱负，于是去了宁王府。半年后，发现宁王要谋反，唐伯虎很害怕，装疯，逃掉了。此后，继续在苏州出售字画，继续过着花天酒地的生活，有时衣食无忧，有时穷困潦倒，直到五十多岁病逝。

他的一生经历，在《明史·唐寅传》、好友祝枝山为他写的墓志铭、另一位好友徐祯卿为他写的小传，以及他自己写给文徵明的书信中，各有详略不同的记载。

他的生日，传说是寅年寅月寅日寅时，所以名叫唐寅。这个话，在电影《唐伯虎点秋香》开场戏的旁白当中也有。但据祝枝山撰写的《唐子畏墓志并铭》，唐伯虎的生日是成化六年（1470）农历二月初四，成化六年是庚寅年，所以取名唐寅，倒不是因为刚好生于寅年寅月寅日寅时[①]。祝枝山跟唐伯虎是死党，俩人相交莫逆，祝某应该不至于把唐伯虎的生日弄错。

---

① 祝枝山《怀星堂集》卷十七《唐子畏墓志并铭》："子畏母丘氏以成化六年二月初四日生子畏，岁舍庚寅，名之曰寅，初字伯虎，更子畏。"

按干支推算，成化六年是寅年没错，但这年的二月初四不是寅月寅日，是卯月丑日。如果唐伯虎真的又碰巧生在寅时，那么他的生辰八字应该如下：

庚　寅

己　卯

癸　丑

甲　寅

相信八字的朋友敬请分析一下，看他的八字是否过旺，是否克父克母，像孤辰、寡宿、华盖、披麻、十恶大败等凶神恶煞，是否在他的八字中一再出现。

我分析过他的八字，不管是按传说中的寅年寅月寅日寅时来推算，还是按照更靠谱的寅年卯月丑日寅时推算，八字上都有很多的文曲星和文昌星。迷信的说法是，有这样八字的人，脑子都好使，文采都出奇，在文化艺术上都有很高的造诣。碰巧，唐伯虎就是这样的人。

轻摇滚和莲花落

唐伯虎能书善画,能诗善词,这个已经是众所周知的事情,无须多谈。他的诗风,有些接近白居易——用词浅白,少用典故,文化水平不高的受众也能一下子看懂。随便看几首:

《江南四季歌》
江南人住神仙地,雪月风花分四季。
满城旗队看迎春,又见鳌山烧火树。
千门挂彩六街红,风笙鼍鼓喧春风。
歌童游女路南北,王孙公子河西东。
看灯未了人未绝,等闲又话清明节。
呼船载酒竞游春,蛤蜊上市争尝新。
……

《进酒歌》
吾生莫放金叵罗,请君听我进酒歌。
为乐须当少壮日,老去萧萧空奈何。
朱颜零落不复再,白头爱酒心徒在。

昨日今朝一梦间,春花秋月宁相待。
……

《闲中歌》
人生七十古来有,处世谁能得长久?
光阴真是过隙驹,绿鬓看看成皓首。
积金到斗都是闲,几人买断鬼门关?
不将樽酒送歌舞,徒把铅汞烧金丹。
……

都很通俗,把标点打散,把韵脚换掉,就是一段记叙文或者说明文。

不光通俗,还节奏明快。再看几首:

《桃花庵歌》
桃花坞里桃花庵,桃花庵下桃花仙;
桃花仙人种桃树,又摘桃花卖酒钱。
酒醒只在花前坐,酒醉换来花下眠;
半醒半醉日复日,花落花开年复年。
但愿老死花酒间,不愿鞠躬车马前;
车尘马足富者趣,酒盏花枝贫者缘。
若将富贵比贫贱,一在平地一在天;
若将贫贱比车马,他得驱驰我得闲。
别人笑我忒疯癫,我笑别人看不穿;

不见五陵豪杰墓,无花无酒锄做田。

《世情歌》

浅浅水,长长流,来无尽,去无休。

翻海狂风吹白浪,接天尾闾吸不收。

既如我辈住人世,何荣何辱?何乐何忧?

有时邯郸梦一枕,有时华胥酒一瓯。

古今兴亡付诗卷,胜负得失归松楸。

清风明月用不竭,高山流水情相投。

蓂荚自晦朔,兰菊自春秋。

我今视昔亦复尔,后来还与今是侔。

君不见东家暴富十头牛,又不见西家暴贵万户侯。

雄声赫势掀九州,有如洪涛汹涌起,世界欲动天将游。

忽然一日风打舟,断蓬绝梗无少留。

桑田变海海为洲,昔时声势空喧啾。

呜呼!何如浅浅水,长长流。

《百忍歌》

百忍歌,百忍歌,人生不忍将奈何?

我今与汝歌百忍,汝当拍手笑呵呵!

朝也忍,暮也忍。

耻也忍,辱也忍。

苦也忍,痛也忍。

饥也忍,寒也忍。

君子爱财
JunZi Ai Cai

欺也忍，怒也忍。

是也忍，非也忍。

方寸之间当自省。

心花散，性地稳，得到此时梦初醒。

君不见如来割身痛也忍，

孔子绝粮饥也忍，

韩信胯下辱也忍，

闵子单衣寒也忍，

师德唾面羞也忍，

不疑诬金欺也忍，

张公九世百般忍。

好也忍，歹也忍，都向心头自思忖。

囫囵吞却栗棘蓬，凭时方识真根本！

不求对仗和平仄，只管押韵和节奏，这已经不是诗，而是曲了。可是在曲的领域，也没有哪位古人能像唐伯虎这样，把韵律提速到可以用快板来演绎的地步。电影《唐伯虎点秋香》有一经典桥段，化身华安的唐伯虎拿蜡烛和圆凳当击打乐器，边敲边唱自己的苦出身：

小人本住在苏州府的城边，家中有屋又有田，生活乐无边。

谁知那唐伯虎，他蛮横不留情，勾结官府目无天，占我大屋夺我田。

我爷爷跟他来翻脸，惨被他一棍来打扁。

……

这段唱词,节奏极快,深得唐伯虎诗词韵律之三昧。

唐伯虎的诗,绝大多数明白晓畅,节奏轻快,大声念出来,像美国黑人的rap;配乐演唱,又很像轻摇滚风格的传统民谣。明朝官僚兼文学评论家王世贞说唐伯虎的诗"如乞儿唱莲花落",也是很恰当的。当然,唐伯虎的诗虽然浅白,意蕴和意境还是很深,比丐帮朋友乞讨时演唱的莲花落要有艺术价值。

写诗过于浅白,让当时的文化人看来,或许失之庸俗,可是普通受众却一定喜欢。《周易·系辞》说:"乾以易知,坤以简能。易则易知,简则易从。"容易,简单,接受起来就方便,受众就多。譬如歌星,一辈子使用美声唱法,肯定没有通俗唱法受欢迎,因为后者模仿起来门槛低,亲和力强,所以粉丝就多。诗歌也是如此,李白在盛唐,白居易在中唐,唐伯虎在明代,之所以都受追捧,就是因为两条:一、意境好;二、容易懂。像李商隐那帮努力用典、走"纯文学"路线的诗人,就难免曲高和寡了,只有一小撮士大夫喜欢,大多数老百姓不爱。

在诗词上走通俗路子,给唐伯虎带来了大名气,为他做自由职业者铺就了道路。

卖画和写书

吴中四才子当中,文徵明做过翰林院待诏,这是个帮闲的官,经常给皇帝作诗填词代写文章,工资不高,小费却很多,当年李白就干过这个;祝枝山干过一任知县,后来还派到南京市当副市长(应天通判);徐祯卿科举成绩很好,年纪轻轻就高中进士,因为长得丑,没当成官,最后做了国子博士,也就是国立最高学府的教授。只有唐伯虎,既没当官,也没当教授,当了自由职业者。他这个自由职业者,主要的生计就是卖画和写书。

现在我们能见到的、确定是唐伯虎所画的作品,还有不少,其中很有名的,有《吹箫仕女图》《秋风纨扇图》《孟蜀宫妓图》《牡丹仕女图》《陶穀赠词图》《嫦娥执桂图》《杏花仕女图》《风木图》《古木幽篁图》《蓊田行犊图》《虚阁晚凉图》《东篱赏菊图》《秋林独步图》《骑驴归思图》《茅屋风清图》《桐荫清梦图》《幽人燕坐图》《高山奇树图》《江山骤雨图》《雪山行旅图》,当然也有电影《唐伯虎点秋香》里宁王拿给华太师观赏并借此发飙的那幅《春树秋霜图》。这些作品拿到艺术品拍卖会上,每幅估价至少在几十万元以上,个别作品的成交价甚至上亿元。可是在他活着的时候,无论是哪幅画都卖不到这么高的价钱。

现存的唐伯虎资料里,没有显示他一幅画能卖多少钱,我们可以从其他画家的收入来推测他的画价。明朝初年,有个名叫王叔明的画家,花三年时间,画成一幅《岱宗密雪图》,人人赞赏,爱如珍宝,到洪武末年售出,却只卖了三十贯[1]。当时禁止使用铜钱和白银交易,人家买画,只能给纸币(时称"宝钞"),而洪武末年通货膨胀,纸币贬值,一贯"宝钞"只能买一斤猪肉[2],三十贯也就三十斤猪肉而已。王叔明名气不大,也不靠卖画吃饭,他的画价或许不足为凭,但唐伯虎的老师、明朝画家沈周沈石田算是非常著名了吧?他晚年在扬州卖画,一幅美人图的标价也不过纹银二十两[3]。清朝的郑板桥,活着时在文艺界名气也不小,明码标价卖画:"大幅六两,中幅四两,小幅二两。"明清白银的购买力时强时弱,即使最强时(譬如明朝中期和清朝的康乾时代),一两银子至多相当于人民币八九百元,据此估算,沈周一幅画最多一两万元,郑板桥一幅画最多五六千元。这已经是理想状态,大多数画家,大多数时候,大多数作品,是卖不到这个价位的。

唐伯虎的画,经常卖不掉,即使卖掉,价钱也不会很高。他写诗说过这些情形:

青衫白发老痴顽,笔砚生涯苦食艰。

---

[1] 参见都穆《都公谭纂》卷上。都穆是唐伯虎的同年进士,据说,就是他举报唐伯虎贿赂考官,后被唐得知,与其绝交。
[2] 参见《经济汇编样刊典》卷二十七《律令部》。
[3] 参见明朝收藏大家项元汴《蕉窗九录》。

湖上水田人不要,谁来买我画中山。

——《风雨浃旬,厨烟不继,涤砚吮笔,萧条若僧,因题绝句八首奉寄孙思和》其一

荒村风雨杂鸣鸡,燎釜朝厨愧老妻。
谋写二枝新竹卖,市中笋价贱如泥。

——《风雨浃旬,厨烟不继,涤砚吮笔,萧条若僧,因题绝句八首奉寄孙思和》其七

书尽诗文总不工,偶然生计寓其中。
肯嫌斗粟囊钱少?也济先生一日穷。

——《风雨浃旬,厨烟不继,涤砚吮笔,萧条若僧,因题绝句八首奉寄孙思和》其二

画了山水,没人买,因为真正的山水都没人买;画了竹笋,也没人买,因为菜市上的竹笋比画的竹笋便宜多了。唐伯虎纠结了:怎么都不来买呢?难道怕我要价太高吗?别逗了,我要价不高,你们只需要拿一斗小米(斗粟)或者一袋铜钱(囊钱)过来,够我一天的开销,我就给你们画!问题是,很少有人花钱找他画。

好在唐伯虎还有别的谋生手段:写书。

古人写书,未必赚钱,甚至还可能赔钱。譬如非名家的诗话,或者晦涩难懂受众不多的学术书,想出版,要么自己掏钱,要么等人赞助。不过也有通过写书赚钱的,譬如一些畅销书作家,给书坊写传奇小说或者色情小说,或者画成套的春宫画,都是可以拿到报酬的。像唐伯虎的苏州老乡冯梦龙,以及跟冯梦龙同时代的另一位作家凌濛初,都曾经给书坊编写畅销书并获取报酬。

唐伯虎这个人,一专多能,能画,也能写,既给书坊画成套的春宫,也给书坊写中短篇的色情小说。他的春宫画册,荷兰汉学家高罗佩见过;其色情小说,目前传世的有一部《僧尼孽海》,是写和尚怎样贪淫、尼姑怎样偷情的,由一些短篇连缀成书,无论体例、内容,还是笔法,都极像意大利人文主义作家薄伽丘的《十日谈》。遗憾的是,薄伽丘的《十日谈》成了世界名著,唐伯虎老兄的《僧尼孽海》却被当成纯粹的淫秽小说而扫进历史的垃圾堆。另外他还写过一本嫖妓指南,名叫《风流遁》,这本书已经失传,见不到了。春宫画、色情小说、嫖妓指南,统统不登大雅之堂,在今天还是反三俗和扫黄打非的对象,可偏偏这些出版物能吸引受众,能在市场上畅销,能给唐伯虎这种单靠卖画不能维持生计的艺术家提供一些经济上的支持。这有点儿反讽的味道吧?

除了自己写畅销书,唐伯虎还给其他人的畅销书写序。就我所知的,他给朱子瞻的《啸旨》、袁臣器的《中州览胜》、某书坊刻印的《谱叹》都写过序。《啸旨》偏学术,未必畅销,《中州览胜》是旅行读物,《谱叹》是游戏说明书,以明朝人爱逛爱玩的性子,这两本书操作得当的话,应该很好卖。

建桃花庵的经费

唐伯虎在苏州,刚开始住的是父亲留下来的房子。他父亲是个小老板,市侩气大于文人气,房子的选址、格局、陈设、气质,极其不利于唐伯虎写书作画,他想换个住处。不过也有可能是这样的:在被取消进士头衔并跟第二任妻子离婚以后,唐伯虎就把原来的房子给卖了,没有房住;还有可能是,他虽然有房住,但是第三任妻子沈九娘嫌房太小,要求他换一大房子。不管是出于什么原因吧,到了1505年,唐伯虎三十六岁的时候,产生了一股强烈的冲动:要在苏州阊门内给自己盖一套别墅。

这别墅,就是赫赫有名的桃花庵。庵的本意,是茅草屋,可唐伯虎要盖的这座桃花庵却比茅草屋高档多了。比唐伯虎稍晚的嘉靖进士、他的忠实粉丝王世懋调查过,桃花庵有厅堂,有书房,有花园,有亭子,光花园占地就有半亩,种了很多牡丹,墙角还种了几株梅花。总之这是一处值得大多数文人向往的住所。

唐伯虎卖画和写书,收入都不会很高,即使有高收入,他也随手花掉,或拿来喝大酒,或拿来逛青楼,或者大把地送给朋友①。所以建造桃花庵,他是没钱的,至少钱不够。

唐伯虎年轻时,家里穷,在父亲的小饭馆里帮忙,亲自杀猪造酒,父亲虽然给他请了八股文老师,他却没工夫接受完整的教育,也没钱买书,是好友文徵明及文徵明的父亲文林资助他完成了学业。后来唐伯虎涉嫌贿赂考官,被关进大牢,也是文徵明出钱为他走门路,才得以放出②。所以唐伯虎欠文徵明实在太多,建桃花庵缺钱,不好意思再找文去借。

问谁借呢?徐祯卿。徐比唐伯虎小九岁,成名比吴中四才子的其他三位要晚,他之所以得以成名,主要是得益于唐伯虎的推举和引荐③,从某种程度上说,唐伯虎是徐祯卿的恩人。当唐伯虎计划建造桃花庵时,徐刚中进士不久,已经参加工作,所以唐伯虎去找徐祯卿告借。不巧的是,徐祯卿也没钱,没办法提供帮助,非常过意不去④。

无奈,唐伯虎开始给人家狂写墓志铭。墓志铭这东西,有时候需要猛夸死者,替死人吹牛,很多"有操守"的文人不愿意写这个,说是"谀墓"。不过写墓志铭有一项好处:稿费高。碰到有钱的雇主,一个字就能给几匹丝绸或者几两银子,来钱比抢钱都快。所以即使那些"有操守"的文人,有时候也忍不住去写写墓志铭,像韩愈、白居易、欧阳修、曾巩,都

---

① 龚炜《巢林笔谈》卷五《唐寅真身》:"家起屠贾,轻财好施。"徐祯卿《新倩籍》:"唐伯虎素伉于意气,怪世交鄙甚,要盟同比,死生相护,毋遗旧恩,故长者多介其谊概云。"
② 参见《唐伯虎诗文书画全集》卷二《与文徵明书》《答文徵明书》《又与徵仲书》。
③ 《明史·徐祯卿传》:"与里人唐寅善,寅言之沈周、杨循吉,由是知名。"
④ 参见徐祯卿《唐生将卜筑桃花之坞,谋家无赀,贻书见让,寄此解嘲》。

283

君子爱财
JunZi Ai Cai

写过这一文体,当然,也都拿过报酬。现在文学界也是这样,由于国产电视剧大多粗陋不堪,所以很多老派作家不愿意写剧本,说怕"坏笔",可是当你告诉他写一集能挣多少多少万之后,他就不怕"坏笔"了。

唐伯虎生性豁达,想什么就做什么,什么来钱就写什么,宁做真小人,不当伪君子,他写墓志铭,估计不会经过多少思想斗争。目前看,他受官员之托,为其家属写过墓志铭;也受商人之托,为其家属写过墓志铭。苏州某官员妻子周氏的墓志铭是他写的;吏部给事中许天锡妻子高氏的墓志铭是他写的;某吴姓夫妇在江南经商,富得流油("素号饶资"),他们两口子的墓志铭都是他写的①。他跟这些雇主不是朋友,也不是亲戚,谁给钱,给谁写,钱货交易,童叟无欺。

除了写墓志铭,这段时间唐伯虎还写其他有偿文体。徽州府休宁县在齐云山上建造真武观,知县找人写碑文纪念此事,找的就是唐伯虎。南昌府进贤县修建莲花桥,知县找人写碑文纪念此事,找的还是唐伯虎。徽州富商王友格在老家盖祠堂,请唐伯虎写文章夸他,唐伯虎答应了。徽州另一名富商吴明道学人家隐居,请唐伯虎写文章夸他,唐伯虎也答应了②。

翻检唐伯虎的传世杰作,居然还有募捐告示。苏州平禅寺建竹亭,没钱,向外界募捐,募捐告示是唐伯虎写的。苏州寒山寺铸铜钟,募捐告示也是唐伯虎写的。两篇告示都写得文采非凡:

---

① 参见《唐伯虎诗文书画全集》卷二。
② 参见唐伯虎《荷莲桥记》《齐云岩紫霄宫元帝碑铭》《王氏祠堂记》《竹斋记》。

一篇题名《治平禅寺化造竹亭疏》:"谋建竹亭,翼辅兰若。清波池水,足咏檀栾。土地伽蓝,冥空鉴证。撰兹尺牍,用告大方。幸舍余资,共成胜事。"

另一篇题名《姑苏寒山寺化钟疏》:"殿宇粗备,铜钟未成。月落乌啼,负张继枫桥之句;雷霆鼓击,愧李白化城之铭。今将鼓烘炉以液精金,范土泥而铸大乐。举兹胜事,用叩高贤,增壮山门,惟祈乐施。庄严佛土,利益人天,慧日增明,福田不薄。"

唐伯虎信佛,他为寺院写这两篇告示,估计是义务劳动,没有拿稿费。

君子爱财
JunZi Ai Cai

所谓气节

从传统观点看，唐伯虎贪图钱财，写功利文章，没有气节。

讲气节，吴中四才子当中其他三位都比不上文徵明。

文徵明的父亲去世，老下属来送葬，想通过送赙仪的方式变相行贿（当时文徵明的叔父是都察院的右佥都御史，二品官，权势很大），一下子送了一千两银子，文徵明一文不要，全部退还。

当时江苏省巡抚想结识文徵明做都御史的叔父，暗示文徵明，只要文愿意，他就送礼物，文假装不明白他的暗示，也不要他的礼物。

宁王朱宸濠高薪聘请江南名士，薪金开到一百两，唐伯虎去了，文徵明没去。

宰相杨一清想把文徵明拉到自己一派，当众对文说："我跟你爸爸是好朋友啊！"换做一官油子，肯定顺杆爬："就是就是，我爸活着时老爱念叨您了。"文徵明却实事求是："我爸没说过他有您这个朋友啊。"搞得杨一清下不来台。

唐伯虎作画作文，差不多是给钱就行，文徵明却原则性很强，傲视权贵，皇亲国戚请他画，给多少钱都不行，当着人家的面说:"我不结交王爷。"①

这些气节都有一前提:文徵明不差钱。他爸是温州知府,家里即使不算豪富,也是小康。而唐伯虎,出身小市民小商贩家庭,打小就穷,长大更穷,"十朝风雨苦昏迷,八口妻孥并告饥"。真像文徵明那样坚守原则的话,得饿死,更别提什么"风流"生活了。

唐伯虎有原则没有?也有。炒作自己的画,他是不干的。元朝著名画家兼书法家,"元四家"之一的吴镇,善于炒作自己的画,他的画本来卖不掉,他无偿送人,然后再派人高价收购,时间长了,买家看到了他的"市场潜力",都来买他的画,"其画涌贵,求者塞门"②,于是暴发。这种事情,唐伯虎干不来。不是不会,是不愿。

更多的时候,他又不讲原则。人家文徵明傲视权贵,他唐伯虎结交权贵。从弘治年间到正德年间,吴县、长洲的历届知县,苏州的历届知府,每人过生日或者升迁,他都要献上一幅画,或者一首诗,落款很谦卑:"猥鄙""猥贱""门下""后生"。称呼对方,则喊"老大人"或者"文门领袖"。

文徵明不屑做官,甘愿跟宰相交恶,自毁前程,唐伯虎哪怕在隐居苏州、做自由职业者的时候,也免不了发发官瘾,向说得

---

① 以上均参见《明史》卷二百八十七《文徵明传》。
② 都穆《都公谭纂》卷上。

君子爱财
JunZi Ai Cai

上话的官僚写信求荐①。有人说唐伯虎根本不屑做官,当年朝廷派他去浙江当小吏,他都不去。请您明鉴,那是吏,不是官,明朝的吏,没有工资,没有地位,全靠受贿为生,是读书人最瞧不起的"贱役"。

作为唐伯虎的粉丝之一,我不愿意抹杀他的任何优点,也不想隐瞒他的任何缺点。一见偶像露点,就想给他打上马赛克,用在历史研究上,只能得到一些虚假的信息,以及造就一套混乱不堪的价值体系。

---

① 参见《唐伯虎诗文书画全集》卷二《文赋·上吴天官书》。天官,即吏部尚书。吴天官,应该是嘉靖朝南京吏部尚书吴一鹏,他是苏州人,唐伯虎的老乡。在信中,唐伯虎希望吴某看在同乡的份儿上,帮他找个官做:"寅瞻桑仰梓,得俱井邑,感于斯之义,冒通家之请,……若得充后陈之清问,被壁上之余光,则枯骨不朽。"

徐文长的收入和住房

君子爱财
JunZi Ai Cai

明朝江南文士，最具有传奇性的两个人，大概就是唐伯虎和徐文长了。唐伯虎上一章已经说到，现在咱们来说说徐文长。

徐文长，也就是徐渭，现在被封为文学家、书法家、画家，甚至还有人说他是"军事家"。总之，头衔很多，很著名。

他本名徐渭，字文清，后来又改字文长。之所以改成这个字，据说是因为参加科举考试，考官让写几千字的八股文，他写几百字就交卷了，考官说：太短，不及格。他很生气，后来又参加科举考试，赌气写了几万字，卷子上写不下，把桌子板凳都写得满满当当密密麻麻，考官一看：咦，你这回的文章又太长了！他大笑，改名叫徐文长。

这个说法，跟绝大多数以他为主角的传奇故事一样，有趣，不靠谱。

在各种版本的传奇故事当中，这个徐文长又聪明，又诙谐，喜欢恶搞，像戏耍贪官啦，捉弄奸商啦，都是他的拿手好戏。他给人的印象，绝对是风流倜傥，英俊潇洒，一副浊世翩翩贵公子的模样。

我不说您也知道，真实的徐文长没这么潇洒，而是穷困了大半生，潦倒了大半生，纠结了大半生，痛苦了大半生。恶搞别人，没有他的份儿，被命运恶搞，倒常常有他。

君子爱财
JunZi Ai Cai

父亲早丧,母亲被卖

1521年,徐文长生于浙江绍兴。他爸爸徐鏓,是夔州同知[①],在绍兴市区前观巷拥有一套大宅子,徐文长就在这套宅子里出生。作为副市长的儿子,徐文长本来应该有幸福的童年、高档的教育、衣食无忧的生活和一帆风顺的工作。可惜,他爸死得早,徐文长出生后刚满一百天,他爸就死了。

徐文长还有两个哥哥,父亲临死前,已经给哥仨分好了遗产。每人分到的遗产并不少,譬如徐文长,人在襁褓,光仆人就分了四个[②]。问题在于,徐文长在家里的地位不及他两个哥哥。这哥仨一个爹,却不一个妈,俩哥哥是大老婆生的,徐文长是小老婆生的。严格讲,他的亲生母亲连小老婆都不是,只是大老婆的一个陪嫁丫鬟。您知道,古代中国男权至上,一个男人只要有钱有地位,是可以娶一堆小老婆的,不光如此,还能把所谓的"通房大丫头"(譬如《红楼梦》里的平儿和袭人),以及妻子过门时带来的陪嫁丫头,统统都当成他的性奴隶。要论地位,大老婆高于小老婆,小老婆又高于通房大丫头和陪嫁丫头,而徐文长的

---

① 夔州即今奉节县,当时为府,级别高于县。同知是知府的副手。
② 徐文长自撰传记《畸谱》:"考未亡时,分予僮奴妇及其儿子共四人。"

亲生母亲，就是地位最低的陪嫁丫头。

　　生母的地位低，儿子的地位自然也不会高（可以比照《红楼梦》里跟贾宝玉同父异母的贾环）。徐鏓活着时，可能还会对三个儿子一碗水端平，不让徐文长吃亏，徐鏓一死，徐文长及其生母就免不了要受嫡母和他两个哥哥的欺负。据徐文长晚年回忆，他的嫡母不许他认生母当妈，还把他生母像卖牲口那样卖掉了[①]。过去给中国历史分期，都说先秦是奴隶社会，先秦以后是封建社会，其实真正流行大规模封疆建国的是先秦，真正把奴隶制普及到一家一户，使士农工商蓄养奴仆成为常态，并在文化习俗上视奴仆为牲畜，可以随意买卖的朝代，恰恰是隋唐五代元明清这些所谓的"封建社会"。换句话说，咱们的历史分期刚好玩了一招名实分离的乾坤大挪移，贴上奴隶社会标签的朝代，实际上是封建社会，而贴上封建社会标签的朝代，实际上却是奴隶社会。徐文长和他的亲生母亲，不幸生在这个贴错了标签的奴隶社会。

---

① 徐文长《畸谱》："是年，似夺生我者。"

刚有儿子，媳妇病逝

靠着父亲留下的那份儿遗产，徐文长终于长大了，二十岁那年，还很幸运地考中了秀才。就在这一年，他结了婚。他的岳父大人在广东省阳江县做官，是县政府办公室的主任（主簿）。因为是官，所以有钱，所以在绍兴市区的东双桥（今绍兴东街路东头）和塔子桥（今绍兴鲁迅故居邻近）两处各买了一套房子。结婚以后，徐文长从前观巷老宅搬出来，住进了岳父家塔子桥那所房子，等于是倒插门①。这时候，他还没有参加工作，一分钱不能挣，日常开销全由岳父供应，他衣食无忧，努力攻读八股，准备再接再厉考举人。

谁知道，举人没考上，媳妇死了。1546年，徐文长二十六岁的时候，刚有了一个小儿子，妻子潘氏却突然病逝。早年丧妻，怀抱幼子，这个经历是唐伯虎的翻版。也许他跟唐伯虎都被命运恶搞了一下吧。

妻子一死，徐文长不好意思再住在岳父家，把儿子交给岳母抚养，自己出外租房，继续考举人，结果又没考中。为了寻找机

---

① 《畸谱》："予仍赘其家塔子桥。"

会，他从小城绍兴迁居大城杭州，在今天西湖北山街中段葛岭路上的玛瑙寺租了一间空房。跟他同在该寺租房的，还有另一个要考举人没有考中的家伙，此人姓潘，叫潘时谊，跟在北京卖房子的那位潘石屹潘老板同音不同字。

君子爱财
JunZi Ai Cai

好不容易有个对象，自杀了

现在这个社会，租房的不少，在寺院租房的却不多见。而在徐文长那个时代，寺院是个超级大公寓，很多人在里面租房。中土佛教不流行托钵，所以寺院的经费主要不靠施舍，而是靠自己创收。怎么创收呢？当地主，当房东，放高利贷。在隋唐五代宋元明清等等朝代，稍大一点儿的寺院，都有一批耕地，和尚们把这些耕地租给佃户，该收租收租，该催债催债，实际上就是出了家的地主。再大点儿的寺院，除了有耕地，还有宅基，在宅基上建造商铺和客房，建成以后，出租给商贩和旅客，每年收到的房租比田租还可观。《水浒传》里就有这样的场景：花和尚鲁智深想在五台山下喝酒吃肉，哪家店铺都不敢让他进去，为啥？卖酒的老板说得好："小人住的房屋也是寺里的，本钱也是寺里的，长老已有法旨，但是小人们卖酒与寺里僧人吃了，便要追小人们的本钱，又赶出屋！"说明那五台山文殊院的方丈不光是出了家的地主，还是出了家的房东。

寺院里的房子比较幽静，所以很受读书人的欢迎，像宋朝的辛弃疾，年轻时去金国中都燕京参加科举考试，为了有一个良好的复习环境，就去了现在北京的法源寺租房。看过《西厢记》的朋友可能还记得，张生和莺莺在山西停留一整月，租的也是寺院里的房子，在那永济县普救寺里，莺莺住西厢，张生住东厢，俩人同租一处公寓，顺便在西厢搞点儿风流韵事出来。

徐文长在杭州玛瑙寺租房，倒没搞什么风流韵事，跟他同租的那个考生潘时谊总是希望他能搞点儿风流韵事。他听说徐文长的爱人已经去世，就很热心地牵线搭桥，给徐文长介绍这家姑娘，介绍那家姑娘，比媒婆还卖力。徐文长一个也没看中，把他惹恼了①，不让徐文长再跟着他吃饭——在此之前，徐文长为了省钱，是一直跟着他吃饭的，美其名曰"伴读"②。后来潘时谊消了气，又给徐文长介绍了一个他老家湖州的姑娘，带着徐去相亲，效果挺好，徐文长挺满意，对方的家长也挺满意，于是双方订婚。

几年之后，徐文长攒够了彩礼钱，去湖州迎娶新娘，再次被命运恶搞：浙江正闹倭寇，那个湖州姑娘被倭寇抢走，不甘受辱，跳河自杀了。

咱们现在看徐文长的书法和大写意花鸟画，都很狂，很怪，很压抑，很愤怒，不平之气铺天盖地。我觉得，或许跟他老是被命运捉弄有关。

---

① 《畸谱》："潘友招，图继我偶，后先以三女，余三忤之。"
② 《畸谱》："寓杭玛瑙寺，湖州人潘某之借读所，伴其读，饭我两月。后余稍负之，悔。"

‖莺莺与张生在普救寺定情,明刊本《崔莺莺待月西厢记》插图。

好不容易有个老板，坐牢了

搞书法，徐文长有一套。画画，徐文长更有一套。他的字画，是真正的艺术极品，比唐伯虎还要好，比郑板桥的还要好，在所能达到的精神高度上，跟凡·高倒有一比，反正在我看来是这样。讽刺的是凡·高活着时，作品不好卖；徐文长活着时，作品也不好卖。他有一首诗：

> 吾家两名画，宝玩长相随。
> 一朝苦无食，持以酬糠粃。
> 名笔非不珍，苦饥亦难支。
> 一身犹可谋，八口将何为？
> 古昔称壮士，换马将娥眉。
> 拯急等救焚，安得顾所私。
> 畴知猗氏富，今亦无赢资。
> 致书向予道，恧焉多怆凄。
> 今日非昔日，安得收珍奇。
> 顾予谅斯言，盛衰诚有时。
> 取酒聊自慰，兼以驱愁悲。

君子爱财
JunZi Ai Cai

　　展画向素壁，玩之以忘饥。①

　　这首诗说的是徐文长揭不开锅了，从家里翻出两幅古画，想卖给一个有钱的朋友，换点儿大米。那朋友说："现在什么年月了，谁还买字画啊，您拿回去吧，我不买。"徐文长只好把画拿回去，挂到墙上自个欣赏，希望能忘掉饥饿。

　　他说的是古画不好卖，不过从中也可以推测到他自己画的画不好卖。您想啊，要是他自己的画能卖很多钱，他家里就不会揭不开锅，也就用不着去卖那两幅"宝玩长相随"的古画了。

　　字画没市场，徐文长也想过别的门路，比如说，开私塾收学生。二十岁时候，大约在考中秀才前后，他就开过私塾——在杭州北门租了房子，挂出收学生的招牌，准备收一批学生，靠学费自力更生。招牌挂了几十天，没有一个学生上门②。三十五岁那年，徐文长终于在杭州找了个家庭教师的工作，兴冲冲地从绍兴坐船到杭州，准备正式开课，又碰上打仗，杭州城区戒严，进不去了，这家庭教师也没有当成③。

　　好在徐文长没有灰心，给很多人写信，请人家帮忙推荐工作。鉴于他父亲当过副市长，他本人又是个秀才，所以在官场上还算有些人脉。另外他也并不像现在很多朋友想象的那样耿介，基本上是一个灵活的人，对于权贵，对于大大小小的官僚，他都

---

① 《徐文长三集》卷四《画易粟不得》。
② 《徐渭集》卷三《上提学副使张公书》："犹务隐忍，寄旅北门，意在强为人师以糊方寸，何期经营数旬，竟无一人与接者。"
③ 《徐文长三集》卷十六《奉督学宗师薛公薛公》："某小子独于前年春，始谋一侍讲席，既附舟以行，又以溃寇萧显自松江走乍浦，大战海宁，关市戒严，乃复自杭返越。"

能拍上一两手相对高雅的马屁①,所以官员们也乐意帮他。到了1157年,徐文长三十七岁的时候,终于被当时的浙直闽三省总督胡宗宪请走,当了一名优秀的绍兴师爷。

徐文长这个绍兴师爷,算账不行,写文章是一把好手。胡宗宪向朝廷递送的表章,跟同僚往来的诗文,大多让徐文长代笔。徐文长一展所长,把表章和诗文写得才气非凡,胡宗宪非常满意,给徐文长的待遇也很优厚。具体有多优厚,待会儿我们会谈到。

可以这样说,徐文长一生当中,恐怕也只有给胡宗宪打工这段时间是快乐的、充实的、得心应手而且如鱼得水的。遗憾的是,仅仅五年之后,胡宗宪就被嘉靖皇帝撤了职,关进了大狱。没多久,胡在狱中自杀。

徐文长把胡宗宪当成了一生的依靠和希望,结果这个希望破灭了,他非常愤懑,非常伤心,以至于精神失常,拿大铁钉戳自己的耳朵眼儿②,还拿铁锤砸自己的小命根儿③。跟他情形类似的,是汉朝的政论家贾谊。您知道,贾谊当年辅佐梁王,以梁王为依靠和希望,后来梁王从马上掉下来摔死,他也伤心绝望,虽然没有痛苦到精神失常的地步,但很快就死掉了。

过去大户人家的小老婆,地位很低,风险很大,一不小心就

---

① 例如他倡导秀才们为绍兴知县吴三畏献过《瑞麦赋》,在赋中猛夸吴县长治民有方,是百年难遇的好官;他还模仿当时各地官员为宰相严嵩立生祠的做法,为绍兴典史吴成器立过生祠。
② 《徐文长三集》卷十九《海上生华氏序》:"予有激于时事,病瘛甚,苦有鬼神凭之者,走拔壁柱钉可三寸许,贯左耳窍中,颠于地,撞钉没耳窍,而不知痛,逾数旬,疮血迸射。"
③ 《万历野获编》卷二十三:"徐文长或持铁锥自锥其阴,则睾丸破碎,终亦无恙。"

会被赶出家门,只有生了儿子,才能翻身做主,所以把儿子当成自己后半生的依靠和希望,一旦儿子夭折,她们的天空也会骤然坍塌。徐文长和贾谊这些传统文人,在专制时代生存已久,缺乏自立的环境,更缺乏重新选择生活的勇气,跟小老婆是很像的。

当年孔子提倡做"君子儒",提倡"君子不器",而自从秦朝建立以后,"君子儒"就越来越少,"君子"们多以"货卖帝王家"为生存手段,多以做政客手中的棋子为莫大荣耀,不但"器",而且"器"得敬业,"器"得连自我都丢了。

胡宗宪开给徐文长的稿费

在胡宗宪手下当师爷那几年,徐文长生活得很不错。

1558年,胡宗宪捕到一公一母两只白鹿,要献给嘉靖皇帝,让徐文长写两篇贺表。据说,白鹿这东西很少见,是祥瑞的象征,徐文长的贺表又写得光彩夺目美轮美奂,所以嘉靖很喜欢,重赏胡宗宪。

一年后,胡宗宪又弄到五棵灵芝和两只白毛大乌龟,也让徐文长写贺表进献给嘉靖皇帝,嘉靖再一次"龙颜大悦",再一次重赏胡宗宪。

权相严嵩过八十大寿和八十一大寿,胡宗宪两次馈送贺礼,那贺信也是让徐文长写的。胡宗宪的礼物配上徐文长的文笔,真是锦上添花,相得益彰。

胡宗宪领兵打仗,将士阵亡,那祭文也让徐文长去写。给下辖州县发重要通知,也让徐文长起草。总之,胡对徐文长很器重。

胡宗宪让徐文长干活儿,当然也要给徐文长好处。比如说,他很关心徐的家庭生活。

徐文长四十一岁再婚,迎娶第三任或者第四任妻子(除第一

任妻子潘氏是病逝外,后面几任都是因感情不和而离婚)张氏,就是胡宗宪亲自说的媒。那年月,江南一带比现在还要讲究奢华,普通人家娶媳妇,光彩礼就得花二三百两银子,稍微富裕点儿的家庭,得拿出彩礼钱五六百两,不然就会被人家瞧不起[①]。而普通人家的收入,一年也不过十几两银子[②],结一回婚往往需要几代人的积蓄,其难度不亚于现代人在大城市买房。所以徐文长前几回结婚,基本上都是倒插门[③],因为他收入低,娶不起。做了胡宗宪的师爷以后,他不需要倒插门了——胡宗宪替他把彩礼钱拿了出来,连摆酒席的费用都不需要徐文长操心[④]。

1561年,胡宗宪在杭州建成大型景观建筑镇海楼,让徐文长写文章纪念此事,徐写了一篇《镇海楼记》,胡读了大喜,说:"听说徐师爷没能买上房子,这些年一直在外面租房,你们把会计喊过来,让他从账上拿出220两银子,送给徐师爷买房子用!"[⑤]徐文长感觉数目太大,拼命推辞,胡宗宪说:"当年唐朝有个宰相裴度,让人给他写《福先寺碑》,碑文总共

---

① 《徐文长三集》卷十九《赠妇翁潘公序》:"吾乡近世嫁娶之俗浸薄,嫁女者以富厚相高,归之日,担负舟载,络绎于水陆之途,往往倾竭其家。而有女者益始自矜高,闭门拱手,以要重聘。娶一第若被一命,有女虽在襁褓,则受富家子聘多至五七百金,中家半之。下此者,人轻之,相率以为常。"
② 参见顾炎武《天下郡国利病书》卷二十三《江南十一》。
③ 二十岁时入赘潘家,三十九岁时入赘王家,当中潘时谊为他说媒,与湖州严氏订婚,商议的也是人赘到湖州。
④ 《徐文长三集》卷十五《谢督府胡公启》:"渭失欢帏幕,动逾十年,俯托丝萝,历辞三姓。过持已见,遂骇众闻,诋之者谓矫激而近名,高之者疑阴忍以有待。明公宪以书记,念及室家,为之遣币而通媒,遂使得妇而养母。然渭于始议之日,曾陈再让之辞,蒙召中军,托以斯事,久而不报,付之无缘。畴知白璧之双遗,竟践黄金之一诺,传闻始觉,坐享其成。"
⑤ 《徐文长三集》卷二十三《酬字堂记》:"镇海楼成,少保公进渭曰:是当记,子为我草。草成以进,公赏之,曰:闻子侨久矣,趋召掌计廪银之两百有二十,为秀才庐。"

3000个字,他开出的稿费是一个字6匹丝绸,总共给了18000匹丝绸。我让你写《镇海楼记》,才给了220两银子的稿费,比裴度小气多了,你怎么说数目太大呢?快收下吧!"徐文长很感动,就收下了①。

那篇《镇海楼记》,我拜读过,全文收录在中华书局1999年版的《徐渭集》第612页,姑且抄录如下:

> 镇海楼,相传为吴越王钱氏所建,用以朝望汴京,表臣服之意,其基址楼台,门户栏楯,极高广壮丽,具载别志中。楼在钱氏时,名"朝天门"。元至正中,更名"拱北楼"。皇明洪武八年,更名"来远"。时有术者病其之书画不祥,后果验,乃更今名。火于成华十年,再建。嘉靖三十五年九月又火。予奉命总督直浙闽军务,开府于杭,而方移师治寇,驻嘉兴。比归,始与某官某等谋复之。人有以不急病者,予曰:"镇海楼建当府城之中,跨通衢,截吴山麓,其四面有名山大海江湖潮汐之胜,一望苍茫可数百里,民庐舍百万户,其间村市官私之景不可亿计,而可以指顾得者,惟此楼为杰特之观。至于岛屿浩渺,亦宛在吾掌股间,高薵长骞,有俯压百蛮气。而东夷之以贡献过此者,亦往往瞻拜低回而始去。故四方来者,无不趋仰以为观游的。如此者累数百年,而一旦废之,使民若失所归,非所以昭太平、悦远迩。非特如此已也,其所贮钟鼓刻漏之具,四时气候之榜,令民知昏晓,时作息,寒暑

---

① 《徐文长三集》卷二十三《酬字堂记》:"渭谢侈不敢。公曰:我愧晋公,子于是文乃遂能愧湜,倘用福先寺事,数字以责我酬,我其薄矣,何侈为!渭感公语,乃拜赐,持归。"

305

启闭,桑麻种植渔佃,诸如此类,是居者之指南也。而一旦废之,使民懵然迷所往,非所以示节序,全利用。且人传钱氏以臣服宋而建,此事昭著已久。至方国珍时,求缓死于我高皇,犹知借镠事以请。诚使今海上群丑而亦得知钱氏事,其祈款如珍之初词,则有补于臣道不细,顾可使其迹湮没而不章耶?予职清海徼,视今日务,莫有急于此者。公等第营之,毋浚征于民,而务先以已。"于是予与某官某等,捐于公者计银凡若干,募于民者若干。遂集工材,始事于某年月日。计所构,甃石为门,上架楼,楼基垒石,高若干丈尺。东西若干步,南北半之。左右级曲而达于楼,楼之高又若干丈。凡七楹,础百。巨钟一,鼓大小九,时序榜各有差,贮其中,悉如成化时制。盖历几年月而成。始楼未成时,剧寇满海上,予移师往讨,日不暇至。于今五年,寇剧者禽,来者遁,居者慴不敢来,海始晏然,而楼适成,故从其旧名"镇海"。

不计标点(古人作文章本无标点),总共才647个字,平均每个字的稿费是0.34两银子。

如前所述,徐文长写这篇文章的时间是1561年,在这一年以及这一年的前后十年之内,江南物价都很稳定,只要不碰上大的自然灾害,一石大米的售价都维持在0.6两到0.8两之间,平均是0.7两一石[①]。那时候一石大米重80公斤,现在值400元左右。换言之,当时的0.7两银子相当于现在的400元人民币,由此推算,一

---

① 参见《明世宗实录》卷二百四十五、卷三百四十三、卷三百五十、卷四百五十六。

两银子相当于570元。0.34两银子的购买力，差不多相当于200元人民币了。所以我们可以这样说：徐文长写《镇海楼记》，一个字的稿费是200块钱。

君子爱财
JunZi Ai Cai

遥想当年酬字堂

从二十岁成家,到四十多岁写《镇海楼记》,当中二十多年的时光,徐文长都没有一个固定的、属于他自己的住所。当倒插门女婿的时候,他住岳父家的房子。不当倒插门女婿的时候,在外面租房。绍兴的胡同,杭州的寺院,都有他租房的记忆。

他为自己写过墓志铭:"籍于学宫者二十六年,食于二十人中者十有三年,举于乡者八,而不一售,人且争笑之。洋洋居穷巷,僦数椽储瓶粟者十年。"①当秀才当了二十六年,吃秀才的皇粮补贴吃了十三年,考举人考了八回,始终没能考中,被人家耻笑。在偏僻简陋的小胡同里租房子,家里只能储存一丁点儿侥幸得以保命的粮食,这样子又过了十年。

他还写过一首搬家的诗:

十度移家四十年,今来移迫莫冬天。
破画一束苦湿雪,折足双铛愁断烟。
罗雀是门都解冷,啼莺换谷不成迁。

---

① 《徐文长三集》卷二十六《自为墓志铭》。

> 只堪醉咏梅花下，其奈杖头无酒钱。
> 高雪压瓦轰折椽，跋冻移家劳可怜。
> 长须赤脚泥一尺，呼佣买酒赊百钱。
> 饥鸟待我彼檐外，梅花送客此窗前。
> 百苦千愁不在念，肠断茫茫黯黯天。

颠簸流离大半生，四十年当中，搬了十回家，这一回搬家是在冬天，房是漏的，锅是凉的，鞋子破了，画的画让雪弄湿了，想打酒喝，没钱，赊了一百文的酒。

前面说租房十年，后面说四十年当中不断搬家，应该都不是确数。不过，他长期租房，经常搬迁，却是事实。

徐文长还因为租房而丢过东西（这一点很像李清照）。没成家时，他赌气离开老宅，自己搬出去租房住，衣食无着，出门借钱，钱没借到，搁在屋里的行李让小偷搬了个精光，只剩下几十本旧书没有拿走①。这种尴尬情形，当年我大学刚毕业时在都市村庄租房也遇到过，屋漏每逢连夜雨，破船偏遭打头风，可与徐文长同一慨叹。

徐文长买过房子，那是在入赘潘家之后没几年，大概听了别人说的闲话，觉得做倒插门女婿脸上无光，要出去另立门户，于是在绍兴买房。买房用的钱，也许是父亲分给他的那份儿遗产，也许是他从朋友那儿借的，也许他那个当县政府办公室主任的岳父帮了他一把，总之他买了属于自己的房子。万万没料到的是，

---

① 《徐渭集》卷三《上提学副使张公书》："穷计返家，则馆帷壁立，仅存古书数十卷，且无见援，夕当弃失。"

他买的这套房子存在产权纠纷,刚住进去就被赶了出来,连交出去的购房款也鸡飞蛋打[1]。这是徐文长又一次被命运恶搞。当然您也可以说他不懂得房地产交易的猫腻,不打听清楚就去买房,活该鸡飞蛋打。

回过头来说胡宗宪开给他的那220两稿费,以一两折合人民币570元计算,相当于12.5万元。这点儿钱搁现在,最多够在四线城市为一套小户型付首付,但搁在徐文长那个时代,是完全可以买一套很像样的大房子的。

大概在1562年或者1563年,徐文长拿着这些银子,在绍兴城区东南郊买了一所二手的别墅。这所别墅占地10亩,建房22间,有一个超大的院子,外面用篱笆围着,里面种了几十棵果树,大门口栽了几十竿竹子,还挖了两口池塘,用来养鱼,种荷花。什么时候来了客人,徐文长站池塘边撒一网鱼,下厨烹治,就着果树上结的果子下酒,喝醉了,就在院子里唱歌,非常潇洒[2]。

因为是用稿费买的,所以徐文长为这所别墅取名叫"酬字堂",这个"酬"字,既有稿酬的意思,也有酬谢胡宗宪的意思。

现在绍兴有徐文长的故居"青藤书屋",内有八景,其中一景也叫"酬字堂",还挂了署有徐文长名字的一篇《青藤书屋八景图记》。

---

[1] 《徐文长三集》卷十九《赠妇翁潘公序》:"其后乙巳,某以卜居,为豪无赖所诖误,家殆尽。"
[2] 《徐文长三集》卷二十三《酬字堂记》:"尽橐中卖文物如公数,买城南东地十亩,有屋二十有二间,小池二,以鱼以荷。木之类,果花材三种,凡数十株。长篱亘亩,护以枸杞,外有竹数十个。客至,网鱼烧笋,佐以落果,醉而咏歌。"

予卜居山阴县治南观巷西里，即幼年读书处也。手植青藤一本于天池之傍，额其居曰"青藤书屋"，自号青藤道士，题曰"漱藤阿"。藤下天池方十尺，通泉，深不可测，水旱不涸，若有神异，额曰"天汉分源"。池北横一小平桥，下乘以方柱，予书"砥柱中流"。桥上覆以亭，左右石柱联曰："一池金玉如如化，满眼青黄色色真。"左右叠石若岩洞，题曰："自在岩。"筑一书楼，可望卧龙、香炉诸峰，予题有"未必玄关别名教，须知书户孕江山"之句，遂名其楼曰"孕山舫"。额"浑如舟"三字，盖取予画菊诗中"身世浑如泊海舟"之意。舫之左有斗室，名"柿叶居"，其后即"樱桃馆"。少保公属作《镇海楼赋》，赠我白金百有二十为秀才庐，予以此款作筑室资，额曰"酬字堂"。今作《青藤书屋八景图》，因略志数言，尚为之记。万历庚寅秋九月十有一日寿藤翁徐渭书，时年七十岁。

这篇文章，摆明是后人伪作，因为徐文长的故居虽然是在"南观巷西里"，其"酬字堂"却是在绍兴城外。再者，胡宗宪让他写的是《镇海楼记》，不是《镇海楼赋》；给的稿费是220两，不是120两；后来徐文长用这笔稿费在城外买了别墅，不是回老宅盖了"酬字堂"。我估计，中华书局编辑部的老师也发现了这个问题，所以他们出版《徐渭集》的时候，很干脆地把这篇《青藤书屋八景图记》给删除了。

君子爱财
JunZi Ai Cai

谁对我好,谁就是好人

胡宗宪在狱中自杀后,徐文长精神失常,怀疑妻子张氏有外遇,怒而杀妻,入狱数年,被朋友托关系释放出来。出狱之后,为了求生存,徐文长继续做他的绍兴师爷。目前已知的,在胡宗宪死后,徐文长还给礼部尚书李春芳、宣府巡抚吴君泽打过工,但都没有受到重用。其中给李春芳打工大约一年,李只给了他六十两银子,徐文长很生气,试图把这些银子还给李,没有成功,赌气辞职①。这时候,徐文长非常怀念胡宗宪,非常怀念受重用受优待的那段日子。

胡宗宪活着时,在东南沿海抗击倭寇是有功劳的,但他爱贪污,爱献媚,人品实在不怎么样。可是在徐文长眼里,胡宗宪是伯乐,是恩人,是千古圣贤。胡宗宪活着时,徐文长向他写过很多感谢信;胡宗宪死后,徐文长写诗、写祭文来纪念他。无论感谢还是纪念,他都发自内心。

徐文长爱屋及乌,对胡宗宪的两个儿子也很敬爱,当年这二位公子从浙江回安徽老家参加科举考试,徐文长主动去送,还

---

① 《畸谱》:"尽归其聘,不纳以苦之,聘之银为两,满六十。"

写诗赠别:"翩翩公子风毛长,幕里辞亲彩服扬。共羡连枝承雨露,哪堪分手在河梁。……自古世臣元济美,看君此去有辉光。"(《送绩溪胡氏两公子》)这可不是拍马屁,是发自肺腑的赞扬。在徐文长心里,因为胡宗宪"好",所以他的两个儿子自然也"好"。讽刺的是,两位公子回去途中,一路耀武扬威,住进只有官员出公差时才能入住的国营招待所(驿站),还嫌接待的规格太低,把招待所所长吊起来暴打。时任浙江淳安知县的海瑞义愤填膺,当即抓捕俩人,一人给了二十大板,两公子很快老实了①。徐文长希望他们"此去有辉光",是料不到会有这种"辉光"的。即使料得到,即使徐文长亲眼见到两公子作恶,他也绝不会责打他们,因为,两位公子的父亲是他的伯乐,于他有知遇之恩。

某当代人说过,没钱的文人,很容易变成文奸。徐文长当然不是文奸,但他确实没有钱,确实在经济上不能自立,因而也确实丧失了某些原则。这实在是个教训。我希望自己永远不需要在经济上依附谁,唯其如此,才有可能保持一点独立人格。

---

① 事见《明史·海瑞传》。

严嵩有多少不动产

近两年查处的贪官,似乎都有这么几个共同点:

一、贪了很多钱(这是废话,不贪钱,那也不叫贪官了)。

二、贪了很多色。

三、贪了很多房。

这些贪钱贪色又贪房的新时代贪官,要是跟明朝嘉靖年间的老一辈贪官严嵩比起来,贪色或许犹有过之(严嵩之子严世蕃妻妾如云,但严嵩一辈子却只娶了一个老婆,未见男女作风问题),在贪财和贪房方面就差得远了。

严嵩贪了多少钱

咱们先看严嵩贪了多少钱。

嘉靖四十一年（1562），御史邹应龙举报严嵩父子卖官鬻爵，嘉靖皇帝龙颜震怒，把严嵩及其儿子严世蕃关了起来，一面派刑部、都察院、大理寺、锦衣卫四部门会同审问严氏父子的犯罪事实，一面派江西巡按去调查严嵩的家产（严嵩老家在江西省分宜县，所以派江西巡按去查）。

调查历时三个多月，终于弄出了一个大概结果——严嵩家产计有：

金锭450枚、金条461根、金饼109块、金叶子14包、碎金子17包，以上纯金共重13171.65两；

金壶、金瓶、金盂、金盆、金缸、金碗、金钵、金盘、金杯、金爵、金勺、金镇纸、金果盒等纯金器皿3185件，共重11033.31两；

宝石器皿367件，共重1802.72两；

珠宝首饰2087件，共重3300两；

黄金发髻21套，共重99.6两；

银锭及散碎银子若干，共重2013478.9两；

各种纯银器皿1649件,共重13357.35两;

银质首饰628件,共重253.85两。

此外,严嵩家里还藏有大批的象牙、犀角、玳瑁、沉香、檀香、丝绸、布匹,汉代、晋代、唐代、宋代的古玩玉器,以及顾恺之的《卫索像》、吴道子的《观音像》、阎立本的《职贡图》、王羲之的《家景图》、怀素的《自叙帖》、张旭的《春草帖》、韦庄的《借书帖》、王维的《辋川图》、宋徽宗的《鸟兽图》、张择端的《清明上河图》、赵大年的《春禽图》、范宽的《万里江山图》、苏轼的《潇湘竹石图》、米芾的《研山图》、赵伯驹的《赤壁图》、赵子昂的《骏马图》、唐伯虎的《兰亭图》、文徵明的《潇湘八景图》、祝枝山的《文赋草圣图》等名人字画3201幅[1]。

以上所有财产在当时总共能值多少钱呢?负责调查的官员给出了一个具体数目:2226382两[2]。据嘉靖四十一年物价,一两白银能买两石大米[3],当时一石米重约80公斤,现售人民币400元左右,由此可知,那时候一两银子的购买力等于人民币800元,2226382两白银即是人民币17.8亿元。

---

[1] 以上财产清单参见明人辑录、清人续刻、民国时上海古书流通处影印的知不足斋本《天水冰山录》第1—5册,这套书实际上是嘉靖四十一年查抄严嵩家产的详细记录。后面所述严嵩家产,凡不注明出处的,均引于此书。

[2] 按《天水冰山录》第5册刊载的统计结果,严嵩所有家产总值2359248两,刨去牲畜变价2022两、田产变价44493两、房屋变价86351两,剩余2226382两即是上面所列金银财宝古玩字画布匹香料的总价值。

[3] 《明世宗实录》卷五一四:"嘉靖四十一年十月户部覆给事中赵灼及御史潘清宣等议处赋役五事,今岁丰稔,宜乘谷贱之日,俟改折粮银至日,行令太仓另贮,每米一石,折银五钱。"

一家三代的年薪

当然,我们不能说这17.8亿家产全是严嵩贪污所得,作为朝廷要员,他也有相当优厚的合法收入。譬如说,每年能领到1044石的薪水①。这1044石是个理论数字,即理论上应该发大米1044石,重83520公斤,折成人民币,大约40多万元。而实际上,有时候发成纸币,有时候发成布匹,有时候发成银两,有时候发成胡椒,有时候发成香料,有时候发成茶叶,有时候打成欠条。如此名实分离的发工资,在明朝叫作"折色","折色"的结果,往往是实际发放的工资要比理论上应该发放的工资低得多。譬如严嵩,理论上年薪40多万元,实际上领到的年薪极可能连20万元都不到。

我们退一步,假设朝廷优待严嵩,对其年薪不予"折色",每年实打实的发给他相当于40多万元的1044石大米。再假设此人秉政20年当中,一直兢兢业业,一直受嘉靖首肯,从来没有受到过"罚俸""停俸"等扣发工资的处罚。最后我们再假设严嵩不吃不喝,平日里没有哪怕是一分钱的开销,把

---

① 参见《明会要》卷四十三《职官十五》。

每一笔工资都存起来。那么，终严嵩一生，他也最多只能攒下八九百万元的积蓄。

有朋友说，严嵩的家产不光是严嵩自己挣的，他儿子严世蕃、孙子严绍庆也都在朝做官，都有丰厚的薪水。没错，可严世蕃一生最高的官职无非就是个工部左侍郎，三品的官，年薪不过420石；严绍庆是尚宝司丞，六品的官，年薪不过120石。所以即使把严家三代所有合法收入都算上，跟其17.8亿元的家产一比，还是少得可怜。换句话说，严嵩那些家产，主要还是来源于不合法的收入。

古往今来房子最多的贪官

刚才我们一直说,严嵩有17.8亿元的家产。这句话其实很不严格,因为这17.8亿只包括严嵩家的动产,不包括其不动产。

严嵩家的不动产,从数量上要比其动产更吓人。

从地域上看,在北京,在江苏,在江西,严嵩都有房子。这里抛开北京和江苏的房子不谈,专列他在江西的房产。

在南昌市区,严嵩有两处别墅,一处在广积仓,一处在洗马池,其中广积仓那处别墅,南北三进大院,东西两套跨院,建有楼房及瓦房共344间,东北角还开辟了一座非常宽敞的大花园。

在南昌县城,严嵩有6处别墅,其中广润门内一处,有楼房3栋;忠臣庙旁一处,有房285间;福神庙旁一处,有房385间;蓼洲巷一处,有房54间;进贤门外一处,有房230间;顺化门内一处,有房78间。

在新建县,严嵩有4处别墅,其中德胜门内一处,有房25间;薇垣坊一处,有房16间,章江门内一处,有房66间;永和门内一处,有房24间。

在宜春市区,严嵩有12处别墅,其中宣化坊一处,三进小院,带花园,有房44间;军器局隔壁一处,三进大院,带花园,

有房284间;淳化坊一处,东西两套跨院,有房96间;熙春坊一处,东西两套跨院,有房119间。另外,南城一处,北城一处,东门外4处,务本坊、朝真坊各一处。除了这12处别墅,严嵩还在宜春市区拥有887间普通住宅和944间临街商铺。

在分宜县城,严嵩有10处别墅,其中一处有房69间,归在严嵩的孙子严鸿名下;一处有房60间,归在严嵩的另一个孙子严绍庆名下。在分宜县城郊,严嵩另有240间房屋;在分宜各乡镇,严嵩另有812间房屋。这些房子也分别归在严嵩及其子孙的名下。

严嵩光在江西一省就有6600多间房产[①],无论建筑面积还是占地面积,都远远超过其他那些已经被揪出来的"拥有多套住房的贪官"。

---

① 《天水冰山录》未统计严家房屋总间数,该数据在《明世宗实录》卷五百四十九江西巡按成守节之奏章中有载:"籍没逆犯严世蕃江西家产数,……府第房屋六千六百余间,田地山塘二万七千三百余亩。"

房产的市值，估价的猫腻

看看嘉靖四十一年（1562）负责查抄严嵩家产的官员所做的估价记录就知道，南昌市区广积仓那幢别墅，三进大院，东西两跨院，344间房，总共只估了6550两银子，折合人民币不过524万元；宜春市区淳化坊那幢别墅，东西两跨院，96间房，总共只估2274两银子，折合人民币不过182万元。搁现在，甭说在北京上海广州深圳，就是在南昌老城，砸几百万元出去，能买两套三居室就不错了，想跟严嵩那样弄几进大院几百间房子，简直天方夜谭。

负责查抄家产的官员对严嵩在江西省内所有房产所做的估价是86350.8两，折合人民币不到6900万元。

从常理上推想，负责查抄严嵩家产的官员为了中饱私囊，绝对有可能故意低估严嵩的房产市值，这样好在拍卖时大捞回扣。这个推想可以从《金瓶梅》中得到一些不太有力的佐证——《金瓶梅》第五十六回，西门庆的结义兄弟常峙节要买房，朋友帮他做预算："一间门面、一间客坐、一间床房、一间厨灶——四间房子是少不得的。论着价银，也得三四千多银子。"您知道，《金瓶梅》讲的虽然是宋朝故事，写的却是明朝生活，四间房子的一处小院落，就要三四千两银子①，而严嵩家那些大别墅，几百间房的只估六七千两银子，几十间房的只估两三千两银子，似乎就有点儿说不过去了。

当时负责查抄严嵩家产并做出估价结果的负责人叫成守节，官任江西巡按，他把估价结果呈报上去之后，嘉靖皇帝批示道："现在有关部门变卖贪官的不动产，往往徇情作弊，所估价格还不到市价的三成，看了你这个估价结果，我不太放心，还是交给户部和兵部两个部门仔细审查审查吧。"②说明嘉靖也觉得严嵩房产的估价结果有猫腻。

成守节有没有把估价结果交给户部和兵部仔细审查，户部和兵部有没有帮着成守节通同作弊，嘉靖最后有没有处罚成守节，这些事情都于史无载。不过我敢断言，这个江西巡按成守节跟严嵩一样，一定也是个贪官，因为在严嵩倒台之后，清官海瑞巡抚江南，大搞劫富济贫的退田运动，触犯了大批贪官的实际利益，当时成守节任御史之职，极力弹劾海瑞，使海瑞不得不提前退休，致使利国利民的退田运动中途夭折③。

事实上，在嘉靖四十一年（1562）查处巨贪严嵩一案中，不光负责查抄家产的江西巡按成守节是贪官，那位斗倒严嵩的幕后主使、后来接替严嵩而为内阁首辅的徐阶徐大人更是贪官——严

---

① 同书第五十九回，常峙节找西门庆借钱，说房子已经寻下，"门面两间，二层，大小四间，只要三十五两银子"。由此想来，前文"三四千多银子"疑是"三四十多银子"之误。
② 《明世宗实录》卷五百四十九："迩来有司变卖田产，往往徇情作弊，所得价值不及十之三，其令具籍，送户兵二部稽考。"
③ 《万历野获编》卷二十二："海忠介抚江南，立意挫抑豪强，至处徐华亭尤大不堪，然以一时人望，无敢议者。……河南道御史成守节等，俱恨怒，各出公疏合纠，而海始去。"

嵩在其江西老家有田不到3万亩[1]，而徐阶在其江苏老家却有田24万亩[2]，光看田产，他比严嵩还要贪。

由此可见，那时候的反腐败，不过是一个贪官去反另一个贪官罢了。

---

[1] 《明世宗实录》卷五百四十九："严嵩在江西拥有田地山塘二万七千三百余亩。"
[2] 伍袁萃《林居漫录》卷一："华亭在政府久，富于分宜，有田二十四万亩，子弟家奴暴横闾里，一方病之，如坐水火。"此处"华亭"即徐阶，"分宜"即严嵩。

海瑞的开销

细一瞧,明朝房价不算高。

景泰八年(1457),徽州祁门县居民李添兴卖房,厨房一间,猪圈一个,只要纹银4.3两①。

万历元年(1573),徽州休宁县居民吴长富卖房,占地半分的小宅院,只要纹银2两②。

万历四十二年(1614),徽州休宁县居民王元浚卖房,正房3间,厢房3间,门面3间,卖了纹银50两③。

天启二年(1622),徽州休宁县居民姚世杰卖房,一间平房,建筑面积50平米,卖了纹银8两④。

只需要花几两银子,就能买房屋一间或小院一座,如果花上几十两银子,够买一所像模像样的住宅了。

---

① 参见《明景泰八年祁门县李添兴卖屋白契》,收录于张传玺《中国历代契约会编考释》,北京大学出版社1995年第1版,第771页。
② 参见《明万历元年休宁县吴长富等卖房白契》,收录于《中国历代契约会编考释》第873页。
③ 参见《明万历四十二年休宁县王元浚卖房红契》,收录于《中国历代契约会编考释》第941页。
④ 参见《明天启二年休宁县姚世杰加价复卖房屋红契》,收录于《中国历代契约会编考释》第954页。房契原载"计税十八步二",即房屋面积18.2弓步,时一弓步折合2.8平方米,18.2弓步约50平方米。

‖海口市海瑞故居里的海瑞画像

君子爱财
JunZi Ai Cai

以上这几宗房屋买卖,都发生在农村,明朝城市的房价有多高呢?崇祯十三年(1640),北京市正阳门大街居民傅尚志卖房,一座小型四合院,两间南房,两间北房,一间厢房,卖价只有33两[①]。也就是说,即使在首都北京,花上几十两银子,也能买上一套四合院。

关于明朝房价之低,还有一条证据:成化十四年(1478),朝廷给分封于各地的朱姓子孙发放购房款,皇帝的哥哥、弟弟、叔父、伯父,每人能领上千两,用来购买超级豪宅;皇帝的堂哥堂弟堂伯堂叔,每人能领几百两,用来购买不那么豪华的豪宅;关系疏远一点儿的,像明宪宗二叔家三孙子的四侄子,只能领到几十两,用来购买相对普通的住宅[②]。这说明,几百两乃至上千两的房子肯定有,但几十两一套的住宅也存在,而且不可能太差,因为在他们皇族子弟眼里是最低档次,在普通百姓眼里至少是小康标准。

几十两银子一套房,这房款并不难挣,万历年间,北京劳务市场上,普通民工忙活一天,能挣纹银5分,也就是0.05两[③],如果一年365天都有活儿干,能挣18两银子,不吃不喝的话,两年工钱就能买一套四合院。您瞧,当时房价可有多便宜!

可奇怪的是,明朝房价虽然如此之低,那位著名的清官海瑞还是花了好长时间,费了好大力气,才买上一套房。

---

① 参见《明崇祯十三年大兴县傅尚志卖房官契》,收录于《中国历代契约会编考释》第996页。
② 参见万历《明会典》卷十八《工部一》。
③ 参见沈榜《宛署杂记》卷十五《经费下·各衙门》。

为官十八年，买了一套房

海瑞死后若干年，他的侄女婿，官居湖广巡抚的梁云龙回忆说：海公做官做了十八年，才用多年积攒的工资买下第一套房子，这套房总共花了纹银一百二十两[1]。

我读过海瑞年谱，海瑞二十八岁考中秀才，三十四岁考中举人，四十一岁那年正式进入官场，当了县教育局局长兼县立中学校长（南平教谕），四十六岁升任县长（淳安知县），五十二岁调入财政部工作（户部云南司主事），五十五岁奉命出使南印度（波罗），当年升任信访总局副局长（南京通政司右通政使），五十七岁那年以监察部副部长的身份做了一省之长（右佥都御使总督粮储巡抚应天十府），一年以后，申请辞职，提前退了休，去老家海南买房定居[2]。

从四十一岁做教育局局长开始算，到五十八岁那年离开省长岗位，不多不少，海瑞刚好做了十八年官，梁云龙的回忆在时间上是正确的。

---

[1] 梁云龙《海忠介公行状》："公以庚午四月回籍，闭门却扫，为终焉计，自始仕至此十八年，所禄人仅买居第一区，值一百二十金。"收录于《海瑞集》，中华书局1962年第1版，第533–545页。

[2] 参见海瑞的同乡王国宪所撰《海忠介公年谱》，收录于《海瑞集》第577页。

君子爱财
JunZi Ai Cai

买不起房的四条原因

问题是,为什么海瑞要在为官十八年后才买房呢?他不是作秀,是一直买不起。

之所以买不起,原因有四条:

一、明朝工资低。

譬如海瑞当县长时,理论上每年可以领到相当于90石米的工资,实际上由于"折色"的缘故,每年只能领到相当于54石米的工资①。当时大米每两石才折合白银一两②,54石米只能折合27两银子。比起唐朝中晚期和两宋时期县官动辄几百贯上千贯的年薪来,明朝县官的合法收入实在低得可怜。

年薪27两,比其他朝代的县官年薪低,比同时代农民工的收入当然高多了。再说那时候房价非常低,几十两银子就能买上四合院,海瑞不吃不喝攒两年工资,买房还是不成问题的。可海瑞不可能不吃不喝,他得花钱。不光他一个人花钱,一大家子十几口人都得花钱。

---

① 参见《明会典》卷三十九《户部二十六》。
② 《明世宗实录》卷五百一十四:"嘉靖四十一年十月户部覆给事中赵灼及御史潘清亶等议处赋役五事,今岁丰稔,宜乘谷贱之日,俟改折粮银至日,行令太仓另贮,每米一石,折银五钱。"

二、成家开销大。

海瑞是清官，不贪财，不过似乎挺好色①。目前看来，他一生至少结过三次婚，纳过两回妾②。您知道，娶妻得有聘礼，纳妾得有身价银，按照嘉靖年间风俗，结一回婚怎么着也得花个几百两银子，纳妾开支少一些，但几十两银子怕是少不掉的。假设海瑞娶妻纳妾都俭省着来，每次娶妻开销不超过三百两银子，每次纳妾开销不超过五十两银子，那么他老人家一生当中进六次洞房，总共造掉的积蓄也得在千两左右，够他买一大堆房子了。

三、全家花他一个人的钱。

海瑞做官之后，家庭人口一直都维持在十口以上。譬如五十五岁时在南京做官的时候，在任上跟着他一块儿过日子的，有他的老母亲，有他的妻子王氏，有王氏生的两个儿子和一个女儿，有第一任妻子许氏生的两个女儿，有他纳的妾韩氏，还有服侍这一大家子吃喝拉撒的丫鬟仆人至少四位。您算算总共多少人？十几口。这十几口人是没有进项的，全靠海瑞一个人养着，经济负担当然很重。

有人说，古代都是大家庭，或三世同堂或四世同堂，一个大

---

① 海瑞两次离婚，两次纳妾，通常解释是"为了承继香火"，但他娶妻潘氏，没等生育，就把潘蹬掉，后来娶妻王氏，已生儿子，又陆续纳妾，可见"承继香火"之说不确。还有一说：海瑞母亲多年守寡，性情孤僻，婆媳之间很难相处，见海瑞娶妻就不爽，严令海瑞休妻再娶，致使海瑞妻妾不是被休就是自杀。事实上，除海瑞妻妾曾有自杀是实外，其他都出于猜测，于史无据，连海瑞政敌攻击海瑞时都不以此为证，故此不予采纳。海瑞在母亲死后多年，无须奉孝，已有继子，而七十多岁时又纳一小妾，所以"好色"一说更为贴切。况且好色是男人本性，海瑞的优点是清廉，而不是不好色。

② 梁云龙《海忠介公行状》："配王氏，封安人，继封恭人。前娶许氏，生二女，出。后娶潘氏，不数月亦出。侧室二，丘氏、韩氏。"可知海瑞曾经先后娶妻许氏、潘氏、王氏，并有小老婆丘氏、韩氏。

333

家族住一块儿,几百口人的都有,海瑞一家才十几口,人不多嘛。还得请您明鉴,大族同居也就在隋唐以前昙花一现,进入宋元明清四代,大宗早已解体,大族早已七零八落,除了极个别复古守旧而且拥有极强号召力的遗老(例如范仲淹)有可能实现宗族共居的传统理想,把几百口人集结到一块儿过日子,其他绝大多数家庭,无论士农工商,都是过不了两代就"别籍异财"。您看明朝江南居民的人口统计,无论洪武年间、弘治年间还是万历年间,一户人家平均也就五口人而已[①],跟现代农村的家庭结构差不多。海瑞家里十几口人,已经是当时的大家庭了。

四、海瑞不贪,没有灰色收入。

这一条最重要。明朝官员当中,比海瑞妻妾多的,比海瑞开销大的,比比皆是,但最后闹得像海瑞那样穷到买不起房,整个明朝恐怕也就海瑞一个。是其他官员工资高吗?当然不是。他们贪,海瑞不贪,如此而已。

[①] 参见梁方仲先生《中国历代户口、田地、田赋统计》甲表69续,中华书局2008年第1版,第276页。

清官的遗产和贪官的积蓄

说海瑞不贪,事例太多,这里只说说他的遗产。据梁云龙描述,海瑞去世之后,其生前挚友王用汲为他料理后事,找到的遗产只有白银十几两、衣服两三件,凑一块儿不到20两银子,连埋葬费都不够,还靠王用汲组织大伙捐款[①]。

五十八岁那年,海瑞从省长任上提前退休,回海南老家闲居。到了七十二岁那年,铁血宰相张居正去世,万历皇帝请海瑞出山,于是海瑞重入官场,做了南京都察院右都御使,后来又改任南京吏部右侍郎,代理吏部尚书的职务。他的职位,相当于人事部副部长,是实实在在的高级官员。明朝官员工资虽低,但做到这一级别,年薪也有七百多石了,实际上每年能领到几百两银子,即使海瑞不贪,临死也该有些存款,而不至于只留下十几两银子的微薄遗产。推想起来,大概还是因为海瑞开销太多,官大了之后,仆人自然也多了起来,原先十几口人的家庭,变成了几十口人甚至上百口人的家庭,日常开支增长了好几倍。另外海瑞很喜欢帮助人,手头儿但凡宽裕点儿,就拿出来接济亲戚,所以

---

① 梁云龙《海忠介公行状》:"检箧内仅禄金一十余两,绫、绸、葛各一。微都御使王公麟泉率诸御史捐金治具,何以归乎?"

老是攒不住钱①。

跟海瑞同时代的那些高官，手头的积蓄可就惊人了。严嵩和严世蕃父子是巨贪，其动产市值将近18亿元，在江西一省还拥有6600多间房产，这个咱们在《严嵩有多少不动产》一章已经探讨过。包括那个著名的改革家、继严嵩和徐阶之后做内阁首辅的张居正，积累的财产之多也能把人吓一大跟头。据说张居正死后，万历皇帝查抄他的家产，搜出黄金2426两、白银107790两，另有黄金器皿617套、黄金首饰746件、白银器皿986套、白银首饰31件，还有犀角、玳瑁、水晶、象牙、琥珀、珊瑚、珍珠、玛瑙等等珠宝器物183件，这些财产总市值大约几十万两②！抄家的官员还给张居正在北京的豪宅估了价，"居正在京住房，值价一万零六百七十两"。按当时一两银子相当于800元人民币估算，张居正的房子至少值8000万元，放到房价暴涨的今天，也绝对算得上是明星级豪宅。

严嵩和张居正的乌纱帽当然比海瑞大，工资当然比海瑞高，可要说这些惊人的动产和不动产都是他们的合法收入，是通过"省吃俭用攒来的"或者"投资炒房赚来的"，恐怕他们自己都不会信。

---

① 梁云龙《海忠介公行状》："居恒称不给，而交际所入，辄周戚里贫乏，未尝自私。"
② 《天水冰山录》卷五《籍没张居正数》。

工资不够花,稿费来养家

海瑞是清官,这一条货真价实,无可挑剔。不过在工资之外,海瑞应该也有其他收入,譬如说,给人写墓志铭时能拿一笔稿费。

江西龙南县县令吴诚去世,其子孙请海瑞写墓志铭,海瑞写了几千字[1]。浙江参政林宏宇的母亲去世,请海瑞写墓志铭,海瑞也写了几千字[2]。广州禺山书院讲师梁端懿去世后很多年,地方官重修其坟墓,当时海瑞在浙江淳安当县长,官职虽小,名气很大,人们远赴淳安请海瑞为梁端懿写墓志铭,海瑞也欣然答应,写了几千字[3]。

古人很看重声名,一个人死了,没条件立传作铭则已,只要有条件,必然请人写行状、作史传、刻墓铭,以求生平事迹得以记录流传。请的人,文采当然是越出众越好,名气当然是越响亮越好。很多时候,一个默默无闻的死者,会因为一篇出色的墓志

---

[1] 《龙南令雁峰公吴公墓志铭》,收录于《海瑞集》,中华书局1962年第1版,第483-486页。
[2] 《黄恭人林氏墓志铭》,收录于《海瑞集》,中华书局1962年第1版,第480-483页。
[3] 《梁端懿先生墓志铭》,收录于《海瑞集》,中华书局1962年第1版,第486-487页。

君子爱财
JunZi Ai Cai

铭而扬名天下，死者的子孙也会因为这篇墓志铭而世代增光。因为这个缘故，从魏晋南北朝到唐宋元明清，墓志铭文体一直长盛不衰，写墓志铭的人也因而得到丰厚的报酬。像李清照的公爹赵挺之，做大官之前就曾经靠写墓志铭补贴家用，通常写一篇墓志铭，能换一大车财物。唐朝时墓志铭稿费标准更高，白居易给好友元稹写墓志铭，元稹的家人出手就送上稿费六七十万贯①。唐文宗时，撰写墓志铭一度成了长安文人的一个职业，同行之间还存在激烈竞争，每有大官去世，其门前必定挤满争写墓志铭的家伙，吵吵嚷嚷跟赶集似的②，为了及时获取情报，他们还在棺材铺注了册（录名于凶肆），一有人去世，棺材铺就赶紧通知他们，以便早先一步抢到墓志铭的撰写权。而真正有名气的写家，不需要跟人抢破头争活儿，唐朝的白居易，宋朝的范仲淹，明朝的海瑞，他们都是真正有名气的写家，用不着上门毛遂自荐，都是死者家属上门找他们，他们还未必愿意去写。

明朝墓志铭稿费标准如何，我手头缺乏具体数据，不过我知道元朝画家赵子昂曾经转托一位名家为某太监的父亲写墓志铭，开出的稿费是五千两③，数目相当可观。元明相去不远，海瑞洋洋洒洒写一篇几千言的墓志铭，所得稿费或许没有五千两那么多，

---

① 白居易《修香山寺记》："予与元微之定交生死之间，微之将薨，以墓志文见托。既而元氏之老，其臧获舆马绫帛泊银案玉带之物，价当六七十万，为谢文之贽。"
② 洪迈《容斋续笔》卷六："文宗时，长安中争为碑志，若市买然。大官卒，其门如市，至有喧竞争致，不由丧家。"
③ 蒋一葵《尧山堂外记》卷七十二："赵子昂尝为罗司徒奉钞百锭为润笔，请作乃父墓铭。"按，元代一锭以五十两居多，百锭即五千两。按元代币制，这五千两可能是纸币中统钞或至元钞，而非白银。不过在赵子昂仕元时期，纸币购买力尚强，中统钞和至元钞最贬值时，每四锭也能兑换白银一锭，故此无论是纸币还是白银，这五千两都相当可观。

但五十两总该有吧？丧家再小气，付给的稿费也顶得上他当县长时一年的工资了。

海瑞侄女婿梁云龙叙述海瑞提前退休后在海南老家的经济来源，只用了"交际所入"这四个字，意思是通过"交际"而获得的收入。海瑞不是交际花，这"交际"绝不是出卖色相的意思。按照他宁折不弯的性子，他也不大可能找当地官员打秋风。所以我的理解，这"交际所入"指的大概就是海瑞为人写墓志铭所得到的稿费。事实上，江西龙南县令吴诚的墓志铭、浙江参政林宏宇母亲的墓志铭，都是海瑞在海南闲居时写的，您要说海瑞写这些只是出于义务帮忙，不要一分钱的报酬，我不相信，毕竟这都是合法劳动赚来的正当收入，海瑞不至于拒绝。

明朝末年，浙江宁波有一名士叫叶谦，以办私学为生，学费收入不足以养家糊口，"则稍为人应诗文之请以润笔"[1]，靠稿费收入来补贴家用。他走的实际上是海瑞的路子：工资不够花，稿费来养家。

---

[1] 《鲒埼亭集选辑》卷四《叶处士志》。

曹雪芹的生活来源

君子爱财
JunZi Ai Cai

　　《红楼梦》这部书,一面世就受到追捧,晚清时还毁誉参半,一入民国,就夸得多而骂得少了。新中国成立后这些年,"红学"长盛不衰,《红楼梦》的地位更加被抬到高得不得了,在某些红学家和"红粉"嘴里,它成了"有史以来最伟大的作品""包罗万象的活百科全书""既有最精彩的审美形式,又有最闪光的精神内涵""它的哲学思想可以延伸到整个宇宙",等等等等。

　　我承认,《红楼梦》是一部好书。说它好,表现在四个方面:一是故事编得圆,没有漏洞,或者说很少有漏洞;二是里面的人物都讲人话,一个人一个口气,听声音就能想出他的模样来,不像琼瑶剧里的主人公,动不动就挤出一长串排比句,每个排比句上还粘着一长串形容词,一看就不是活人的表达;三是写得从容,那么厚的内容,那么多的人物,居然清清楚楚一丝不乱,从头到尾不急不躁,该详则详,当略则略,既不偷懒耍滑,也不刻意用力;四是功德无量,您想啊,《红楼梦》的作者虽然穷困潦倒,但这部书却出人意料地养活了不少红学家,能不功德无量吗?

功德无量归功德无量,要说这部书有多么惊人的伟大思想和多么深邃的哲学内涵,恕我不敢苟同。《红楼梦》有影射,有暗语,有符号,这些表面上看不出来的东西,"索隐派"红学家早就帮我们揭秘过。看了那些揭秘,我们或许会赞叹《红楼梦》作者的聪明和巧妙,或许也会对作者的煞费苦心报以同情,但影射毕竟不等于思想,暗语终究不等于哲学,是吧?现在某些红学爱好者最爱做的事情,就是学朱熹老夫子格物致知,把一部《红楼梦》翻到稀烂,最后总能翻出来几条惊人的宇宙奥秘。但照我看,这宇宙奥秘恐怕只能算"格物者"自己的思想,而跟被格的"物"无关。譬如您扔给我一颗苹果,我不想吃,又不想丢,关起门来整天研究它的"哲学内涵",那么在它烂掉之前,我想我是可以从中看出一整套六十四卦来的。

我的愚蠢看法是,整部《红楼梦》的哲学思想,依然逃不出佛教的因果、道教的福兮祸所依和宋明理学的性理主张,总之还是老一套。要论哲学成就,它不但远远比不上同时代西方思想家卢梭的《社会契约论》,也远远比不上在它之前王阳明师徒的《传习录》。当然,你让卢梭和王阳明俩人去写大部头的小说,保险也没有《红楼梦》精彩,这就叫尺有所短寸有所长。所以"红粉"们再爱《红楼梦》,也没道理非把其作者打扮成一个全才,虽然曹雪芹在某些方面确实称得上是全才——后面我们会说到。

另外,我很不喜欢《红楼梦》的主人公,贾宝玉、林黛玉、薛宝钗、史湘云,我统统不喜欢,尤其贾宝玉,整个一伪娘,一点儿男人味都没有,这小子得亏不是我弟弟,不然我一天揍他八

遍，不信治不了他那些贱毛病。

撂完这些狠话，我有点儿后怕——你们广大"红粉"朋友肯定很生气，我揍贾宝玉不大可能，你们揍我倒是绝对有可能的。那么好，我恳求你们饶恕我，因为我虽然不喜欢贾宝玉，却非常欣赏曹雪芹。

曹家的阔绰

二百多年来，大伙对《红楼梦》的作者是谁一直有争论，但最近几十年的主流舆论还是认定曹雪芹写了《红楼梦》，至少认定他写了《红楼梦》的前面大半部。

曹雪芹这个人，活着时名气不大，又没做过大官，关于他本人的资料，能见到的少之又少，倒是他的长辈留下了相对清晰的人生记录。

曹雪芹的长辈，来头不小。他的曾祖父曹玺，曾经以钦差身份任江宁织造。他的曾祖母孙氏，是康熙小时候的八个奶妈（四个乳母、四个保姆）之一，生前诰封一品夫人。他的祖父曹寅，做过江宁织造兼巡盐御史兼通政使司通政使，官居三品。他的父亲曹頫，也曾经以钦差的身份任江宁织造。他的一个姑姑，嫁给了清太祖努尔哈赤的八世孙、平郡王纳尔苏。所以曹雪芹跟陶渊明、白居易、包拯、李清照以及传说中他的先祖曹操[1]一样，也是官二代（确切说是官四代）。

---

[1] 周汝昌先生《曹雪芹小传》："如果再往上推，那么他家本是魏武曹操之后。"周先生另一著作《献芹集·橡笔谁能写雪芹》也说："雪芹家原是魏武曹操之后。"

不光是官二代,他还是富二代——曹玺、曹寅、曹頫祖孙三代以世袭的方式垄断江宁织造一职的时候,他们曹家是非常有钱的。

《红楼梦》里曾经花大量笔墨描写宁、荣二府的阔气和排场,那是小说家言,不能当成是曹家的翻版。不过曹家确实曾经像小说里贾府那样阔,举几个例子:

一、花高价养戏子。

据康熙四十七年(1708)曹寅的家人描述,从康熙四十四年(1705)到康熙四十七年,曹家光养戏子,就花了将近3000两银子[1]。那时候,一两银子能在南京购买一石大米[2],清朝一石是80公斤,现在大约需要400元能买这么一石米,单从粮食价格角度折算,一两银子相当于现在400元,3000两就是120万元。家里要是没俩糟钱儿,是不可能花这么多钱养戏子的。

二、斥巨资送人情。

康熙四十八年(1709),康熙的老师兼顾问、原礼部尚书熊赐履在南京去世,当时曹雪芹的爷爷曹寅正在南京做官,按礼节得去熊赐履家里拜祭,曹寅一出手,就拿出了240两银子作祭礼,给了熊赐履的儿子[3]。前面说过,一两银子相当于400元人民币,240两相当于多少?将近10万!随手这么一送,就把今天小白领一

---

[1] 参见康熙四十七年九月《八贝勒等奏查报讯问曹寅李煦家人等取付款项情形折》,收录于故宫博物院明清档案部《关于江宁织造曹家档案史料》,中华书局1975年第1版。
[2] 康熙四十七年九月《曹寅奏谢授巡视两淮盐课恩折》:"近日江宁米价已贱,细米每石一两二三钱,粗米一两一两。"
[3] 康熙四十八年十月《江宁织造曹寅奏报熊赐履临终情形折》:"臣于前月已送奠仪二百四十两祭过,其子已收。"

年的存款给送掉了。

曹寅给康熙的儿子送礼更大方。康熙四十四年和康熙四十六（1707）年，太子胤礽先后两次向曹寅"借钱"，曹寅都"借"了，每次"借"的数额都是两万两①。这两笔银子，加起来是1600万元。

三、有大批房地产。

曹雪芹幼年时期，家产被抄之前，曹家在北京有住房两所，在南京、扬州、苏州三地有住房11所，共有13处房产。田产有8处，共1967亩②。

康熙的老师熊赐履，死前家里不过拥有两所住房、一百多亩土地罢了。熊赐履的家产，在当时高级官员当中已经属于中等水准了③，可跟曹雪芹家相比，那是相当寒碜。

---

① 康熙四十七年九月《八贝勒等奏查报讯问曹寅李煦家人等取付款项情形折》："讯问曹寅之家人黑子，回称，四十四年由我主人曹寅那里取银二万两，四十六年取银二万两，皆交给凌普了。"按，凌普是太子胤礽奶妈的丈夫，当时胤礽向外臣索贿，都让凌普去办。
② 参见雍正五年（1727）三月初二《江宁织造隋赫德奏细查曹頫房地产及家人情形折》。
③ 康熙四十八年十一月《江宁织造曹寅奏报熊赐履家产及生活情形折》："臣细探得，熊赐履湖光原籍有祖遗住房一所，田不足百亩，江宁现有大住房二所，田一百余亩，……故过日充裕，较之汉官大臣亦属中等过活。"

君子爱财
JunZi Ai Cai

工资是形式

实在讲,曹玺、曹寅、曹頫这爷儿仨的工资并不高。譬如曹玺,按规定,年薪只有130两银子,另有108两归他自由支配、名义上是办公经费、实际上是岗位福利的工作津贴,把年薪和津贴凑一块儿,总共238两,曹玺风格很高,年薪只领一半,工作津贴一文不要,这样每年领到的银子只有65两。[①]曹寅的工资相对高一些,年薪105两银子,工作津贴108两银子,其中工作津贴一文不要,年薪按标准全支,每年实领薪水是105两[②]。到曹頫那一代,实领薪水跟曹寅时一样,也是一百多两,这时曹家已经"不得圣意",为了向皇帝表示忠心,曹頫时不时还要捐出一笔远远超过其薪水的巨款。比如康熙五十四年(1715),曹頫一次捐了白银3000两,作为买骆驼的费用给朝廷做了贡献[③],算到后来,他领到的薪水实际上就是负数,等于没有薪水,还得倒贴。

---

① 康熙三十七年(1698)五月《巡抚安徽臣汝器奏销江宁织造支过俸饷文册》:"织造一员曹寅,每年应支俸银一百零五两外,全年心红纸张银一百零八两,奉裁不支,理应合明。"
② 康熙三十七年五月《巡抚安徽臣汝器奏销江宁织造支过俸饷文册》:"织造一员曹寅,每年应支俸银一百零五两外,全年心红纸张银一百零八两,奉裁不支,理应合明。"
③ 康熙五十四年九月《江宁织造曹頫奏捐银两以供军需折》:"情愿捐银三千两,少供采买骆驼之用。"

恐怕再单纯的朋友也看得出来,如果靠薪水的话,曹家是不可能过上《红楼梦》里那种锦衣玉食醉生梦死的奢侈生活的。别说过奢侈生活,光养戏子、送人情、向皇族行贿,曹家都担负不起。您算算,曹家养一年戏子得多少钱?七百多两银子。同僚家办丧事,送一回人情得多少钱?两百多两银子。曹家爷儿仨就是不发扬风格,薪水补贴完全照领,捐款之事永远不干,一年下来才多少钱?两百多两银子而已。够他们花吗?远远不够。

靠盐吃盐

像历朝历代大多数官员一样,曹家三代之所以能够发大财,主要是靠了灰色收入。

前面说过,曹玺、曹寅和曹頫爷儿仨都干过江宁织造,这个官职,管着南京及周边地区的国营纺织厂,负责给宫廷加工布料和衣服,顺便还主持着丝绸进出口生意。清朝前期,朝廷管织造管得很严,曹家爷儿仨当江宁织造,并没有多大油水,真正给曹家提供油水的职位,不是江宁织造,是巡盐御史。巡盐御史负责食盐专卖,类似现在的盐务管理局局长,但它的实际权力要比盐务管理局局长大得多。

在《红楼梦》里,贾宝玉的姑父、林黛玉的爸爸、探花郎林如海,当的就是巡盐御史。现实生活中,曹雪芹的爷爷曹寅当的是巡盐御史——曹寅在世时,曾经和他的大舅哥、曹雪芹的舅爷、时任苏州织造的李煦,轮流担任两淮巡盐御史一职,权力最大时,他俩同时管着六个省份的食盐专卖。哪六个省份?江苏、江西、湖北、湖南、浙江、河南。

清代的食盐专卖利润极大。譬如广东沿海,一包盐的生产成本和运输成本加一块儿,才0.18两银子,而出售的时候,批发价就有0.23两银子，终端零售价则高达每包0.4两左右①。这当中的差价，一部分归政府所有，一部分归盐商所有。

盐商并不是谁想当就能当的，为了获得销售食盐的合法手续，盐商们必须通过层层审批，而为了通过层层审批，他们又必须向巡盐御史和其他官员送上大笔贿赂。这些贿赂往往多得惊人，《东印度公司对华贸易编年史》第四卷记载，某广东盐商为了顺利开业，向海关门卫行贿4000两，向海关其他人员行贿2600两，向总督门卫行贿200两，向总督手下其他人员行贿1420两，向巡抚衙门行贿1010两，向南海知县行贿1000两，向南海县衙门卫行贿200两，向南海县衙其他人员行贿192两，向巡盐御史行贿最多：55000两。

曹寅在历史上名声很好，盐商的贿赂，他未必笑纳，他有一项"正当收入"：羡余。曹寅当巡盐御史之前，江南盐政衙门每年收的羡余是30万两，这些钱都被巡盐御史及其下属装进了自己的腰包②。等曹寅做了巡盐御史，羡余照收不误，而且还加码了，一年能收到55万两到56万两③！依照官场常例，五十多万两银子不可能让曹寅独吞，他得分给盐政衙门里有品级的满洲笔帖式（负责翻译、抄写、计算和其他杂务的文职科员，有的拥有七品、八品官衔，但大多数没有品级）一部分，分给两江总督一部分，分给漕运总督一部分，分给扬州知府、江宁知府各一部分。他还兼

---

① 参见《雍正朝汉文朱批奏折汇编》雍正十年七月广东总督鄂弥达奏折。
② 康熙四十三年十月《兼管巡盐御史曹寅奏报禁革浮费折》："窃臣寅由苏州调补江宁织造，历任十有五年，即闻巡盐御史于每年额引外，有盐二十斤，名为院费，故御史与笔帖式有三十万两之羡余。"
③ 康熙五十三年七月《苏州织造李煦奏请再派盐差以补亏空折》："巡盐所得余银，每年约五十五万、六万两不等。"

君子爱财
JunZi Ai Cai

任江宁织造,这江宁织造是个"亏本生意",不但不能帮他多弄钱,还老得让他倒贴(其实苏州织造也需要倒贴,这也是康熙让江宁织造曹寅和苏州织造李煦俩人轮流担任巡盐御史的原因。简单说,就是让他们通过做巡盐御史多弄外快,以弥补做织造的损失),所以他还得分一笔钱给江宁织造衙门来冲销坏账。这样分下去,最后剩给曹寅的蛋糕就只有一小块了。虽说只有一小块,那数目也很惊人:整整10万两[1],换成人民币是4000万。

一年4000万,远远超过那点儿薪水和办公经费,曹家为什么有条件养戏子?曹雪芹小时候为什么能够锦衣玉食?想必答案已经很清楚了。

---

[1] 康熙五十三年七月《苏州织造李煦奏请再派盐差以补亏空折》,李煦在奏折中向康熙交代他和曹寅做巡盐御史能有多少进账:"仅剩者止十万两。"我估计,实际上装进他们腰包的要超过10万两。

人民的血压普遍高起来了

当我算出曹寅这个巡盐御史兼江宁织造每年灰色收入至少4000万之后,血压不禁为之一高。其实不光我,曹寅那个时代广大人民群众的血压都为之一高。

人民群众血压高,不是让曹寅的收入吓的,是吃盐吃的。

您知道,一个正常人,每天的食盐摄入量最好别超过6克,不然时间长了容易导致高血压,容易患上心脑血管疾病。可曹寅那个时代,国家给老百姓定的买盐指标是每人每年17斤[①]。清朝的斤比现在的斤大,一斤有600克,算下来,平均每人每天需要用掉28克盐,才能完成买盐指标。就当时老百姓的收入而言,官盐零售价很高,买不起,即使买得起,也没必要买这么多,可他们不买这么多,巡盐御史们的卖盐指标就完不成。怎么办呢?康熙皇帝让各地的巡盐御史"竭力续催",鼓励地方官像搞强制贷款那样提前半年把官盐贷给老百姓,你贷也得贷,不贷也得贷,到秋后再让老百姓用铜钱、粮食或者蚕茧还账。而康熙自己呢,倒听从西医的教导,"不食盐酱咸物"(《清稗类钞·饮食类》),努

---

① 据《顺治实录》与《康熙实录》,朝廷下的买盐指标是86900万斤,当时全国总人口是5100万,平均每人每年需买盐17斤。

力把食盐摄入量控制在正常范围。

朝廷之所以逼着老百姓多买盐,是因为能从食盐专卖当中获得暴利。康熙年间的财政收入、巡盐御史的私人钱包,在很大程度上都得益于人民群众的食盐消费。包括康熙本人也从食盐专卖中落了不少好处,他过生日以及后来巡视江南,那惊人的开销主要来自于江淮盐商和盐政衙门的"进献"。所以,为了财政,为了官僚的钱包,为了皇帝的享受,老百姓应该多买盐,多吃盐,他们的血压应该高起来。

曹雪芹的爷爷曹寅,其实良知未泯,他见各级官僚借助食盐敲骨吸髓坐地分赃,给康熙写信,说咱们现在太黑暗了,应该改一改①,康熙却批示道:"此一款去不得,深得罪于督抚,银数无多,何苦积害?"意思是灰色收入也不多,还是别查了,不然会得罪地方官的。

曹家是康熙的家奴,主人说什么,奴才得听从,于是曹寅不主张查账了。几年之后,康熙让他考察江南、江西、湖广、河南等地官员谁贪谁廉,曹寅的考察结论是:他们都是好官,工作都很认真,居官都很清廉,没有一个贪污的②。连皇帝都在坐地分赃,还查什么查?和光同尘,闷声发大财。

---

① 康熙四十三年十一月《江宁织造曹寅奏为禁革两淮盐课浮费折》:"盐差衙门旧例,有寿礼节、代笔、后司、家人等各项浮费共八万六千一百两。江苏督抚司道各衙门规礼共三万四千五百两。"
② 康熙五十年十一月《兼两淮盐课曹寅题视盐期满查无举劾之员本》:"管理江宁织造、通政使司通政使、加五级兼巡视两淮盐课监察御史臣曹寅谨题。臣奉命视盐,差期已满,例应举劾。行据江南、江西、湖广、河南四省司道,并两淮运司,各道所属官员贤否文册到臣,查册内所开各官,类皆平常供职,并无不肖。"

为什么抄家

跟当时其他大多数官员比起来,曹寅和曹頫父子俩都不能算是贪官,他们对清廷足够忠诚,也有相当出色的工作能力,无论是江宁织造衙门还是两淮盐政衙门,都让他们打理得井井有条。可是您知道,到了雍正五年(1727),曹雪芹刚刚四岁的时候,他们曹家却被抄了家产,这是为什么呢?

原因有两条。

一、曹寅曾经多次挪用公款,后来又没能及时归还。

曹家做巡盐御史,收入是很高的,但架不住后来花钱的地方太多。同僚之间随礼,那是小钱,向皇亲国戚进贡,就得出血本,曹家给康熙的二儿子胤礽、八儿子胤禩以及爵封郡王的纳尔苏送钱,出手都是几千两几万两,你不给,那些人主动上门敲诈,把曹家当成了他们的自动取款机。另外曹家每年还得向皇帝进贡,每次进贡的开销,没几万两银子也是办不来的。故宫博物院明清档案部《关于江宁织造曹家档案史料》收录了曹玺给康熙进贡的一张礼单,里面竟然有董其昌的书法、黄庭坚的书法、沈周的山水画、秦朝的古镜、汉玉的镇纸,这张单子没有《红楼梦》第五十三回黑山村庄头乌进孝上交宁府的租米单子内容丰

富,但价值绝对犹有过之。

曹家花钱最厉害的地方,是招待康熙南巡。康熙南巡六次,倒有四回住进了曹家,究竟每回糟蹋了曹家多少钱,现在不得而知,《红楼梦》第十六回贾琏的奶妈赵嬷嬷回忆她小时候贾府在扬州接待康熙大驾:"只预备接驾一次,把银子都花的淌海水似的!"想来没有夸张。

康熙南巡,把曹家折腾得精光,完了曹家还得"叩谢天恩"。康熙三十八年(1699)五月,曹寅前脚把皇帝送走,后脚写奏章颂圣:"皇上巡视东南,凡经过地方,欢呼载道,臣寅生逢盛世,已属庆幸,乃蒙天恩普惠,下及全家。"这是表面上的客气话,可能他心里正犯嘀咕:您丫千万可别再来了,再来我们实在侍候不起啦!

侍候不起也得侍候,家里存款不够,就挪用公款,结果越挪用越上瘾,截至曹寅去世,竟然挪用了190万两[1]!

二、曹寅、曹頫父子曾经跟雍正的竞争者结交,触犯了新任皇帝雍正的忌。

曹家当年进贡的对象当中,胤礽是康熙早年立的太子,钦定的皇位接班人;胤禩是太子胤礽被废后大臣们心目中的未来皇帝。这二位都是雍正竞争皇位时的竞争对手,后来雍正即位,打击异己,捎带着也把曹家列进了黑名单,所以曹家被抄是顺理成章的事,不管曹寅有没有挪用公款,雍正都会抄他的家。

---

[1] 参见康熙四十九年十月《江宁织造曹寅设法补完盐课亏空折》。

抄家后的日子

家产被抄以后,当时曹家的当家人、曹雪芹的爸爸曹頫丢了工作,带着曹雪芹到北京定居。曹家在北京本来有三套房:内城两套,外城一套①。其中一套位于贡院西街,我去过那个地方,现在那儿的高档商住公寓已经卖到一平方米八万,买一套三百平方米的复式户型,得花两千多万,而且还不是光有钱就能买,还得凭"身份",商界名人和政界名人准入,娱乐界小明星的不要。

这三套房,抄家时都归了公,包括曹家原先在南京和扬州购置的八九处房产,以及康熙赐给曹家的房子,都变了主人,不再属于曹家所有了。换句话说,曹雪芹一家没了房子。

没有房子,他们住哪儿呢?刚到北京那会儿,借住在寺院,后来雍正觉得一个窝都不给人家留,似乎做得太狠,于是法外施恩,又分给曹家一套房子。这套房位于蒜市口,现在的崇文区广渠门内大街。房屋不算少,总共十七间半,跟普通市民相比,还算是宽宅大院,可是要跟曹家原来的住处比起来,那就简陋多了。您知道,曹雪芹小时候住在江宁织造府,那地方东到利济

---

① 康熙五十四年七月《江宁织造曹頫覆奏家务家产折》:"惟京中住房二所,外城鲜鱼口空房一所。"

巷,西到碑亭巷,南到吉祥街,北到长江路,占地面积七八万平方米,顶得上一个小规模的社区了。从南京搬到北京,曹家的仆人少了(原先有一百名左右,抄家后,一部分仆人被雍正分给了大将军年羹尧),房子小了,眼睛一眨,凤凰变鸭,曹雪芹虽然才四岁,也能体验到强烈的落差感。

不过我总觉得曹雪芹幼年时代在北京过得应该还算幸福,至少在物质上不至于匮乏。因为他爸曹頫也曾手眼通天,抄家之前不可能得不到一点儿消息,几辈子的积蓄不可能全让雍正拿走,他肯定会瞒报一批,肯定会往亲戚朋友或者下人家里寄存一批。有个说服力很强的例子:康熙五十四年(1715),康熙让曹頫如实报告全部家产,曹頫赌咒发誓说,我们祖孙三代虽然在南京做了五六十年的官,却从来没有在南京购置过一套房子,现有的房产也就四处而已。可是抄家的时候,却抄出了十三处房产,请问多出来的那九处房子是从哪儿来的?曹頫瞒报了嘛!偷偷寄存财物也有明证:康熙的八儿子胤禩送过曹寅一尊镀金佛像,抄家之前曹家把它寄存到佛寺里,只不过运气太差,后来又被查了出来。

用刘姥姥的话说,瘦死的骆驼还是比马大,曹家再败落,比普通百姓还是优裕得多。咱们探讨过,曹寅做巡盐御史时,一年的灰色收入能达到十万两,即使曹家稍微藏一点点积蓄在外面,也够全家人在北京过几年日子了。当然,还得看他们选择过什么样的日子,如果还是像抄家之前那样花天酒地,那肯定撑不了几天。

曹雪芹的工资

曹家属于清朝八旗上三旗之一的正白旗，清军入关后，曹家世代都在内务府任职，这些背景给曹雪芹带来了一些好处，譬如到了上学年龄，他可以去不收学费的公办学校就读，而且还能领到一些生活补贴，而广大汉民却享受不到这种福利。

大约十三岁到十五岁之间，曹雪芹进了咸安宫官学读书，这所学校收的学生主要是内务府三旗子弟，平日教汉文，也教满文，学生基本包就业，毕业后有机会去内务府、六部和地方衙门当小科员。

曹雪芹在咸安宫官学成绩怎样，于史无载。有意思的是，大约二十年后，那个后来成为清朝最著名贪官的和珅也到了咸安宫官学就读。所以我们可以这样说：曹雪芹跟和珅是校友，而且还是和珅的老学长。和珅刚入学的时候，曹雪芹还没有去世，假设咸安宫官学举办校友会，那么一个未来的贪官和一个伟大的作家是有可能见上一面的。

从咸安宫官学毕业后，曹雪芹极可能去了内务府，做了一个没有品级的笔帖式。

在内务府没干多长时间，曹雪芹跳槽去了右翼宗学——专供

君子爱财
JunZi Ai Cai

正黄、正红、镶红、镶蓝四旗中没有官爵的宗室子弟就读的公费学校——教书,可能做了教习,也可能做的只是助教。

大约在右翼宗学干了三年,曹雪芹辞去公职,搬到北京西山某个小村子里当隐士去了。

传说他还给某个满人贵族当过家庭教师,具体在什么时间,暂不可考。只知道那个贵族给他的待遇很低,也不够看重他,他再次辞职,炒了人家的鱿鱼。

做笔帖式和宗学教师的待遇并不高,我们看康熙年间在江宁织造府任职的笔帖式发薪记录,一个七品笔帖式一年下来实际能领的工资只有三十六两[①]。曹雪芹这个笔帖式是没有品级的,年薪应该更低。至于宗学教习,年薪是四十八两,助教的年薪则只有二十四两。家庭教师收入更低,跟曹雪芹同时代的某徐姓举人在一富人家里当家庭教师,吃住之外,一年能挣三十两[②]。曹雪芹不是举人,是个秀才(一说曹雪芹中过举人),以秀才身份当家庭教师,薪水不大可能比举人高吧?

---

① 康熙十七年(1678)七月《巡抚安徽徐国相奏销江宁织造支过俸饷文册》:"七品笔帖式一员,每年应支俸银四十五两,除奉裁银九两不支外,实支俸银三十六两。"
② 许奉恩《里乘》卷一《余徐二公轶事》:"吾友汉军徐公可司马同善言,其尊人铁孙观察为孝廉时,岁暮,存馆金三十两,归家途中,值索逋鬻妻事,价恰符馆金之数,亦慨以相赠。"

每年一笔助学金

好在曹雪芹还有一笔津贴：助学金。

曹雪芹是否中过举人，说法不一，但他肯定中过秀才。秀才中举之前，还要定期再参加几次选拔考试，考试成绩特别好的秀才，可以做廪生，廪生能领一笔助学金。这笔助学金有多少呢？"岁给四两。"（《清稗类钞·教育类》）一年只有四两。加上这笔助学金，曹雪芹一年的收入应该在三十两到五十两之间，折算成人民币，也就一两万元。

年收入一两万，跟其祖曹寅比，天差地远，跟普通百姓比是高还是低呢？曹雪芹同时代的文学家洪亮吉说过，一个小商贩一天能挣一百文，一个教书先生一天也能挣一百文，一个低级工匠忙活一天的收入也是一百文，可见士、工、商三个行业的平均年收入不会低于四万文[①]。当时九百至一千文铜钱能兑换一两银子，四万文大约相当于四十两银子到四十五两银子。这么一对比，曹雪芹的收入跟小商贩小工匠和普通教书先生的收入大体相等，考虑到他经常换工作，其实际收入可能还要低于小商贩小工匠的平

---

① 洪亮吉《卷施阁甲集》卷一："工商贾所入之至少者，日可余百钱。士佣书授徒所入，日亦可得百钱。是士工商一岁之所入不下四十千。"

均收入。

  现在对曹雪芹的主流看法是,此人幼年锦衣玉食,成年后很清贫,吃了不少苦。从上面的分析来看,这个看法相当靠谱。

艺术家或者高级技师

如果您仔细读过本章前面那一大段啰唆的导言,应该还记得这句:曹雪芹在某些方面确实称得上全才。

一点儿也不夸张,他还真是个全才。

首先,他会刻章,怎么选料,怎么运刀,讲起来头头是道,做起来得心应手。

其次,他会糊风筝,还能自己设计出很多新鲜的样式,譬如能让风筝发出雄壮高亢的钟鼓之声。放风筝放得也出神入化,能同时放起八只风筝,让它们在空中表演老鹰捉小鸡。

再次,他精通编织技术,会用青草、柳枝和竹子编出各种精美的工艺品。

另外,还会捏泥人,会雕竹器,会像一个巧媳妇那样织补衣服。《红楼梦》第五十二回《俏平儿情掩虾须镯 勇晴雯病补雀金裘》:"先将里子拆开,用茶杯口大的一个竹弓钉牢在背面,再将破口四边用金刀刮得散松松的,然后用针纫了两条,分出经纬,亦如界线之法,先界出地子后,然后依本衣之纹来回织补。"这些绝活儿实际上是曹雪芹在做,而不是晴雯在做[①]。

最后,他还是个美食家兼大厨,不但懂吃,还擅长烹调。他的好朋友敦敏是北京土著,没吃过淮扬菜,他说:我做给你尝尝。挽起袖子操刀下厨,三下五除二做了一道"老蚌怀珠",敦敏一尝,鲜得差点儿咬掉舌头[②]。

曹雪芹之所以会这么多手艺,原因有好几个。第一,他聪明,这一条看《红楼梦》就能看出来,一个笨人累死也写不出那么多生动的人物和那么多丰富的细节。第二,他是世家子弟,吃过见过,家道完全败落之前,每天见到的东西不是精雅的艺术品就是精巧的艺术品,老话说"观千剑而后识器",见得多了,自然而然能掌握几手绝活儿。第三,从现有资料来看,这个曹雪芹在某些方面跟《红楼梦》里的贾宝玉是有一比的,至少俩人都曾长时间的"不务正业",有时间有资本也有兴趣去玩,玩来玩去,就玩出一个"王世襄"来了。还真不是开玩笑,曹雪芹要是能活到现在,绝对是又一个王世襄。

---

① 以上技能均参见曹雪芹自著的《废艺斋集稿》,该书已残缺,吴恩裕先生《曹雪芹丛考》一书辑录了其中的部分内容。
② 参见敦敏《瓶湖懋斋记盛》。

手艺也养家

鉴于曹雪芹有这么多技艺，所以老是有人请他帮忙，有时找他鉴定字画（忘了说了，曹雪芹还很擅长鉴定字画，敦敏曾说："鉴别字画，当推芹圃。"），有时向他请教技术。曹雪芹从北京城里搬到西山后，一退伍军人找他帮忙，他当场教人家糊风筝，那军人学会后，开了一家小店，专做风筝，挣的钱居然能养活一家老小。曹雪芹也很惊奇："风筝之为业，真足以养家乎？"看来他还不知道被他视为游戏的那些技艺竟然能变成谋生手段。

曹雪芹写贾宝玉"不通世务"，也许是他自己的真实写照。确切说，他不是不通世务，而是不愿通，不屑通，曾经也不必通。他的父祖辈赚了那么多钱财，如果不是因为康熙南巡和雍正抄家，足以保证他们几辈子衣食无缺，由着性子玩就是了，干吗要去通世务呢？

可是到了靠山坍塌、家产净尽的时候，饭需要自己挣，家人需要自己养，他又不得不去通通世务。于是，他教书，画画，给官僚做清客（曹雪芹曾做过两江总督尹继善的师爷），只要能挣钱，又不过于违背自己的性格和原则，什么工作他都干。

靠皇帝系列一举成名的作家二月河,在《乾隆皇帝》中写曹雪芹靠糊风筝养活老婆孩子,虽是小说家言,应该也是事实。

一个卓越的小说家,靠早年无意中学会的几门手艺过日子,看起来似乎悲惨凄凉,其实不然。我的个人看法是,让优秀的作家挨饿受穷,当然不是正常的时代,但鼓励他被豢养,更不是正常的时代。跟在父祖荫庇之下没心没肺地吸食民脂民膏的贾宝玉相比,还是扎风筝的曹雪芹更可爱一些,您说呢?